Notas de um velho safado

BUKOWSKI

Notas de um velho safado

Tradução de ALBINO POLI JR.

L&PM EDITORES

Texto de acordo com a nova ortografia.
Título original: *Notes of a Dirty Old Man*

Primeira edição pela L&PM Editores: 1985
Esta reimpressão: janeiro de 2025
Também disponível na Coleção L&PM POCKET

Tradução: Albino Poli Jr.
Capa: Ivan Pinheiro Machado
Revisão: Renato Deitos

CIP-Brasil. Catalogação na publicação
Sindicato Nacional dos Editores de Livros, RJ

B949n

Bukowski, Charles, 1920-1994.
Notas de um velho safado / Charles Bukowski; tradução Albino Poli Jr.
Porto Alegre [RS]: L&PM, 2025.

240 p. ; 21 cm.
Tradução de: *Notes of a Dirty Old Man*
ISBN 978-65-5666-250-3

1. Ficção americana. I. Poli Jr., Albino. II. Título.

22-78019 CDD: 869.3
CDU: 82-3(81)

Gabriela Faray Ferreira Lopes - Bibliotecária - CRB-7/6643"

Rua Comendador Coruja, 314, loja 9 – Floresta – 90.220-180
Porto Alegre – RS – Brasil / Fone: 51.3225.5777

PEDIDOS & DEPTO. COMERCIAL: vendas@lpm.com.br
FALE CONOSCO: info@lpm.com.br
www.lpm.com.br

Impresso no Brasil
Verão de 2025

Prefácio

Já faz mais de um ano que John Bryan iniciou o seu jornal alternativo OPEN CITY na sala da frente de uma casa de dois andares que ele alugara. Depois o jornal mudou-se para um apartamento em frente. A seguir, para algum lugar no distrito comercial da Av. Melrose. Mas ainda existe alguma sombra dele, uma sombra grande e melancólica. A circulação aumentou mas a publicidade não está se saindo como deveria. Muito longe dali e na melhor parte da cidade situa-se a *L.A. Free Press*, que se firmou. E monopoliza os anúncios. Bryan criou o seu próprio inimigo, trabalhando primeiro na *L.A. Free Press* e aumentando sua circulação de 16.000 para três vezes mais do que isso. É o mesmo que construir o Exército Nacional e depois juntar-se aos Revolucionários. É claro que a batalha não se dá simplesmente entre OPEN CITY vs. FREE PRESS. Se você já leu o OPEN CITY sabe que a batalha é bem maior do que essa. OPEN CITY enfrenta os garotões, os maiores, e têm uns realmente grandes andando no meio da rua, AGORA, e que não passam de uns merdas e muito feios, também. É mais divertido e mais perigoso trabalhar para o OPEN CITY, provavelmente o farrapo mais vivo nos E.U.A. Mas divertimento e perigo dificilmente passam margarina na torrada ou alimentam o gato. Você desiste da torrada e acaba comendo o gato.

Bryan é uma espécie louca e romântica de idealista. Ele pediu demissão, ou foi despedido, ele pediu demissão *e* foi demitido – tinha muita merda no ar – do seu emprego no *Herald-Examiner* porque não concordou que aerografassem o pau e as bolas do menino Jesus. E isso na capa de sua revista para a edição de Natal. "E não é nem mesmo meu Deus, é deles", disse-me ele.

Portanto, esse idealista estranho e romântico criou o OPEN CITY. "Que acha de fazer uma coluna semanal pra nós?", perguntou-me bruscamente, coçando sua barba vermelha. Bem, vocês sabem, pensando em outras colunas e em outros colunistas, pareceu-me uma coisa terrivelmente chata de fazer. Mas eu comecei, não com uma coluna, mas com uma resenha literária de *Papa Hemingway* por A. E. Hetchner. Então, um dia depois das corridas, sentei-me e escrevi o cabeçalho, NOTAS DE UM VELHO SAFADO, abri uma cerveja e a escrita se fez por si só. Não existia a tensão ou a impressão cuidadosa com umas lâminas sem fio, necessárias para escrever qualquer coisa para o *Atlantic Monthly*. Nem havia nenhuma necessidade de simplesmente controlar um jornalismo tolo e descuidado (arghs, jornalismo??). Parecia não existirem pressões. Era só sentar próximo à janela, erguer uma cerveja e deixar que viesse. Tudo que quisesse aparecer, apareceria. E Bryan nunca foi problema. Eu lhe entregava uma cópia – nos primeiros dias – e ele passava os olhos sobre ela e dizia: "Ok, está dentro". Passado um tempo eu apenas lhe entregava a cópia e ele não a lia; apenas a colocava num cubículo e dizia: "Está dentro. O que há de novo?" Eu apenas lhe entrego a cópia e isso é tudo. Ajudou muito na escrita. Pense nisso você mesmo: liberdade absoluta para escrever qualquer coisa que você quiser. Foi mesmo uma época muito boa, e séria também, às vezes; mas eu senti principalmente, à medida que as semanas iam passando, que a escrita ia ficando cada vez melhor. Esta é uma seleção de aproximadamente catorze meses passados nessas colunas.

Ação, muita ação e poesia de montão. Ter um poema aceito e as chances dele aparecer são entre dois a cinco anos depois e 50 x 1 que ele jamais aparecerá, e que linhas exatamente idênticas às dele surgirão *mais tarde,* palavra por palavra, num trabalho de algum famoso poeta, e então você saberá que o mundo não é mesmo grande coisa. Naturalmente, isso não é culpa da poesia; só que têm merdas demais tentando imprimi-la e escrevê-la. Mas com estas NOTAS, é sentar com uma cerveja e bater à máquina numa sexta ou num sábado ou num domingo e por volta de quarta-feira a coisa já está circulando por toda a cidade. Eu recebo cartas de pessoas que jamais leram poesia, minha ou de quem quer que seja. As pessoas vêm até a minha porta – muitas delas, mesmo – e batem pra me dizer que as NOTAS DE UM VELHO SAFADO realmente as ligaram. Um vagabundo da estrada me aparece com um cigano e sua esposa e nós conversamos, um monte de bobagens, e bebemos o resto da noite. Uma operadora telefônica interurbana, de Newburgh, N.Y., me manda dinheiro. Ela quer que eu pare de beber cerveja e me alimente bem. Eu ouço um maluco que se autodenomina "Rei Arthur" e mora na Vine Street (Rua do Vinho) em Hollywood e que deseja ajudar-me a escrever a minha coluna. Um doutor vem até a minha porta: "Li a sua coluna e penso que posso ajudá-lo. Eu já fui psiquiatra". Mandei-o embora.

Espero que estas seleções ajudem vocês. Se você quiser me mandar dinheiro, tudo bem. Ou se você quiser me odiar, tudo bem, também. Se eu fosse o valentão da vizinhança certamente você não iria se meter comigo. Mas sou apenas um velho com algumas histórias sujas. Escrevendo um jornal que, como eu, poderá morrer amanhã de manhã.

É tudo muito estranho. Pense só, se eles não tivessem aerografado o pau e as bolas do menino Jesus, você não estaria lendo isto. Portanto, fique contente.

1969
Charles Bukowski

Notas de um velho safado

algum filho da puta segurou o dinheiro, todos reclamando que estavam quebrados, o jogo de cartas terminara, eu estava lá sentado, com o meu amigo Elf, Elf se fodeu quando criança, completamente atrofiado, ficou durante anos deitado numa cama espremendo essas bolas de borracha, fazendo exercícios malucos, e um dia quando saiu da cama estava tão largo quanto alto, um risonho e musculoso brutamontes que queria ser escritor mas escrevia parecido demais com Thomas Wolfe e, fora Dreiser, T. Wolfe era o pior escritor americano que jamais nascera, atingi Elf atrás da orelha e a garrafa caiu da mesa (ele havia dito algo que eu não concordara) e quando o Elf levantou eu segurava a garrafa, escocês legítimo, e acertei-lhe metade no queixo e parte no pescoço e ele se foi de novo pro chão, e me senti o dono da bola, eu estudava Dostoiévski e escutava Mahler no escuro, e tive tempo de beber da garrafa, colocá-la na mesa, fingir com a direita e enviar-lhe a esquerda bem abaixo da cintura e ele caiu desajeitadamente contra a penteadeira, o espelho quebrou, produzindo ruídos como no cinema, brilhou e serpenteou e então Elf aplicou-me um poderoso na fronte e caí de costas por cima de uma cadeira e a coisa aplainou-se como palha, mobília ordinária e eu estava em apuros – eu tinha mãos pequenas e nenhum gosto especial por briga e não havia acabado com ele – e ele veio pra cima de mim como um comediante barato e vingativo, e de cada três eu acertava um, não muito bons, mas ele não desistia e a mobília estava sendo estraçalhada por todos os cantos, muito barulho e eu ficava esperando que alguém detivesse aquele endiabrado – a proprietária, a polícia, Deus, qualquer pessoa –, mas a coisa continuou parecendo que não ia terminar nunca e aí não me lembro de mais nada.

quando acordei o sol estava alto e eu estava *debaixo* da cama. saí dali e descobri que podia ficar de pé. cicatriz enorme sob o queixo. e as juntas dos dedos esfoladas. já tive ressacas piores. e havia lugares piores pra se acordar. como a prisão? talvez. olhei ao redor. tinha sido real. tudo quebrado e manchado e estilhaçado, tudo virado – lâmpadas, cadeiras, penteadeira, cama, cinzeiros –, estraçalhados além de toda medida, nada sensível, tudo horrível e acabado. bebi um pouco d'água e depois caminhei até o reservado. ainda estava lá: notas de dez, de vinte, de cinco, o dinheiro que eu havia jogado no armário toda vez que eu tinha ido mijar durante o jogo de cartas, e me recordo de ter começado a briga por causa do DINHEIRO. Juntei a grana, coloquei-a na carteira, botei minha mala de papelão em cima da cama inclinada e comecei a guardar os meus poucos trapos: camisas de operário, sapatos duros com furos no fundo, meias endurecidas e sujas, calças encrespadas com pernas que davam vontade de rir, um conto sobre como pegar chatos no teatro lírico de São Francisco, e um dicionário rasgado da Thrifty Drugstore – "palingênese – recapitulação de estágios ancestrais na história da vida".

o relógio estava funcionando, velho despertador, deus o abençoe, quantas vezes olhei para ele às 7 e meia da manhã, manhãs de ressaca, e disse, foda-se o trabalho? FODA-SE O TRABALHO! bem, eram 4 da tarde. Eu estava prestes a guardá-lo no topo da mala quando – é claro, por que não? – bateram à minha porta.

ÃHN?

SR. BUKOWSKI?

SIM? SIM?

EU PRECISO ENTRAR E TROCAR A ROUPA DE CAMA.

NÃO, HOJE NÃO. ESTOU DOENTE HOJE.

OH, SINTO MUITO. QUE PÉSSIMA NOTÍCIA. MAS ME DEIXA ENTRAR E TROCAR APENAS OS LENÇÓIS. DEPOIS EU VOU EMBORA.

NÃO, NÃO, EU ESTOU MUITO DOENTE, ESTOU APENAS MUITO DOENTE. NÃO QUERO QUE VOCÊ ME VEJA NESSE ESTADO.

e a coisa continuava. ela queria trocar os lençóis. e seguia. aquela proprietária. que corpo. era só corpo. tudo a respeito dela gritava CORPO CORPO CORPO. eu estava lá havia apenas 2 semanas. havia um bar lá embaixo. as pessoas vinham me ver, eu não estava, ela apenas dizia, "ele está no bar lá embaixo, ele está sempre no bar lá embaixo". e as pessoas diziam, "Por Deus, cara, quem é essa sua PROPRIETÁRIA?"

mas ela era uma mulher grande e branca e ela ia com esses filipinos, esses filipinos faziam proezas, cara, coisas que nenhum homem branco sequer chegou a sonhar, eu inclusive; e esses *flips* agora se foram com seus chapéus de aba larga e seus ombros estufados; eles costumavam ditar moda, esses garotos da rua: estilete, saltos de couro, rostos gordurosos e diabólicos – onde é que vocês se meteram?

bem, de qualquer maneira, não havia nada pra beber e me sentei lá durante horas, enlouquecendo; nervoso e puto da cara, com as bolas encolhidas, lá estava eu sentado com 450 dólares dinheiro fácil e não podia comprar um chope. eu esperava pela escuridão. escuridão, não a morte. queria sair fora. outra pancada. finalmente me exasperei. abri a porta um pouquinho, a corrente ainda conectada, e lá estava um, um macaquinho *flip* com um martelo. quando eu abri a porta, ele levantou o martelo e arreganhou os dentes. quando fechei a porta, ele tirou os pregos da boca e fingiu golpeá-los no tapete da escada que dava para o primeiro piso e para a única porta que dava para fora. não sei por quanto tempo a coisa continuou. era sempre o mesmo gesto. toda vez que eu abria a porta ele erguia o martelo e arreganhava os dentes. *macaco de merda!* ele simplesmente permanecia no andar de cima. comecei a ficar maluco. eu estava suando, fedendo; pequenos círculos girando girando girando, luzes laterais e brilhos de luz no meu teto. tive a íntima impressão de que ia me dar mal. ganhei por falta de competidores. peguei a minha mala. estava fácil de carregar. trapos. depois peguei a máquina de escrever. uma portátil de aço que eu tomei emprestado da mulher de um ex-amigo e jamais devolvi. tinha uma sensação boa de solidez: cinza, chata, pesada, esperta, banal. os olhos giravam no fundo da minha cabeça e a corrente estava fora da porta, em uma das mãos a valise e na outra a máquina roubada, investi contra o fogo das metralhadoras, a triste aurora da manhã, a ondulação dos trigais partidos, o fim de tudo.

EI! AONDE VOCÊ VAI?

o macaquinho começou a levantar-se e, num joelho, ergueu o martelo, e aquilo era tudo o que eu precisava – o brilho da luz elétrica no martelo – eu tinha a mala na mão esquerda, a máquina de aço portátil na direita, ele estava na posição perfeita, abaixado na altura dos meus joelhos e eu balancei com grande precisão e alguma raiva, e lhe dei com a chata e pesada e dura, com força, ao longo da sua cabeça, seu crânio, sua têmpora, seu ser.

houve quase um choque de luz como se tudo estivesse chorando, e depois o silêncio. eu estava fora, de repente, na calçada, todos aqueles degraus abaixo, não podia imaginar. por sorte, apareceu um táxi.

TÁXI!

eu estava dentro. ESTAÇÃO DA UNIÃO.

estava bom, o som tranquilo dos pneus no ar da manhã. NÃO, ESPERE, eu disse. VÁ PARA O TERMINAL DE ÔNIBUS.

QUE QUI TU TEM, Ô MEU?

EU ACABEI DE MATAR O MEU PAI.

TU MATÔ TEU PAI?

VOCÊ JÁ OUVIU FALAR EM JESUS CRISTO?

CLARO.

ENTÃO VÁ: TERMINAL DE ÔNIBUS.

fiquei sentado no terminal durante uma hora esperando o ônibus para Nova Orleans. imaginando se eu havia matado o cara. finalmente subi com a máquina de escrever e a mala, socando longe a máquina de escrever no bagageiro superior, não querendo que a coisa caísse sobre a minha cabeça. foi uma longa viagem com muita bebida e algum envolvimento com uma ruiva de Forth Worth também, mas ela morava com a mãe e eu tinha que arranjar um quarto, e arranjei um num puteiro por engano. a noite inteira as mulheres gritando coisas como, "Ei! você não vai enfiar AQUELA coisa em MIM por dinheiro ALGUM desse mundo!" descargas o tempo todo. portas abrindo e fechando.

a ruiva, ou era uma coisinha muita boa e inocente, ou barganhou por um homem melhor. de qualquer maneira, deixei a cidade sem ter entrado nas calças dela. finalmente cheguei a Nova Orleans.

e o Elf? recordam-se? o cara com quem eu briguei no meu quarto. bem, durante a guerra ele foi morto por uma rajada de metralhadora. eu soube que ele ficou de cama durante um longo período, 3 ou 4 semanas antes de partir. e a coisa *mais estranha,* ele me disse, não, ele me perguntou "suponha que algum ESTÚPIDO filho duma puta ponha o seu dedo numa metralhadora e me corte ao meio?"

"então a culpa será sua."

"bem, eu sei que você não vai morrer na frente de nenhuma maldita metralhadora."

"você tá certo pra caralho, cara, não vou mesmo. a não ser que seja uma das do Tio Sam."

"ora, vá se foder! eu sei que você ama o seu país. eu posso ver nos seus olhos! é amor, amor de verdade!"

Foi então que eu bati nele pela primeira vez.

depois disso, vocês já sabem o resto da história.

●

estávamos sentados no escritório depois de perder mais outra partida de beisebol de 7 a 1 e a temporada já estava a meio caminho do seu término e nós éramos os últimos colocados, 25 partidas fora do primeiro lugar e eu sabia que esta era a minha última temporada como dirigente dos Blues. nosso principal batedor estava fazendo 243 e nosso principal homem tinha apenas 6 numa volta completa. nosso principal arremessador permaneceu entre 7 e 10 com uma média de 3.95. o velho Henderson puxou a pequena garrafa de dentro da escrivaninha, tomou o seu trago e empurrou a garrafa para mim.

"e ainda por cima", disse Henderson, "andei pegando chatos há mais ou menos umas duas semanas atrás."

"deus do céu, sinto muito, chefe."

"dentro em breve você não vai mais estar me chamando de chefe."

"eu sei. mas nenhum dirigente de beisebol seria capaz de tirar esses paus d'água do último lugar", disse, matando um terço da garrafa.

"e o que é pior", disse Henderson, "eu acho que foi a minha esposa que me passou os chatos."

eu não sabia se ria ou o que, portanto permaneci calado.

ouviu-se a mais delicada das pancadas na porta do escritório e então ela se abriu. e ali estava um biruta com asas de papel coladas nas costas.

era um garoto por volta dos 18 anos. "estou aqui para ajudar o clube", disse o garoto.

ele tinha em cima essas enormes asas de papel. um verdadeiro biruta. buracos cortados na roupa. as asas coladas nas costas. ou amarradas. ou sei lá o quê.

"ouça", disse Henderson, "você poderia fazer o favor de dar o fora daqui! nós já temos comédia de sobra acontecendo no campo nesse momento e a atuação tem sido ótima. hoje riram de nós até quando deixamos o parque. portanto, te manda, *rápido*!"

o garoto se aproximou, tomou um gole da garrafa, colocou-a de volta e disse, "sr. Henderson, eu sou a resposta para as suas preces."

"ô garoto", disse Henderson, "você é criança demais pra beber isso."

"eu sou mais velho do que pareço", disse o garoto.

"e eu tenho uma coisa que vai fazer você ficar um pouco mais velho!"

Henderson pressionou o pequeno botão debaixo de sua escrivaninha. aquilo significava Bull Kronkite. eu não estou querendo dizer que o Bull já chegou alguma vez a matar um homem, mas será muita sorte sua estar fumando Bull Durham seu cara de cu de borracha quando tiver acabado com você. o Bull entrou quase arrancando uma das dobradiças da porta.

"qual DELES, chefe?", perguntou, seus longos e estúpidos dedos contorcendo-se enquanto olhava ao redor da sala. "o pirralho com as asas de papel", disse Henderson.

Bull pôs-se em movimento.

"não toque em mim", disse o garoto com asas de papel.

o Bull Kronkite avançou, E DEUS QUE ME AJUDE, aquele pirralho começou a VOAR! ele bateu asas ao redor da sala, no alto, bem próximo ao teto. Henderson e eu, ambos corremos para a garrafa mas o velho foi mais rápido. o Bull caiu de joelhos.

"SENHOR QUE ESTAIS NO CÉU, TENDE PIEDADE DE MIM! UM ANJO! UM ANJO!"

"não seja tolo", disse o anjo, voando ao redor, "eu não sou anjo porra nenhuma. só estou querendo ajudar os Blues. eu sou Blue desde quando eu possa me lembrar."

"tudo bem. então pode descer. vamos falar de negócios", disse Henderson.

o anjo, ou sei lá o que era aquilo, voou para baixo e aterrissou numa cadeira. o Bull arrancou os sapatos e as meias da criatura e começou a beijar-lhe os pés.

Henderson inclinou-se para frente e de uma maneira bastante nojenta cuspiu na cara do Bull: "vá se foder, seu monstrengo imbecil! não existe coisa que eu mais odeie do que sentimentalismo barato!"

Henderson movimentava-se rapidamente abrindo e fechando as gavetas da escrivaninha.

"merda, pensei que tinha alguns formulários de contrato em algum lugar por aqui!"

nesse meio tempo, enquanto procurava pelos formulários, encontrou uma outra garrafa, abrindo-a imediatamente. ele olhava para o garoto enquanto rasgava o celofane:

"me diz uma coisa, você é capaz de acertar numa bola arremessada em curva? e numa deslizada?"

"é claro que sim", disse o rapaz com asas, "permaneci esse tempo todo escondido. tudo que eu sei é o que leio nos jornais e vejo na TV, mas sempre torci pelos Blues e eu senti muito por vocês nesta temporada."

"você esteve se escondendo? *onde?* um sujeito com asas não pode se esconder num elevador do Bronx! como é que está a sua média? como é que você chegou lá?"

"sr. Henderson, eu não quero aborrecê-lo com todos esses detalhes."

"por falar nisso, qual é o seu nome, garoto?"

"Jimmy. Jimmy Crispin. mas pode me chamar de J. C."

"ei, garoto, que *diabo* você está tentando fazer, gozar com a *minha* cara?"

"oh *não,* sr. Anderson."

"então aperta os ossos!"

eles apertaram.

"diabo, suas mãos estão realmente FRIAS! você comeu alguma coisa recentemente?"

"eu comi batata frita e cerveja com galinha pelas 4 da tarde."

"beba um trago, garoto."

Henderson voltou-se para mim. "Bailey?"

"sim?"

"eu quero toda a porra do time de beisebol lá embaixo naquele campo às 10 horas amanhã de manhã. sem exceções. eu acho que nós descobrimos a maior coisa desde a bomba-A. agora vamos todos sair fora daqui e dormir um pouco. você tem algum lugar para dormir, garoto?"

"claro", disse J.C. em seguida voou escada abaixo e nos deixou.

trancamos bem o parque de esportes. ninguém lá dentro a não ser o time de beisebol. e com as suas ressacas e olhando para o rapaz com as asas eles pensaram que fosse alguma espécie de golpe publicitário. ou um treinamento para um. eles colocaram o time em campo e o garoto no quadrado. mas vocês deviam ter estado lá para ver aqueles olhos injetados ABERTOS quando o garoto bateu de leve um *roller* até a linha da 3ª base e VOOU até a primeira base!

depois ele tocou para baixo e antes que o homem da 3ª base pudesse despachar a bola o garoto voou e aterrissou na 2ª base.

todos estavam praticamente prostrados por volta das 22 horas e ainda havia um pouco de luz do sol. só o fato de jogar para um time como os Blues já dava pra ficar pensando se você era realmente louco, de qualquer maneira isso já é outro papo.

Aí, enquanto o arremessador preparava pra jogar pro rebatedor que havíamos colocado no quadrado, J. C. voou e desceu na 3ª base! sem escalas! você não podia sequer *ver* as asas, mesmo se tivesse tido tempo pra dois alka seltzers naquela manhã. e ao tempo em que a bola chegava no quadrado, essa coisa já havia voado e tocava o quadrado de chegada.

achamos que o garoto podia jogar em *toda* a área fora do quadrado. sua velocidade de voo era tremenda! nós apenas trouxemos os outros dois *outfielders** e colocamos eles no centro do campo. isso nos dava dois *shortstops*** e dois homens da segunda base. e tão ruins como nós, só no inferno.

aquela noite seria nosso primeiro jogo na primeira divisão com Jimmy Crispin fora do quadrado.

a primeira coisa que eu fiz quando entrei foi telefonar para Bugsy Malone.

"Bugsy, quais são os números contra os Blues terminarem primeiro?"

"Nada. não existe nenhuma aposta. ninguém seria louco o suficiente para apostar nos Blues, mesmo a 10.000 por um."

"quanto é que você me daria?"

"tá falando sério?"

"é claro que tô."

"250 por um. você quer apostar um dólar, não é mesmo?"

"uma milha."

"uma *milha!* Ei, me dá um tempo! em duas horas eu te ligo de novo."

---

* jogadores que atuam fora do quadrado. (N.T.)

** jogadores que atuam perto da 2ª base. (N.T.)

o telefone tocou em uma hora e quarenta e cinco minutos. "tudo bem, eu aceito a aposta. de todo jeito, uma milha a mais não vai me fazer mal."

"obrigado, Bugsy."

"no que eu puder ajudar."

a noite daquele primeiro jogo, eu nunca me esquecerei. eles pensaram que nós estávamos colocando algum substituto de comediante para atrair mais gente ao estádio, mas quando eles viram Jimmy Crispin subir ao céu e bater um *homerun** que deixou o meia-cancha esquerdo a três metros da cerca, então se deram conta que o jogo havia iniciado. Bugsy desceu zunindo para conferir o que estava acontecendo e eu fiquei observando sua cadeira reservada. quando J. C. voou para agarrar aquela, o charuto de cinco dólares de Bugsy caiu da sua boca. mas não havia nada no regulamento dizendo que um homem com asas não podia jogar beisebol, portanto nós pegamos eles pelos culhões. e como. ganhamos fácil aquele jogo. Crispin marcou 4 vezes. eles não conseguiam bater em nada fora do nosso meio de campo e qualquer coisa dentro do *outfield*** era certo que ia pra fora.

e os outros jogos que se seguiram. e as multidões que compareceram. era o suficiente para deixá-los loucos ver um homem voando no céu, mas o fato que estávamos há 25 jogos por baixo e restando tão pouco tempo fazia com que eles continuassem comparecendo. a multidão adora ver um homem sair da desgraça. os Blues estavam conseguindo. era o milagre dos tempos.

a LIFE veio entrevistar Jimmy. o TIME. a LIFE. a LOOK. ele não contou nada a eles. "meu único desejo é ver os Blues ganharem a faixa", disse.

mas mesmo matematicamente ainda estava muito difícil, e como no final de um livro de estórias, chegou ao último jogo da temporada depois de empatado com os Bengals no primeiro lugar

---

* volta completa. (N.T.)

** área fora do quadrado. (N.T.)

e jogando com os Bengals, e o vencedor levava tudo. nós não havíamos perdido um jogo desde que Jimmy entrara no time. e eu já estava próximo dos 250. 000 dólares. que dirigente eu era!

estávamos no escritório naquela noite um pouco antes de começar o último jogo, o velho Henderson e eu. e nós ouvimos um ruído na escada, depois um rapaz na entrada da porta, bêbado. J. C. suas asas já eram. apenas tocos.

"eles serraram as porras das minhas asas, os ratos! eles colocaram essa mulher no meu quarto de hotel. que mulher! que mina! eles me encheram de trago! eu tava em cima daquela buceta e eles começaram a SERRAR AS MINHAS ASAS. eu não podia me mexer! não deu nem pra gozar! que FARSA! e o tempo todo, esse sujeito fumando um charuto, rindo e tagarelando no fundo... – por deus, que mina bonita, e eu nem consegui... – que merda..."

"é, cara, você não foi o primeiro sujeito que uma mulher conseguiu foder. está sangrando?", perguntou Henderson.

"não, é só osso, um toquinho de osso, mas eu tô tão triste, eu deixei meus companheiros caírem, eu deixei os Blues na pior, eu me sinto terrível, terrível, terrível."

eles se sentiam terríveis? eu estava com 250 milhas a menos.

terminei a garrafa que estava na mesa. J. C. estava bêbado demais para jogar, com asas ou sem asas. Henderson apenas abaixou sua cabeça na escrivaninha e começou a chorar. eu encontrei sua pistola no fundo da gaveta. coloquei-a no bolso de dentro do meu casaco e saí da torre e desci para a seção reservada. fiquei no reservado exatamente atrás de Bugsy Malone e de uma bela mulher que estava sentada do lado dele. era o camarote de Henderson e Henderson estava se embebedando até não mais poder com um anjo morto. e o time não precisaria de mim. telefonei para o abrigo do túnel e disse a eles que virassem a coisa para o batedor ou para alguém.

"olá, Bugsy", disse.

o campo era nosso, portanto eles eram os primeiros na defesa.

"onde está o seu meia-cancha? eu não estou vendo ele", disse Bugsy, acendendo um charuto de cinco pratas.

"nosso meia-cancha voltou para o céu por causa de um dos seus serrotes de três dólares e meio da Sears-Roebruck."

Bugsy sorriu. "um sujeito como eu pode mijar no olho de uma mula e em seguida aparecer com um uísque com menta. é por isso que estou onde estou."

"quem é essa bela donzela?", perguntei.

"oh, esta é Helena. Helena, esse é o Tim Bailey, o pior dirigente de beisebol que jamais existiu."

Helena cruzou aquelas coisas de náilon chamadas pernas e eu perdoei Crispin por tudo.

"prazer em conhecê-lo, sr. Bailey."

"legal."

o jogo iniciou. de volta aos velhos tempos. no 7º turno nós perdíamos de 10 a 0. Bugsy estava se sentindo terrivelmente bem naquele momento então, sentindo as pernas dessa mina, esfregando--se nela, tendo o mundo inteiro em seu bolso. ele virou-se para mim e alcançou-me um charuto de cinco pratas. eu acendi.

"esse sujeito era realmente um anjo?", perguntou-me sem esconder um certo sorriso.

"ele disse para chamá-lo de J. C. para abreviar, mas com o diabo se eu sei."

"parece que o HOMEM derrotou a DEUS praticamente todas as vezes em que andaram se enredando", disse.

"não sei", disse, "mas da maneira como eu imagino, cortar fora as asas de um homem é um pouco semelhante a cortar fora o seu pau."

"talvez sim. mas no meu modo de ver, é o forte que faz as coisas andarem."

"ou a morte faz as coisas pararem. o que você pensa *ser* o caso?"

puxei a pistola e coloquei-a atrás da sua cabeça.

"pelo amor de cristo, Bailey, acalme-se! eu lhe darei metade de tudo que tenho! não, eu lhe darei tudo – essa mina, tudo, os trabalhos –, apenas afaste essa arma da minha cabeça!"

“se você pensa que matar é ser forte, então EXPERIMENTE um pouco de força!”

puxei o gatilho. foi terrível. uma pistola. partes do crânio, e cérebro e sangue por todo o lugar sobre mim, sobre suas pernas de náilon, seu vestido.

o jogo foi suspenso por uma hora enquanto eles nos tiravam de lá – o Bugsy morto, sua mulher histérica e enlouquecida, e eu. depois eles terminaram os turnos.

Deus acima do Homem; o Homem acima de Deus. mamãe preservou morangos enquanto tudo se encontrava tão doente.

foi no dia seguinte em minha cela quando um panaca de merda me entregou o jornal:

BLUES ARRANCAM NO 14º TURNO, VENCEM POR 12-11 E CONQUISTAM O TÍTULO.

Caminhei até a janela da cela, 8 andares acima. fiz uma bola do jornal e a enfiei através das grades, misturei e sacudi o jornal e enfiei ele através das grades e enquanto caía pelo ar eu olhava para ele, ele se desenrolava, parecia ter asas, bem, na verdade não era assim merda nenhuma, ele flutuava como qualquer pedaço de papel desdobrado faz, em direção ao mar, daquelas ondas brancas e azuis lá embaixo e eu não podia tocar nelas. Deus vence o Homem sempre e continuadamente, sendo Deus Seja lá o que Foi – uma metralhadora filha da puta ou a pintura de Klee, bem, e agora, aquelas pernas de náilon dobrando-se ao redor de algum outro maldito imbecil. Malone me devia 250 milhas e não poderia pagar. J. C. com asas, J. C. sem asas, J. C. numa cruz, eu ainda estava um pouco vivo e caminhei em volta pelo chão, sentei-me sobre aquele vaso de prisão e comecei a cagar, ex-maior dirigente da liga, ex-homem, e um vento leve através das grades e um jeito suave de ir.

●

estava quente lá dentro. fui até o piano e comecei a tocar. eu não sabia tocar piano. apenas batia nas teclas. algumas pessoas dançavam no sofá. de repente olhei debaixo do piano e vi uma mulher deitada ali, o vestido erguido até a altura dos quadris. eu tocava com uma mão e me esticando um pouco comecei a acariciá-la com a outra. ou foi a música ruim ou a bolinação que acordou a moça. num sobressalto ela saiu debaixo do piano. as pessoas pararam de dançar em cima do sofá. consegui ir até ali e adormeci por uns quinze minutos. havia duas noites e dois dias que eu não dormia. estava quente lá dentro, quente. quando acordei vomitei numa xícara de café. ela logo ficou cheia e eu tive que terminar em cima do sofá. alguém trouxe uma enorme panela bem na hora. soltei tudo. ácido. tudo estava ácido.

me levantei e caminhei até o banheiro. dois caras estavam lá dentro, nus. um deles tinha uma espécie de creme de barbear e uma escova e batia uma bronha no pau e nas bolas do outro cara.

"seguinte, preciso dar uma cagada", disse a eles.

"vai em frente", disse o cara que estava levando a bronha, "nós não estamos incomodando você."

fui em frente e me sentei.

o cara com a escova disse pro que levava a bronha, "ouvi dizer que o Simpson foi pra rua do Club 86."

"KPFK", disse o outro, "eles põem mais gente no olho da rua que a Douglas Aircraft, a Sears Roebruck e a Thrifty Drugs juntas. uma palavra errada, uma frase que não esteja alinhada com as suas concepções pré-fabricadas sobre a humanidade, política, arte e assim por diante, e deu pra você. o único sujeito garantido do KPFK é o Eliot Mintz – ele é como um acordeom de brinquedo: não importa o jeito que você apertá-lo, você vai sempre obter o mesmo som."

"agora vai em frente", disse o sujeito com a escova.

"vai em frente o quê?"

"esfrega o teu pau até ele ficar duro."

deixei cair um bem grande.

"jesus!", disse o carinha da escova, mas ele não estava mais com a escova. ele tinha atirado ela na privada.

"jesus o quê?", disse o outro cara.

"você tem uma cabeça nessa coisa, que parece uma marreta!"

"eu tive um acidente. foi ele que causou isso."

"eu gostaria de ter tido um acidente desses."

larguei outro.

"agora vai em frente."

"vai em frente o quê?"

"te abaixa de costas e escorrega ele no meio das coxas."

"assim?"

"éééé."

"e agora?"

"põe a tua barriga pra baixo. enfia ele. pra frente e pra trás. mantém as pernas apertadas. assim! viu! você nunca mais vai precisar de outra mulher!"

"pô, Harry, isso simplesmente *não* é que nem buceta! o que é que você tá me dando? o que você tá me dando é um monte de merda!"

"só o que você precisa é de um pouco de PRÁTICA! você vai ver! você vai ver!"

me limpei, puxei a descarga e caí fora dali.

fui até o refrigerador e peguei outra lata de cerveja, peguei 2 latas de cerveja, abri ambas e comecei com a primeira. imaginava que estava em algum lugar em North Hollywood. sentei perto de um cara com um capacete de lata vermelho na cabeça e uma barba de sessenta centímetros. ele havia brilhado por algumas noites mas estava perdendo o pique e estava ficando sem seringa. mas ele ainda não tinha atingido o estágio do sono, apenas aquele estágio triste e vago. talvez apenas esperando que pintasse um baseado, mas ninguém tava apresentando nada.

"Big Jack", eu disse.

"Bukowski, você me deve 40 dólares", disse Big Jack.

"escuta, Jack, eu tenho essa ideia de que lhe paguei 20 dólares a noite passada. realmente acho que fiz isso.

"mas você não se lembra, não é mesmo Bukowski? porque você estava bêbado, Bukowski, é por isso que você não se lembra!"

Big Jack tinha essa coisa contra os bêbados.

Maggy, a sua namorada, estava sentada perto de mim. "você lhe deu uma de vinte, certo, mas foi porque você queria alguma coisa a mais para beber. nós saímos, lhe trouxemos algo e lhe demos o troco."

"tudo bem. mas onde é mesmo que nós estamos? North Hollywood?"

"não, Pasadena."

"Pasadena? não acredito."

fiquei olhando essa gente ir para trás dessa enorme cortina. alguns deles saíam em dez ou vinte minutos. outros jamais saíram. já estava durando mais de 48 horas. terminei a segunda cerveja, levantei, puxei a cortina para trás e entrei. estava muito escuro lá dentro mas senti cheiro de erva. e de cu. permaneci lá e deixei que meus olhos se acostumassem. eram na maioria rapazes. lambendo um a bunda do outro. se esfregando. chupando. não era pra mim. eu era careta. era como um ginásio cheio de homens depois que todos tivessem trabalhado nas barras paralelas. e o cheiro acre de sêmem. fiquei enjoado. um negro ágil e vistoso veio até onde eu estava.

"ei, você é Charles Bukowski, não é mesmo?"

"só", eu disse.

"uau! essa é a emoção da minha vida! eu li *CRUCIFIXO NA MÃO DE UM MORTO**. eu te considero o máximo desde Verlaine!

"Verlaine?"

"ééé, Verlaine!"

ele esticou o braço e agarrou as minhas bolas com a mão. eu botei a mão dele pro lado.

"qual é o problema?", perguntou.

"dá um tempo, baby, tô procurando um amigo."

"ah, sinto muito..."

ele se afastou. continuei olhando ao redor e já pronto pra me mandar quando percebi uma mulher meio que se encostando num canto distante.

---

* no original, CRUCIFIX IN A DEATHHAND, ainda não traduzido para o português. (N.T.)

ela estava com as pernas abertas mas parecia um pouco aturdida. caminhei até lá e olhei pra ela. baixei as calças e a cueca. ela parecia gostosa. botei a coisa dentro. botei bem dentro o que eu tinha.

"ooooh", disse ela, "é bom! você tem uma curva! como um arpão!"

"acidente que tive quando criança. um lance com o triciclo."

"ooooooh..."

eu tava me saindo bem quando algo simplesmente se ENTERROU entre as bochechas do meu cu. vi estrelas diante dos meus olhos.

"ei, que DIABO!" estiquei a mão e puxei a coisa pra fora. eu estava lá com aquela coisa do cara na minha mão. "o que é que você pensa que tá fazendo, meu chapa?", perguntei a ele.

"ouça, amigo", disse ele, "toda essa brincadeira não passa de um grande jogo de cartas. se você quer fazer parte do jogo, tem que aceitar seja lá o que for que vier no baralho."

subi a cueca e as calças e caí fora dali.

Big Jack já tinha ido embora. algumas pessoas estavam desmaiadas no chão. fui e peguei outra cerveja, bebi aquilo e caí fora. a luz do sol atingiu-me como uma rádio-patrulha com as luzes vermelhas acesas. encontrei meu carro, que havia sido empurrado pra dentro da entrada de automóvel de alguma pessoa com um tique de estacionamento em cima dele. mas ainda havia espaço para sair. todo mundo sabia até onde podia ir. foi bom.

parei na Estação Modelo e o homem me disse como chegar à freeway. fui direto pra casa. suando. mordendo meus lábios pra permanecer acordado. havia uma carta na caixa postal da minha ex-mulher no Arizona.

"... eu sei que você se sente solitário e deprimido. quando isso acontece, você devia ir até A Ponte. eu acho que você iria gostar daquela gente. ou de alguns deles, de qualquer maneira. ou você devia ir às leituras de poesia na Igreja Unitária..."

deixei a água correr na banheira, quente e gostosa. tirei a roupa, encontrei uma cerveja, bebi metade, coloquei a lata na prateleira e entrei, peguei a espuma e a escova e comecei a bater de leve nas partes sensíveis e nas saliências.

●

conheci o garoto de Kerouac, Neal C., um pouco antes dele descer para se deitar ao longo daquelas ferrovias mexicanas e morrer. Seus olhos pareciam que iam saltar fora de suas velhas órbitas e ele tinha a cabeça no microfone, sacudindo, pulando, lançando olhares amorosos, ele estava com uma camiseta branca e parecia estar cantando como um cuco acompanhando o ritmo da música, *antecedendo* a marcação do compasso em apenas um tom, como se estivesse liderando a parada. eu me sentei com minha cerveja e fiquei olhando pra ele. tinha trazido um ou dois pacotes de seis. Bryan estava distribuindo um serviço e alguns filmes para dois jovens que estavam indo cobrir aquele show que continuava sendo interditado. seja lá o que acontecesse àquele show do poeta de Frisco, eu esqueci o seu nome. de qualquer maneira, ninguém estava sentindo a presença de Neal C. e Neal C. não se importava, ou fingia que não. quando a música terminou, os 2 jovens partiram e Bryan apresentou-me ao fabuloso Neal C.

"tá a fim de uma cerveja?", perguntei a ele.

Neal puxou uma garrafa, jogou ela pro alto, apanhou-a ainda no ar. abriu a tampa e esvaziou um quarto em dois longos goles.

"pega outra."

"é claro."

"eu pensava que eu era bom de cerveja."

"eu sou um garoto durão e andei pelas prisões. li as tuas coisas."

"li as tuas também. aquela coisa de trepar na janela do banheiro e se esconder pelado nos arbustos. muito bom."

"ha, sim." ele trabalhava na cerveja. e jamais se sentava. ficava o tempo todo se mexendo de um lado pro outro. ele estava um pouco confuso com a agitação, a luz eterna, mas não havia nenhum ódio nele e você gostava dele mesmo que não quisesse, sabendo que o Kerouac tinha introduzido ele na chupação e Neal mordera, continuava mordendo. mas vocês sabem que Neal era legal e havia uma outra maneira de olhar pra coisa, Jack tinha apenas escrito o livro, ele não era a mãe de Neal. apenas o seu destruidor, deliberado ou não.

Neal dançava ao redor da sala numa Chapação Eterna, seu rosto parecia velho, sofrido, e tudo o mais, mas o seu corpo era o corpo de um garoto de dezoito anos.

"não quer experimentar, Bukowski?", perguntou Bryan.

"pode crê, não tá a fim de vir, baby?", ele me perguntou.

de novo, nenhum rancor, apenas acompanhando o jogo.

"não, obrigado. eu vou fazer quarenta e oito em agosto. já tive a minha última batida."

eu não teria podido com ele.

"quando foi a última vez que você viu Kerouac?", perguntei.

acho que ele disse 1962, 1963. de qualquer maneira, há muito tempo atrás.

apenas acompanhei Neal na cerveja e tive que sair pra conseguir mais. o trabalho no escritório estava praticamente acabado e Neal estava parando na casa de Bryan e B. me convidou pra que eu viesse jantar. eu disse, "tudo bem", e estando um pouco alto não fui capaz de imaginar o que estava pra acontecer.

quando nós saímos uma chuva muito fina estava começando a cair. daquele tipo que realmente fode com as ruas. eu não sabia ainda. pensei que Bryan ia dirigir. mas Neal entrou e pegou a direção. de qualquer forma eu fiquei no banco de trás. B. entrou e ficou na frente com Neal. e a viagem começou. sempre em frente ao longo daquelas ruas escorregadias e quando parecia que iríamos cruzar uma esquina Neal decidira virar à esquerda ou à direita. tirando aquele fino dos carros estacionados, longe apenas um fio de cabelo. um tiquinho só pro lado e todos nós estávamos liquidados.

depois que voltávamos ao normal eu sempre dizia alguma coisa ridícula como, "ah, vai chupá um caralho". e Bryan sorria e Neal apenas seguia dirigindo, nem zangado ou contente ou sardônico.

apenas ali fazendo os movimentos. eu entendia. tinha que ser. era sua argola de touro. sua pista de corrida. era *sagrado* e necessário.

a melhor mesmo foi na saída da Sunset, indo pro norte na direção de Carlton. a garoa agora estava boa, arruinando tanto a visão como as ruas. ao fazer uma curva quando saía da Sunset, Neal surpreendeu o seu próprio lance, no xadrez da velocidade, tinha que ser calculado num piscar de olhos. dobrando à esquerda na Carlton daríamos na casa de Bryan. estávamos a uma quadra de distância. havia um carro na nossa frente e dois se aproximando. ele poderia ter diminuído um pouco e seguido o tráfego mas teria perdido o seu *lance.* não o Neal. ele fez uma ginga e ultrapassou por dentro o carro que estava na nossa frente e eu pensei, é isso aí, tudo bem, não tem nenhuma, realmente não tem nenhuma mesmo. é assim que as coisas se passam no nosso cérebro, foi assim que as coisas se passaram no meu cérebro. os dois carros mergulharam um em cima do outro, de cabeça, o outro tão perto que os faróis dianteiros inundaram meu assento traseiro. eu realmente penso que no último segundo o outro motorista pisou no freio. aquilo nos deu o fio de cabelo. só pode ter sido calculado por Neal. aquele lance. mas não tinha terminado. estávamos agora indo a alta velocidade e o outro carro, aproximando-se vagarosamente da Hollywood Boulevard. impedia completamente que se virasse à esquerda na Carlton. Eu sempre me lembrarei da cor daquele carro. nós praticamente encostamos nele. uma espécie de azul acinzentado, um carro antigo, cupê, arqueado e sólido como uma espécie de tijolo de aço rolante. Neal cortou para a esquerda. a mim pareceu que nós iríamos entrar bem no meio do carro. não tinha como escapar. mas, de alguma maneira, o movimento do outro carro para frente e o nosso movimento à esquerda coincidiram perfeitamente. o fio de cabelo estava lá. mais uma vez. Neal estacionou a coisa e nós entramos. Joan serviu o jantar.

Neal comeu todo o seu prato e a maior parte do meu também. bebemos um pouco de vinho. Joan tinha um jovem homossexual altamente inteligente como babá, que provavelmente já deve ter se mandado com alguma banda de rock ou se matou ou sei lá o que pode ter acontecido. de qualquer maneira, eu beliscava suas nádegas quando ele passava por mim. ele adorava.

eu acho que fiquei tempo demais além dos limites, bebendo e conversando com Neal. a babá continuava falando sobre Hemingway, de certa forma me equacionando com Hemingway até que eu o mandei tomar no cu e ele prontamente subiu as escadas e foi conferir o Jason lá em cima. alguns dias depois Bryan me telefonou:

"Neal está morto, Neal morreu."

"porra, que merda."

depois Bryan contou-me algo a respeito, saiu do ar.

é isso aí.

todas aquelas viagens, todas aquelas páginas de Kerouac, todas aquelas prisões, para morrer sozinho sob uma gélida lua mexicana, sozinho, vocês compreendem? será que vocês não são capazes de ver os miseráveis e insignificantes cactos? o México não é um lugar terrível simplesmente porque ele é oprimido. será que vocês não são capazes de ver os animais do deserto observando? os sapos comuns e intanhas, as serpentes como nacos das mentes dos homens rastejando, parando, esperando, surdas sob surdas luas mexicanas. répteis, coisas se mexendo rapidamente, olhando pra esse cara de camiseta branca na areia.

Neal, ele encontrou o seu lance, não machucou ninguém. o garoto durão que andou pelas prisões no chão ao longo de uma ferrovia mexicana.

a única noite que eu o encontrei eu disse, "Kerouac escreveu todos teus outros capítulos. eu já escrevi teu último."

"vai fundo", disse ele, "escreva."

fim do original.

●

os verões são mais longos onde os suicídios sucedem e as moscas comem tortas de lama. é de um famoso poeta de rua dos anos 50 e que ainda vive. atiro minha garrafa no canal, é Veneza, e Jack está aqui hibernando em algum canto por uma semana ou mais, onde fará leituras dramáticas dentro em breve em algum lugar. o canal parece estranho, muito estranho.

"dificilmente fundo o suficiente para a autodestruição."

"ééé", diz ele com sua voz de cinema do Bronx, "você tem razão."

ele está grisalho aos 37. nariz em forma de gancho. encurvado. enérgico. puto da cara. macho. muito macho. um pequeno sorriso de judeu. talvez ele não seja judeu. não perguntei a ele.

conheceu eles todos. mijou no sapato de Barney Rosset numa festa porque não gostou de alguma coisa que Barney disse. Jack conhece Ginsberg, Creeley, Lamantia, e assim por diante, e agora ele conhece Bukowski.

"é, Bukowski veio até Veneza pra me ver. cheio de cicatrizes no rosto. ombros encurvados. parecendo um homem muito cansado. não fala muito e quando o faz é meio imbecil, só lugar comum. você jamais pensaria que ele escreveu todos aqueles livros de poemas, mas ele esteve tempo demais no correio. ele se passou. eles comeram todo o seu espírito. uma vergonha, mas vocês sabem como é que a coisa funciona. mas ele ainda é galo, galo mesmo, vocês sabem."

Jack conhece o lado de dentro, e é divertido mas verdadeiro saber que as pessoas não são muito, tudo não passa de um jazz a foder, e a gente já sabe que é esse o lema mas é legal ouvir isso ser dito sentado à beira do canal de Veneza tentando curar uma super-ressaca.

ele está folheando um livro. fotografias de poetas na maior parte. eu não estou lá. comecei tarde e vivi tempo demais sozinho em pequenos quartos bebendo vinho. eles sempre imaginam que um ermitão é um demente, e é bem capaz deles estarem certos.

ele folheia o livro. mas jesus cristo, é um cu de gato sentado ali com aquela ressaca e a água lá embaixo, e aqui está Jack folheando o livro, vejo pontos de luz, narizes, orelhas, o esplendor das páginas fotográficas. não me importo, mas acho que nós precisamos conversar e eu não falo bem e ele está executando o serviço, portanto aqui vamos nós, canal de Veneza, a total e fodida infelicidade de sobreviver.

"esse cara pirou há uns dois anos atrás."

"esse cara aqui queria que eu chupasse o pau dele para publicar meu livro."

"você chupou?"

"eu? dei-lhe uma porrada na cara! com esse aqui!"

ele exibe o seu punho do Bronx.

eu ri. ele me deixa à vontade e é humano. todo homem tem medo de ser viado. fiquei um pouco cansado disso. talvez devêssemos todos nos tornar viados e relaxar. sem querer apertar Jack. ele ainda pode mudar. tem gente demais com medo de falar contra as bixas – intelectualmente. assim como existe gente demais com medo de falar contra a esquerda – intelectualmente. não tenho o menor interesse por onde vai a coisa – só sei que tem gente demais com medo.

mas o Jack é boa gente. tenho visto intelectuais demais ultimamente. me canso fácil dos preciosos intelectos que precisam cuspir diamantes toda vez que abrem as suas bocas. eu me canso de ficar batalhando por cada espaço de ar para o espírito. é por isso que me afasto das pessoas por tanto tempo, e agora que estou encontrando as pessoas, descubro que preciso voltar pra minha caverna. existem outras coisas além da mente: há insetos e palmeiras e trituradores de pimenta, e eu vou ter um triturador de pimenta na minha caverna, portanto riam.

o povo sempre irá te trair.

jamais confie no povo.

"todo o jogo da poesia é controlado pelas bixas e pela esquerda", me diz ele, olhando fixo para dentro do canal.

há uma espécie de verdade aqui que é amarga e falsa para ser disputada e eu não sei o que fazer com ela. tenho plena consciência que há alguma coisa de errado com o jogo da poesia – os livros dos famosos são muito chatos, inclusive Shakespeare. será que já era assim naquela época?

decido dar umas alfinetadas no Jack.

"você se lembra da velha revista de *poesia?* eu não sei se foi o Monroe ou o Shapiro ou quem quer que esteja lá agora, ficou tão ruim que eu não leio mais, mas eu me recordo de uma frase do Withman:

"'para ter grandes poetas nós precisamos de grandes audiências'. bem, eu sempre imagino um Withman como um poeta maior do que eu, se isso tem alguma importância, só que desta vez ele pegou a coisa pelo avesso. devia ler:

"'para ter grandes audiências precisamos de grandes poetas'."

"é isso aí, pode crer", disse Jack, "eu conheci Creeley numa festa há algum tempo e perguntei-lhe se já tinha lido Bukowski e ele ficou completamente duro e gélido, daquele jeito que você sabe como, e não me respondeu, cara. do tipo, você sabe o que eu tô querendo dizer."

"caralho, vamos dar o fora daqui", digo.

saímos em direção ao meu carro. eu tinha um carro, de certa forma. um fusca, naturalmente, Jack trouxe o livro com ele. ainda continuava virando a páginas.

"esse cara chupa pau."

"ah é?"

"esse cara casou com uma professora que lhe bate na bunda com chicote. uma mulher horrível. não escreveu mais nada desde o seu casamento. ela tem a alma dele na liga da buceta dela."

"você tá falando do Gregory ou do Kero?"

"não, esse já é *outro*!"

"santo jesus!"

seguimos caminhando em direção ao meu carro. tô meio sem saco mas posso SENTIR a energia desse homem, ENERGIA, e me dou conta que é bem provável que eu esteja caminhando ao lado de um dos poucos poetas imortais e não acadêmicos do nosso tempo. mas pensando bem, isso também não tem a menor importância.

entro no carro. o fusca pega mas a caixa de câmbio tá novamente fodida. eu tenho que dirigir em lenta durante todo o trajeto e a porra ainda me afoga em todo sinal, mal de bateria, rezo, pega só mais uma vez, não tem tiras, não tem mais conversa-fiada de bêbados no volante, não tem mais outros cristos de qualquer espécie ou qualquer espécie de Cruz, podemos escolher entre Nixon e Humphrey e Cristo e nos fodermos seja para que lado nos viramos, e eu viro pra esquerda, freio no endereço e nós saímos.

Jack continua firme nas páginas.

"esse cara é legal. ele se matou e a seu pai, sua mãe, e à mulher, mas não atirou nos três filhos nem no cachorro. um dos melhores poetas desde Baudelaire."

"ah é?"

"é, que merda."

descemos do fusca enquanto faço o sinal da cruz pra mais uma partida na porra da bateria.

caminhamos até a entrada da casa e Jack bate com força na porta.

"BIRD! BIRD! sou eu, Jack!"

a porta se abre e lá está Bird. olho duas vezes. não posso ver se é homem ou mulher. o rosto é a essência destilada de ópio de uma beleza intacta. é um homem. os movimentos são de homem. eu sei disso mas também sei que ele é capaz de atrair o diabo e a máxima brutalidade toda vez que anda nas ruas. eles o matarão porque ele simplesmente ainda não morreu. nove décimos de mim já morreram, mas eu guardo o décimo restante como uma arma. posso andar na rua e eles não têm como diferenciar-me de um vendedor de jornais, apesar dos vendedores de jornais possuírem caras mais bonitas que qualquer presidente dos estados unidos, mas também isso não é nenhum problema.

"Bird, preciso de 20 dólares", diz Jack.

Bird descola uma maldita nota de vinte. seu movimento é suave, sem preocupação.

"obrigado, cara, tá a fim de entrar?"

"claro."

entramos. logo ali a estante de livros. corro os olhos sobre ela. não parece haver um único livro que não valha a pena. vejo que todos os livros que admiro se encontram ali. que diabo? será que é um sonho? o rosto do garoto é tão bonito que toda vez que eu olho sinto uma sensação boa, vocês sabem, como sopa de feijão-preto bem-temperada, quente. depois de sair de uma ruim, o primeiro rango em semanas, bem, foda-se, eu tô sempre de guarda.

o Bird. e o oceano lá embaixo. e a bateria ruim. um fusca. os tiras patrulhando suas ruas estúpidas e secas. que guerra horrível essa. e que pesadelo idiota, apenas esse espaço frio e fugaz entre nós, seremos todos esmagados, rapidamente transformados em brinquedos quebrados de crianças, naqueles saltos altos que corriam tão alegremente escada abaixo para desaparecerem dali para sempre, para sempre, burros e tolos, burros a cabresto, maldita seja nossa pobre coragem.

nós nos sentamos. uma garrafa de scotch aparece. empino um quarto da garrafa de uma só tacada, sem pausa, ah, eu, que piada, num piscar de olhos, imbecil, quase 50 e ainda tentando bancar o Herói. herói de merda numa fuzilada de vômito.

a mulher do Bird aparece. somos apresentados. é uma mulher cristalina num vestido marrom, ela apenas desliza seus olhos sorrindo, ela flutua, verdade, ela flutua.

"UAU UAU UAU!", digo eu.

ela parece tão incrível que tenho que levantá-la, abraçá-la, eu a carrego no meu quadril esquerdo, giro com ela, dou risada. ninguém pensa que sou louco. todos nós rimos. todos nós compreendemos. eu a ponho no chão. sentamos.

Jack gosta que eu esteja junto. ele esteve descarregando a minha alma e está cansado. ele arreganha os dentes à cólera. é um cara legal. alguma vez durante toda a sua vida você já esteve numa sala cheia de pessoas que só lhe ajudaram quando você olhou pra eles, escutou elas. esse era um daqueles momentos mágicos. eu sabia disso. eu brilhava como um *tamale** fodido de quente. não tinha importância. tudo bem.

---

* comida mexicana. (N.T.)

castiguei numa outra superdose de uísque sem qualquer constrangimento. me dei conta que era a mais fraca das quatro pessoas e não queria causar dano a ninguém, apenas queria compreender a sua dócil santidade. eu amei como um cachorro louco cercado de cadelas ardentes, só que eles tinham milagres para me mostrar além do esperma.

o Bird olhou para mim.

"viu minha colagem?"

ele segurava uma coisa com um aspecto meio fodido com um brinco de mulher e alguma outra merda pendurada sobre ela.

(por falar nisso... me dou conta que passei do presente para o passado, e se você não gostou... enfia uma pinça no seu escroto. – impressor: é pra deixar assim.)

entro numa longa e chata lenga-lenga sobre como não gosto disso ou daquilo, e sobre o meu sofrimento nas aulas de arte...

o Bird dá um jeito de eu parar.

afastando a coisa pro lado dá pra ver que é apenas uma seringa hipodérmica e aí ele arreganha os dentes pra mim, mas aí eu também conheço o conteúdo: isso, talvez, tanto quanto me disseram, do conteúdo, o único *junky* que pode fazê-lo é Wm Burroughs, que é dono da Burroughs Co., quase, e que sabe jogar duro sendo o tempo todo um porco gordo e afeminado chupador de verruga por dentro. isso é o que eu ouço dizer, e é guardado com muito segredo. será que é verdade? apesar de tudo, verdade ou não, Burroughs é um escritor muito chato e, sem a insistência do pop instruído na sua bagagem literária, ele seria quase nada, como Faulkner é nada exceto para os sequíssimos extremistas como o sr. Corrington, e o sr. Nod, e o sr. Chupador-de-Merda-Seca.

"Baby", eles começaram a me dizer, "você está bêbado."

e eu estou. e eu estou. e eu estou.

não há mais nada agora que eu possa fazer além de incomodar ou dormir.

eles arrumam um lugar pra mim.

eu bebo rápido demais. eles continuam conversando. eu os escuto, delicadamente.

durmo. durmo entre camaradas. o mar não irá me afogar e nem eles. eles adoram meu corpo dormindo. sou um bunda-mole. eles amam meu corpo dormindo. que todos os filhos de Deus cheguem a isso.

jesus jesus jesus
quem se importa com um morto
bateria?

●

jesus, mamãe, era terrível – lá vinham eles, saídos das mais vastas bucetas da terra atropelando quem estava na frente, me fazendo rodopiar com minha mala de papelão nas proximidades de Times Square.

finalmente consegui perguntar a um deles onde ficava o Village e quando eu cheguei no Village encontrei um quarto e quando abri minha garrafa de vinho e tirei os meus sapatos descobri que o quarto tinha um cavalete, mas eu não era pintor, apenas um garoto em busca da sorte, e eu me sentei atrás do cavalete e bebi meu vinho e olhei através da imunda janela.

quando eu saí na batalha de uma outra garrafa de vinho eu vi esse garoto de pé metido num robe de seda. ele usava uma boina e sandálias, tinha uma barba meio mórbida e doentia e falava no telefone do hall:

"ah, sim sim, querida, eu *preciso* muito te ver, muito, muito! senão eu corto os pulsos...! ah corto!"

vou ter que sair fora daqui, pensei. ele não cortaria sequer os cadarços dos sapatos. que figurinha nojenta. e lá fora, eles sentavam-se nos cafés, confortavelmente, de bonés, produzidíssimos, fingindo serem Artistas.

fiquei por lá durante uma semana bebendo, terminando o aluguel, e depois achei um quarto fora do Village. pelas aparências e pelo tamanho do quarto era muito barato e eu não conseguia entender por quê. descobri um bar perto da esquina e bebi cervejas o dia inteiro. meu dinheiro estava se indo mas, como de costume, eu odiava ter que procurar trabalho. cada momento de embriaguez e de fome continha algum tipo de significado complacente que confortava. aquela noite eu comprei duas garrafas de vinho do porto e subi para o meu quarto. tirei a roupa, entrei na cama no escuro, encontrei um copo e empinei a primeira garrafa de vinho. foi então que descobri por que o quarto era tão barato. o "L" passava bem do lado da minha janela. e a parada era ali mesmo. exatamente do lado de fora da minha janela. o quarto ficava iluminado pelo trem. e eu olhava para o trem completamente carregado de caras: caras horríveis, putas, orangotangos, bastardos, loucos, assassinos – todos meus mestres. aí, rapidamente o trem começava a partir e a sala ficava escura de novo – até que chegasse o próximo trem carregado de caras, que estava sempre adiantado demais. eu precisava de vinho.

um casal de judeus era dono do prédio e também possuíam uma alfaiataria e uma lavanderia do outro lado da rua. decidi que os meus poucos trapos precisavam de uma limpeza. a temporada de caça ao trabalho arrotava e peidava através do meu louco horizonte. entrei bêbado com os meus trapos.

"... preciso deles limpos ou lavados ou alguma outra coisa..."

"pobre rapaz! por que é que você está vivendo nesses FIAPOS! eu não conseguiria lavar as janelas com isso daí. vou lhe dizer uma coisa... ô, Sam!"

"ãhn?"

"mostre a esse bom rapaz aquele traje que o homem deixou!"

"ah, sim, é um traje tão bonito, mamãe! eu não *entendo* como aquele homem o deixou!"

eu não vou transcrever todo o diálogo. insisti principalmente que o traje era muito pequeno. eles disseram que não. eu disse que se não era pequeno demais era muito comprido. eles disseram sete. eu disse, nada feito. eles disseram seis. eu disse, tô quebrado. quando eles chegaram aos quatro insisti para eles me colocarem dentro do traje. foi o que fizeram. dei a eles os quatro. voltei para o meu quarto, tirei o traje e dormi. quando acordei estava escuro (exceto quando o "L" passava) e decidi colocar o meu traje novo e sair e encontrar uma mulher, bonita, é claro, para sustentar um homem de talentos ainda escondidos como eu.

quando eu entrei nas calças descosturou toda a parte de trás. tudo bem, caí no conto. estava um pouco frio mas eu imaginei que o casaco ia segurar. quando entrei no casaco o braço esquerdo rasgou na altura do ombro cuspindo um estofo viscoso e nojento.

enganado de novo.

tirei o que restou do traje e decidi que teria que me mudar novamente.

descobri outro lugar. uma estrutura meio parecida com a de um porão, descendo as escadas e entre as latas de lixo do proprietário, eu estava encontrando o meu nível.

a primeira noite fora, depois dos bares fecharem, descobri que tinha perdido minha chave. estava apenas com uma fina camisa branca californiana. peguei um ônibus e fiquei andando de um lado pro outro pra evitar que eu congelasse. finalmente o motorista disse que era o fim da linha. eu estava bêbado demais para lembrar.

quando saí ainda fazia muito frio e eu estava parado do lado de fora do Yankee Stadium.

oh, Senhor, pensei, aqui é que meu herói de infância Lou Gehrig costumava jogar e agora eu vou morrer fora. bom, até que pega bem.

perambulei um pouco, então encontrei um café. entrei nele. as garçonetes eram todas negras de meia-idade mas as xícaras de café eram grandes e o café com rosca quase não custava nada.

coloquei minhas coisas em cima da mesa, sentei-me, comi a rosca rapidamente, o café fui bebendo aos pouquinhos, aí peguei um cigarro king-size e o acendi.

comecei a ouvir vozes:

"DÊ GRAÇAS AO SENHOR, IRMÃO!
OH, DÊ GRAÇAS AO SENHOR, IRMÃO!"

olhei ao redor. todas as garçonetes estavam me fazendo um louvor e alguns fregueses também. estava muito bom. reconhecimento afinal. o *Atlantic* e o *Harper's* que fossem pro inferno. os gênios sempre iriam se sobressair. eu sorri para eles todos e dei uma grande tragada.

aí uma das garçonetes gritou pra mim:

"E PROIBIDO FUMAR NA CASA DO SENHOR, IRMÃO!"

apaguei o cigarro. terminei o café. aí então eu saí e olhei para o letreiro na janela:

MISSÃO DIVINA DO SENHOR.

acendi outro cigarro e iniciei a longa caminhada de volta ao meu quarto. quando cheguei lá ninguém atendeu à campainha. finalmente me estiquei em cima das latas de lixo e fui dormir. sabia que ali embaixo no pavimento os ratos iriam me pegar. eu era um sujeito jovem e esperto.

eu era tão esperto que inclusive arranjei um emprego no dia seguinte. e na próxima noite, de ressaca, tremendo, muito triste, eu estava no trabalho.

dois velhos iriam me adestrar. cada um deles estava no emprego desde que os metrôs haviam sido inventados. caminhamos juntos com aquelas pesadas chapas de papelão debaixo do braço esquerdo e uma pequena ferramenta na mão direita que parecia um abridor de cerveja.

"todas as pessoas em Nova Iorque têm esses bichinhos verdes espalhados pelo corpo inteiro", disse um dos velhos.

"é mesmo?", eu disse, não dando a mínima pra cor dos bichinhos.

"você vai ver eles nos assentos. nós encontramos eles nos assentos todas as noites."

"ééé", disse o outro velho. seguimos adiante.

bom deus, pensei, será que isso aconteceu alguma vez a Cervantes?

"agora, preste atenção", disse um dos velhos. "toda lâmina tem um pequeno numerozinho. nós substituímos cada lâmina com o numerozinho por outra lâmina com o mesmo número."

flip, flip. ele afastava as tiras com o abridor de lata de cerveja, enfiava rapidamente o anúncio novo, recolocava as tiras no lugar, pegava o anúncio velho e o colocava sob a pilha de lâminas debaixo do seu braço esquerdo.

"agora você experimenta."

eu tentei. as pequenas tiras não queriam ceder. eu tinha um abridor de lata vagabundo. e estava doente e tremendo.

"você vai conseguir", disse um velho.

eu ESTOU conseguindo, seu fodido, pensei.

seguimos adiante.

aí saltamos da traseira do carro e eles seguiram em frente caminhando ao longo dos dormentes entre os trilhos da estrada de ferro. o espaço entre cada dormente era de mais ou menos um metro. um corpo poderia facilmente cair ali sem sequer tentar. e nós estávamos mais ou menos a uns 25 metros de altura da rua. e devem ter sido uns 25 metros até o próximo carro. os dois velhos saltaram sobre os dormentes com suas pesadas lâminas e esperaram por mim no próximo carro. havia um trem parado no meio do caminho recolhendo passageiros. estava bem iluminado por ali, mas aquilo era tudo. as luzes do trem mostraram-me claramente o vão de um metro entre os dormentes.

"VAMOS! VAMOS! ESTAMOS COM PRESSA!"

"pro diabo vocês e a sua pressa!", gritei para os dois velhos. comecei a pisar sobre os dormentes com minha carga de lâminas sob o meu braço esquerdo e o abridor de lata de cerveja na minha mão direita. um passo, dois passos, três passos... de ressaca, doente.

aí – o trem que estava carregado partiu. ficou escuro como um banheiro. eu não conseguia enxergar. eu não podia dar o próximo passo. e eu não podia me virar. apenas fiquei ali parado.

"vamos! vamos! ainda temos muitos carros pra fazer!"

finalmente os meus olhos conseguiram focar de novo um pouquinho. comecei os passos vacilantes novamente. alguns dos dormentes estavam lisos, arredondados com o uso e lascados. parei de ouvir os seus gritos. dei as largas e paralisantes passadas uma depois da outra, esperando que cada novo passo fosse aquele que me enviaria direto para baixo.

consegui chegar até o outro carro e atirei as lâminas de propaganda e o abridor de latas no chão.

"qué qui há?"

"qué qui há? qué qui há? eu vou te dizer, FODA-SE!"

"o que que há de errado?"

"um passo em falso e um homem pode acabar morto. será que os idiotas não percebem isso?"

"até agora ninguém morreu."

"ninguém bebe como eu, também. agora, vamos, me digam como é que eu consigo sair daqui?"

"bom, tem uma escada para baixo à direita mas você vai ter que atravessar as pistas ao invés de caminhar ao longo delas e isso significa ter que passar por uns dois ou três terceiros trilhos?"

"foda-se. o que é um terceiro trilho?"

"é a energia. é só encostar num e deu pra você."

"mostrem-me o caminho."

os velhos apontaram para a escadaria abaixo. não parecia muito longe.

"obrigado, cavalheiro."

"cuidado com o terceiro trilho. é dourado. não encoste nele se não quiser se queimar."

saí caminhando. sentia que eles me observavam. sempre que eu atingia um terceiro trilho eu pisava alto e elegante. eles pareciam meigos e suaves sob o luar.

atingi a escadaria e estava novamente a salvo. no fim da escada havia um bar. ouvi pessoas rindo. entrei no bar e me sentei. algum sujeito estava contando histórias sobre como sua mãe havia cuidado dele, fez com que ele tomasse aulas de piano e de pintura e como ele conseguia tomar dinheiro dela, de um jeito ou de outro. o bar inteiro estava rindo. comecei a rir também. o sujeito era um gênio, se desfazendo dele por nada. ri até que o bar fechou e nós nos separamos, cada um tomando caminhos diferentes.

deixei Nova Iorque pouco tempo depois, nunca mais voltei, nunca mais voltarei. as cidades são construídas para matar as pessoas, e há cidades de sorte e há as de outro tipo. a maioria do outro tipo. em Nova Iorque você tem que ter toda a sorte. isso eu sabia que não tinha. a próxima coisa que eu soube foi que estava sentado num bom quarto na parte leste de Kansas City escutando o gerente bater na empregada porque não tinha conseguido me vender o rabo. era real e pacífico e sadio novamente. eu escutava os gritos enquanto sentado na cama agarrava o meu copo, tomava uma boa, para em seguida me esticar ao longo de lençóis limpos. o sujeito realmente deitava a mão em cima dela. eu podia escutar a sua cabeça batendo com força contra a parede.

quem sabe no dia seguinte quando não estivesse tão cansado da viagem de ônibus eu desse uma colher para ela. ela tinha uma bunda gostosa. pelo menos ele não estava batendo ali. e eu estava fora de Nova Iorque, quase com vida.

●

que noites aquelas, que dias vividos no Olympic. eles tinham um irlandês baixinho e careca fazendo as apresentações (será que se chamava Dan Tobley?), ele tinha *estilo,* viu as coisas acontecerem, talvez até mesmo nos barcos que corriam o rio quando era garoto, e se não fosse assim *tão* velho, talvez até o encontro entre Dempsey e Firpo. eu ainda posso vê-lo tentando alcançar aquela corda e puxando o microfone para baixo vagarosamente, e a maioria de nós bêbados antes da primeira luta, mas éramos bêbados tranquilos, fumando charutos, sentindo a luz da vida, esperando que botassem os dois rapazes lá dentro, cruel mas era o jeito que as coisas aconteciam, é o que faziam pra nós e ainda estávamos vivos, e, sim é verdade, a maioria com uma loira de farmácia ou ruiva, inclusive eu. o nome dela era Jane e tinha uns bons dez assaltos entre nós, um deles acabando em nocaute. de mim. e eu me sentia orgulhoso quando ela voltava do banheiro das mulheres e a galeria toda começava a se debater e assobiar e gritar enquanto ela sacudia aquela bunda fantástica e maravilhosa naquela saia apertada – e era uma bunda *realmente* fantástica: podia deixar um homem petrificado e ofegante, gritando palavras de amor para um céu de concreto. então ela descia e sentava ao meu lado e eu erguia aquela garrafa como uma corneta, passava pra ela, ela tomava o seu gole, me dava de volta, e eu dizia algo dos garotos na galeria: "cambada de gritões filhos da puta, eu mato eles".

e ela olhava para o seu programa e dizia, "de quem é que você vai na primeira?"

eu os escolhia bem – mais ou menos 90 por cento eu acertava –, mas tinha que vê-los primeiro. sempre escolhia o cara que se mexia menos, que parecesse como se não quisesse lutar, e se um cara fazia o sinal da cruz antes do gongo e o outro não, você tinha um vencedor – você escolhia o que não fazia. mas sempre funcionava conjuntamente: o cara que ficava na defensiva e dançando geralmente era o que fazia o sinal da cruz e tomava no rabo.

não havia muitos maus lutadores naquele tempo e se havia era como agora – na maior parte entre os pesos-pesados. mas nós deixamos que eles soubessem naqueles dias – nós despedaçávamos o gongo ou fazíamos o lugar pegar fogo, arrebentávamos as poltronas. eles simplesmente não tinham condições de nos dar muitas lutas ruins. as piores aconteciam na Legião Hollywoodiana e nos ficávamos longe da Legião. até mesmo os rapazes de Hollywood sabiam que a agitação acontecia no Olympic. o Raft, e os outros, e todas as estrelinhas acalentando aquelas poltronas da primeira fila. a galera endoidecia e os lutadores lutavam como lutadores e o lugar estava azul da fumaça de charuto, e como nós gritávamos, baby, baby e atirávamos dinheiro e bebíamos nosso uísque, e quando acabava, tinha o *drive-in*, a velha cama de amor com nossas mulheres pintadas e depravadas. chegava estatelado em casa, depois dormia como um anjo bêbado. quem precisava da biblioteca pública? quem precisava de Ezra? T. S. E. E.? D. H. H. D.? qualquer um dos Bem-sentados?

eu jamais esquecerei da primeira noite em que vi o jovem Enrique Balanos. na época eu tinha um garoto de cor muito bom. ele costumava trazer um carneirinho branco pra dentro do ringue antes da luta e o acariciava, e aquilo era besteira. mas ele era corajoso e bom e a um homem de coragem e bondade se permitem certas liberdades, não é mesmo?

de qualquer maneira era o meu herói, e o seu nome poderia ter sido alguma coisa como Watson Jones. Watson tinha classe e instinto – veloz, ligeiro, e que SOCO, e ele *gostava* do trabalho dele. mas aí então, uma noite, despercebidamente, alguém encaixou esse jovem Balanos para lutar com ele e o Balanos era o seguinte, não se apressava, ia com toda a calma, atingindo Watson pouco a pouco e assumindo a direção, acabou direitinho com ele bem perto do final. meu herói. eu não podia acreditar. se me recordo, Watson foi nocauteado, fazendo com que aquela noite fosse muito amarga, realmente. eu e minha garrafa clamando por piedade, gritando por uma vitória que simplesmente não ia acontecer. Balanos ia certamente com toda a calma, não se apressava – o puto tinha um par de cobras como braços, e ele não se *movia* – deslizava, enfiava-se furtivamente, saltava como uma espécie de aranha diabólica, sempre chegando lá, fazendo o serviço. eu sabia aquela noite que seria necessário um homem muito bom pra vencer ele e que Watson bem que podia tomar conta desse cordeirinho e ir para casa.

e não foi senão muito tarde aquela noite, jorrando borbotões dentro de mim como se fosse o mar, brigando com a minha mulher, amaldiçoando-a ali sentada me mostrando toda aquela gostosura de pernas, que eu admiti que o melhor havia vencido.

"Balanos. bom de pernas. não pensa. só reage. melhor não pensar. esta noite o corpo derrota a alma. é geralmente assim. adeus Watson, adeus avenida Central. tá tudo acabado.

espatifei meu copo contra a parede e fui por cima e agarrei alguma mulher. eu estava ferido. ela era linda. nós fomos pra cama. recordo que uma chuva fina caía pela janela. deixamos que chovesse em nós. era bom. estava tão bom que fizemos amor duas vezes e quando fomos dormir dormimos com os rostos virados para a janela e choveu por tudo em cima de nós e de manhã os lençóis estavam completamente molhados e levantamos os dois espirrando e rindo, "jesus cristo! jesus cristo!"

foi divertido e o pobre Watson jazia esticado em algum lugar, o seu rosto deformado e flácido, encarando a Verdade Eterna, encarando os seis rounds, os quatro rounds, depois de volta à fábrica comigo, assassinando oito ou dez horas por dia por centavos, chegando a lugar nenhum, esperando pelo Papa Morte, a mente sendo chutada para o inferno e o espírito chutado para o inferno "jesus cristo!" estava engraçado e ela dizia, "você tá com *roxo* por tudo, você ficou completamente *ROXO!* jesus, dê só uma olhada no espelho!" e eu estava congelado e morrendo e eu me parei na frente do espelho e eu estava completamente *ROXO!* ridículo! uma caveira e um monte de ossos! comecei a rir, ri tanto que caí no tapete e ela caiu em cima de mim e nós dois rimos rimos rimos, jesus cristo, rimos até eu pensar que estávamos loucos, então tive que me levantar, me vestir, pentear o cabelo, escovar os dentes, enjoado demais para comer, gemi enquanto escovava os dentes, fui pra fora e caminhei em direção à fábrica de luminárias, só o sol se sentia bem mas você tinha que se contentar com o que tinha.

●

Santa Anita, 22 de março de 1968, 15h10min. não posso entender o Quillos's Babe e Alpen Dance pagando a pule. a 4ª corrida está terminada e não consegui sequer me aproximar da coisa, estou com $ 40 a menos no bolso, devia ter ido de Boxer Bob em 2º com Bianco, um dos melhores e desconhecidos jóqueis na pista a 9/5; qualquer outro jóquei como Lambert ou Pineda ou Gonzales e o cavalo teria ido a 6/5 ou pagado a pule. mas eu tenho um velho ditado (invento velhos ditados enquanto passeio por aí em meus farrapos) que diz que o conhecimento que não se realiza é pior do que a ausência total de conhecimento. porque se você está chutando e a coisa não funciona você pode dizer apenas, merda, os deuses estão contra mim. mas se você *sabe* e a coisa não dá em nada você se adentra no sótão de sua mente e passa a percorrer para cima e para baixo obscuros corredores e a imaginar. isso não é nada saudável, acaba resultando em noites desagradáveis, muita bebida e máquina de triturar.

tudo bem. velhos apostadores de corrida não desaparecem assim lentamente. eles morrem. finalmente duros, na 5ª Leste ou vendendo jornais ali na frente com um boné de marinheiro, fingindo que tudo não passa de uma brincadeira, sua mente dividida ao meio, seus culhões balançando, seu pau sem uma doce buceta. eu penso que foi um dos discípulos favoritos de Freud, que agora se tornou um filósofo de algum renome – minha ex-mulher costumava lê-lo –, que dizia que o jogo era uma espécie de masturbação. muito bom ser um garoto brilhante e ficar dizendo essas coisas. e há sempre uma verdade menor contida em quase toda citação. se eu fosse um cara calmo e brilhante acho que diria algo como "limpar as unhas com uma lixa de unhas suja é uma espécie de masturbação". e provavelmente ganharia uma subvenção, a espada do rei no ombro, e 14 belas trepadas. vou dizer apenas o seguinte, fora dum pano de fundo de fábricas, bancos de praça, subempregos, péssimas mulheres, mau tempo de Vida – a razão pela qual o tipo médio de pessoa que frequenta as corridas é que acabou se fodendo na volta do parafuso –, pela cara enlouquecida do chefe de seção, pela mão do proprietário, pelo sexo morto do amante; imposto, câncer, depressões; roupas que se destroçam na terceira vestida, água que tem gosto de mijo, médicos que dirigem congressos e consultórios indecentes, hospitais sem coração, políticos com crânios repletos de buce... e poderíamos seguir adiante mas seríamos acusados de sermos amargos e dementes, mas é o mundo que faz de todos nós loucos e loucas, e até mesmo os santos estão dementes nada está a salvo. bem, de acordo com meus cálculos eu apenas dei 2.500 trepadas mas já assisti a 12.500 corridas de cavalo, e se tenho algum conselho pra dar a alguém é esse: aprenda a pintar com aquarela.

mas o que estou tentando lhes dizer é o seguinte, que a razão pela qual a maioria das pessoas está nas pistas de corrida é que elas estão agoniadas, é isso aí, e estão tão desesperadas que se arriscarão a mais uma outra agonia ao invés de encarar sua presente situação (?) perante a vida. agora, os figurões não chegam a ser nem a metade tão bundões quanto nós pensamos que eles sejam. eles sentam nos topos das montanhas estudando o caminho das formigas. você não acha que Johnson se sente orgulhoso do seu umbigo? e você não se dá conta, ao mesmo tempo, que Johnson é um dos maiores bundas-moles que jamais empurraram pra cima de nós? nós somos fisgados, esbofeteados e cortados em pedacinhos estupidamente. tão estupidamente que alguns de nós acabam finalmente amando nossos atormentadores porque eles estão lá para nos atormentar de acordo com linhas lógicas de tortura. e isto parece assim tão razoável, porque não há nada melhor pintando. tem que estar certo porque é tudo que existe. Santa Anita está lá. Johnson está lá. e, de um jeito ou de outro, nós o mantemos lá. nós construímos nossos próprios suplícios e berramos quando nossos genitais são arrancados pelo protetor subnormal acenando a grande cruz de prata (o ouro anda escasso). deixem que isto explique, então, por que alguns de nós, se não a maioria, se não todos, estamos lá num dia como 22 de março de 1968, uma tarde em Arcadia, Calif.

final da 5ª corrida vencida pelo cavalo nº 12 Quadrante. o placar lê 5/2 e eu devo ganhar pelo nariz. o cavalo venceu com uma boa vantagem passando a mil pelos outros e esticando o pescoço no final. ganhei dez e estou com menos $ 40 e espero pelo sinal oficial; uma aposta de 5/2 paga entre $ 7 e $ 7.80 e ganhar dez significa um retorno entre $ 35 e $ 39. portanto calculo que estou mais ou menos empatado. o cavalo era o terceiro da lista e nunca mudou de 5/2 durante as apostas. o pagamento oficial foi iluminado no placar:

$ 5.40.

bem ali no placar. $ cinco-quatro-zeroooh. ficando a meio caminho entre *8/5* e 9/5 e que não chega a ser 5/2. no começo da semana, assim da noite pro dia, o hipódromo dobrara a taxa de estacionamento de 25 para 50 centavos. duvido que os salários dos funcionários do estacionamento tenham sido dobrados. também me arrancaram os $ 2 inteiros ao invés dos $ 1.95 da entrada. agora $ 5.40. puta que pariu. um lento e inacreditável burburinho passou através da tribuna de honra e pelo centro do campo. tendo assistido aproximadamente a cerca de 13.000 corridas, eu jamais havia presenciado uma ocorrência desse tipo. o placar não é infalível. já vi um 9/5 pagar $ 6, e outras pequenas variações, mas nunca vi um 5/2 pagar perto de 8/5 nem nunca vi um 5/2 cair num lampejo (no último) de 5/2 para quase 8/5. teria que ter sido retirada uma quantia quase inacreditável de dinheiro das apostas no último momento para que isto ocorresse.

a multidão começou a BUUU BUUUUUU BUUUUU! morria, então começava de novo. BUU, BUUUUUUBUUUUU! e cada vez que recomeçava era mais demorada. a plebe cheirava a peixe estragado mais ódio. a plebe tinha sido esfaqueada, mais uma vez. $ 5.40 significava um retorno para mim de $ 27 ao invés dos prováveis $ 39. e eu não era o único afetado. dava pra sentir a plebe se retorcendo, lesada; para muitos que lá estavam cada corrida significava o pagamento do aluguel ou o não pagamento, comida ou ausência de comida, o pagamento do carro ou o não pagamento do carro.

olhei para baixo na pista e lá estava um homem acenando o seu programa, apontando para o placar. ele estava evidentemente falando a um funcionário de pista. depois o homem abanou o seu programa para a multidão, instigando-os para que descessem até a pista. apareceu um homem pulando a cerca. a multidão vibrou. as pessoas estavam se sentindo melhor. agora eles chegavam, mais e mais e a multidão vibrava. todos estavam se sentindo melhor. uma chance. uma chance? alguma coisa, qualquer coisa, vieram mais. devia ter entre 40 e 65 pessoas espalhadas ao longo da pista.

o locutor avançou e apoderou-se do microfone: "SENHORAS E SENHORES, SOLICITAMOS O FAVOR DE DEIXAREM A PISTA PARA QUE POSSA SER INICIADA A 6ª CORRIDA!"

sua voz não era cordial, havia dez policiais de pista lá embaixo em seus uniformes cinzentos Santa Anita. cada homem carregava uma arma. a multidão vaiava, BUUUUUUUU!

então um dos jogadores lá embaixo percebeu que a próxima corrida estava no turfe. diabos, eles estavam bloqueando a pista de terra. a multidão moveu-se em direção ao gramado central que circunda a pista de terra enquanto os cavalos dirigiam-se para a largada. havia oito cavalos guiados pelo batedor em sua jaqueta de caça vermelha e seu boné negro. a multidão espalhada ao longo da pista.

POR FAVOR, disse o locutor, DESOBSTRUAM A PISTA! FAVOR DESOBSTRUIR A PISTA! O PLACAR ELETRÔNICO NÃO PÔDE REGISTRAR A ÚLTIMA QUEDA DAS APOSTAS. O PRÊMIO ESTÁ CORRETO!

os cavalos avançavam lentamente na direção da multidão que aguardava. aqueles cavalos pareciam muito grandes e nervosos.

perguntei a Denver Danny, um sujeito que frequentava as corridas há muito mais tempo do que eu, "quanto é que essa porra tem que dar, Denver?"

"o placar marca de maneira apropriada", disse ele, "não é bem esse o problema, porra. cada dólar apostado é registrado. quando as máquinas fecharam, o placar marcava 5/2; o placar sinalizou novamente e lá estavam as variações finais mas o 5/2 permaneceu. agora, os franceses têm um velho ditado, quem policia os policiais? como você se recorda, o Quadrante era o vencedor óbvio a um terço do trajeto na reta, se lançando. inúmeras coisas podem ter acontecido. talvez as máquinas jamais tenham sido fechadas durante a corrida. quando o Quadrante era óbvio os dirigentes podem ter ficado lá e continuaram a marcar os bilhetes vencedores. outros dizem que uma ou duas máquinas podem ser arranjadas para permanecerem abertas e em uso quando as outras estão fechadas. eu realmente não sei. tudo que sei é que alguma SACANAGEM aconteceu e todos os demais aqui presentes também sabem disso."

os cavalos avançavam em direção à multidão. o batedor e o cavalo dianteiro, um monstro, RICH DESIRE, Pierce em cima, avançou na direção da linha onde as pessoas aguardavam. um dos rapazes chamou um policial de pista de algo muito sujo e três deles o agarraram e o levaram até a cerca e encheram ele de porrada. a multidão foi pra cima deles e eles o deixaram sair e correram de volta às suas posições defronte à linha das pessoas espalhadas ao longo da pista. os cavalos continuavam avançando e dava pra ver que eles tinham a intenção de atravessar. as ordens eram essas. esse era o momento: homens a cavalo contra homens sem nada. dois ou três rapazes deitaram na frente da linha de marcha. bem assim. o rosto do batedor deformou-se subitamente, ficou tão vermelho quanto a sua jaqueta de caça, e ele agarrou o cavalo número um, RICH DESIRE, pelas rédeas, cravou as esporas no seu cavalo e avançou de olhos fechados através da carne humana. o cavalo passou. eu não estou certo se ele quebrou as costas de alguém ou não.

mas o batedor ganhou o seu salário. um bom garoto da administração. e alguns dos poucos canalhas nas arquibancadas aplaudiram. mas não tinha terminado. alguns dos rapazes agarraram-se no cavalo número um e tentaram puxar o jóquei para fora da cela e atirá-lo no chão. aí a polícia se mexeu. os outros cavalos passaram mas os rapazes estavam naquele momento às voltas com o cavalo número um e Pierce foi quase puxado fora da cela. este foi o movimento final da maré.

tenho certeza que se eles tivessem conseguido arrancar Pierce da sela eles teriam acabado incendiando as tribunas de honra e estraçalhado com toda aquela maldita e estúpida encenação. enquanto isso os tiras estavam fazendo um trabalho muito bom com os rapazes. nenhuma arma foi sacada mas parecia que os tiras estavam gostando da ação. especialmente um que continuava batendo na cabeça no pescoço e na espinha de um velho. Pierce conseguiu passar com RICH DESIRE (RICO DESEJO), um capão adequadamente denominado, e os cavalos esquentavam para os seus dois mil e duzentos metros na grama. os tiras pareciam particularmente maus e enérgicos e os revoltosos não pareciam muito interessados em lutar novamente. o jogo estava perdido. portanto a pista foi desobstruída. a próxima voz que se ouviu foi: "NÃO APOSTEM! NÃO APOSTEM! NÃO APOSTEM!"

que coisa que poderia ter acontecido, hein? nenhum dólar para os abutres – gordos e relaxados palermas débeis mentais rejeitados pelos lares de Beverly Hills. muito bom. ainda havia seis ilustres nas máquinas registradoras das apostas quando eles começaram a gritar, "NÃO APOSTEM!" nós havíamos sido fisgados, sangrando, estando para sempre... não havia nada que pudéssemos fazer senão apostar de novo e de novo e de novo e levar.

dez tiras permaneceram ao longo da cerca da área central. orgulhosos e suando, eles mereceram o salário de um dia difícil. o vencedor do 6º páreo estava sendo ANUNCIADO, o qual marcava nove para um e pagou isso. se o placar houvesse pago oito ou sete não haveria nenhum Santa Anita hoje.

li que no dia seguinte, sábado, havia por volta de 45.000 pessoas no hipódromo, o que era relativamente normal.

eu não estava lá e não sentia saudades e os cavalos correram e eu escrevi isto.

23 de março, 8 horas da noite, Los Angeles, a mesma e maldita tristeza de sempre e nenhum lugar pra onde ir.

talvez na próxima vez a gente acerte naquele cavalo número um.

é preciso prática, um pouquinho de humor e alguma sorte.

●

esse sujeito da faxina do exército aproxima-se de mim e diz, "agora que aconteceu ao Kennedy você terá algo sobre o que escrever". ele afirma ser um escritor, por que é que *ele* não escreve sobre isso? é sempre eu que tenho que pegar as suas bolas confusas e metê-las dentro de um saco literário para eles. acho que já temos especialistas de sobra neste caso atualmente – é isso o que essa década é: a Década dos Especialistas e a Década dos Assassinos. e nenhum deles vale merda cristalizada de cachorro. o principal problema com esse último assassinato é que nós não apenas perdemos um homem de algum valor mas também perdemos conquistas políticas, espirituais e sociais, e *existem* tais coisas, apesar de todo esse seu aspecto pomposo. o que eu quero dizer é que numa crise de assassinatos as forças anti-humanas e reacionárias tendem a solidificar os seus preconceitos e a usar todas as rupturas como um meio de fazer a Liberdade natural saltar fora do último e maldito banco de bar.

não quero chegar a ser tão virtuoso sobre a questão de ser atuante envolvido com a humanidade como foi Camus (vejam os seus ensaios) porque basicamente a maior parte da humanidade me dá nojo e a única salvação possível é através de um conceito totalmente novo de Educação-Vibração Universal para a compreensão da felicidade, da realidade e do fluir, e isso para as criancinhas que ainda não foram assassinadas, mas serão, aposto vinte contra um que nenhum conceito novo será permitido – seria destrutivo demais para a gangue do poder. não, eu não sou nenhum Camus, mas coração, chateia ver os imbecis faturando com a Tragédia.

afirmação do Gov. Reagan, em parte: "o homem médio, decente, respeitador das leis, temente a Deus, está tão perturbado e preocupado quanto vocês e eu em relação ao que aconteceu.

"Ele e todos nós somos as vítimas de uma atitude que tem crescido em nosso país por aproximadamente uma década – uma atitude que diz que um homem pode escolher as leis que ele deve obedecer, que ele pode tomar a lei em suas próprias mãos por uma causa, que o crime não significa necessariamente punição.

"Essa atitude tem sido instigada através de palavras demagógicas e irresponsáveis dos assim chamados líderes dentro e fora de sua função."

mas, Deus, eu não posso continuar. é tão triste e melancólico. a Imagem-do-Pai com sua velha cinta de couro para nos chicotear a bunda. agora o bom governador irá tirar nossos brinquedos e nos mandar pra cama sem jantar.

senhor senhor, eu não assassinei Kennedy, nem nenhum deles. nem o King. ou o Malcom X. ou o resto. mas é bastante óbvio para mim que as forças Liberais de Esquerda estão sendo interceptadas uma por uma – *seja qual for* a razão, os esquerdistas estão sendo assassinados e colocados em seus túmulos enquanto os direitistas não chegam sequer a sujar a bainha das calças. e também não atiraram em Roosevelt e Truman? Democratas. que coisa mais estranha.

que os assassinos são doentes, eu vou admitir, e que a Imagem-do-Pai também é doente, eu também vou admitir. também sou avisado pelos tementes-a-Deus que pequei porque nasci como um ser humano e que certa vez alguns seres humanos fizeram alguma coisa a um certo Jesus Cristo. eu não matei Cristo ou Kennedy e o Gov. Reagan também não. isso faz com que nós fiquemos no mesmo plano de igualdade e não ele o *único* a ficar por cima. eu não vejo nenhuma razão para perder nenhuma liberdade civil ou espiritual, por menores que elas já andem agora. quem está fazendo quem de bobo? se um homem morre na cama no meio de uma foda, o resto de nós vai ter que parar de copular? se algum não cidadão é um sujeito louco devem todos os outros cidadãos serem tratados como loucos? se alguém matou Deus, eu quis matar Deus? se alguém quis matar Kennedy significa que eu quis matar Kennedy? o que faz do governador, *ele mesmo,* tão certo e o resto de nós tão errados? redatores de discurso, e não muito bons.

um parênteses muito curioso: eu não tinha nenhuma razão para estar dirigindo pela cidade nos dias 6 e 7 de junho e nos bairros negros nove entre dez carros estavam com os faróis queimando em plena luz do dia em homenagem a Kennedy; dirigindo para o norte o índice diminuía até a av. Hollywood e ao longo da Sunset entre a La Brea e a Normandie transformou-se em um em cada dez. Kennedy era um homem branco, meus caros. eu sou branco. enquanto dirigia os meus faróis não ficaram acesos. contudo, enquanto eu dirigia entre a Exposition e a Century, senti uns bons e maravilhosos calafrios que fizeram com que eu me sentisse melhor.

mas como eu digo, todos, até mesmo o governador, têm uma boca e quase todos deixam escapar os seus mais arraigados preconceitos, tirando vantagem pessoal da tragédia. aqueles que *têm* querem continuar tendo e eles irão lhes dizer como *tudo* está errado que poderá chegar a arrancar-lhes suas douradas ceroulas. eu sou apolítico, mas, com essas bolas-curvas traiçoeiras que esses reacionários mandam, eu posso me zangar e apesar de tudo acabar entrando no jogo.

até mesmo os escritores de esporte entraram no jogo, e como todo mundo sabe os escritores de esporte são os piores dos piores quando se trata de escrever e especialmente quando se trata de pensar. não sei o que é pior, sua escrita ou seus pensamentos, mas seja lá o que estiver no topo é uma união que irá apenas dar à luz monstros ilegítimos e sem nenhum atrativo. como vocês devem imaginar, a pior forma de humor disfarça a sua sombria e monótona ferramenta com um extremo exagero. e assim também procede a pior espécie de padronização emocional do ego e do pensamento.

um escritor de esporte em nosso maior jornal que não está em greve veio com essa, em parte (quando R. Kennedy estava na cirurgia):

"O Estado Violento da América: Uma Nação em Cirurgia."

"... mais uma vez a América a Formosa recebeu uma bala na virilha. O país está em cirurgia. Os Estados Violentos da América. Uma bala é mais poderosa que um milhão de votos...

"Não é uma Democracia, é uma Demência. Um país que se encolhe para punir os seus criminosos, disciplinar os seus filhos, prender os seus loucos...

"O Presidente dos Estados Unidos é escolhido numa loja de ferragens, num catálogo de reembolso postal...

"A liberdade está sob fogo cruzado. o 'direito' de assassinar é o mais definitivo dos direitos neste país. A indolência é uma virtude. O patriotismo é um pecado. A conservação é um anacronismo. Deus está com mais de trinta anos de idade. Ser jovem é a única religião – como se fosse uma virtude duramente conseguida. A 'decência' são os pés sujos, um escárnio pelo trabalho. O 'amor' é algo para o qual você precisa de penicilina. 'Amar' é dar uma flor para um jovem nu com piolhos no cabelo enquanto sua mãe está sentada em casa com o coração partido. Você 'ama' os estranhos, não os pais.

"Eu gosto de pessoas com cortinas na janela, ao invés de colchões. o próximo sujeito que chamasse dinheiro de 'pão'* deveria ser pago totalmente em trigo. Eu estou cansado de ouvir falar que eu deveria tentar 'entender' a calamidade.

"...Homens de Deus transformam-se em homens da Plebe. O Hino Nacional é um grito na noite. Os americanos não podem caminhar em seus próprios parques, andar nos seus próprios ônibus. Eles têm que se enjaular a si mesmos.

"Desperta, América!", gritam as pessoas, mas isso é ignorado. Mostre as garras, dizem eles. Ameace uma reação. Os leões arreganham seus dentes e os chacais logo se escondem. Um animal aviltado convida ao ataque. Mas a América não está escutando.

"...estudantes neuróticos com os seus pés sobre as classes que eles não poderiam fazer, pondo abaixo universidades que eles não saberiam como reconstruir.

"...é assim que tudo começa, com a deificação de vagabundos, perdulários e poltrões – convidados insolentes à graciosa mesa da democracia e derrubando-a sobre seus pálidos hospedeiros...

"Roguem a Deus que nossos curas possam restabelecer Bobby Kennedy. Quem irá restabelecer a América?"

vocês querem esse sujeito? eu pensava que sim. simples demais. prosa com floreios sem qualificação, colorida apenas por um ponto de vista de sobrevivência da presente situação. Você dirige caminhão de lixo? não se sinta mal por isso. há empregos melhores, realizados da pior maneira.

prender os loucos. mas quem é louco? todos nós fazemos os nossos joguinhos, dependendo das posições dos peões, dos cavalos, das torres, do rei, da rainha, ah, mas que diabo, estou começando a soar como *ele*.

e agora nós teremos os psiquiatras**, os pensadores, os jurados, os assessores presidenciais nomeados para calcular o que há

* bread, pão, significando dinheiro – gíria muito difundida nos anos 60. (N.T.)

** no original, headshrinker, sinônimo de psiquiatra, e que literalmente quer dizer encolhedor de cabeça. (N.T.)

de errado conosco. quem está louco, quem está triste, quem está certo, quem está errado. prender os loucos, quando cinquenta e nove entre sessenta homens que você encontra na rua estão lelés da cuca por causa das neuroses industriais e das esposas e das batalhas e nenhum tempo para relaxar e descobrir onde estão ou por que, e quando verão o dinheiro que os manteve por tanto tempo cegos e fodidos quando não interessa mais continuar assim por mais tempo, então o que é que nós vamos *fazer?* vamos lá, cara, os assassinos têm estado conosco há muito tempo. só que não tem sido uma explosão, apenas um homem com uma cara parecida com pó de serragem, e olhos como manchas de merda na cueca, tantos homens assim e mulheres também. milhões deles.

e logo teremos os relatos dos painéis dos psiquiatras, que como os painéis da pobreza que nos contam que alguns homens estão morrendo de fome lá embaixo, eles nos contarão que alguns homens estão morrendo lá em cima; e depois tudo será esquecido até o próximo pouco comovente assassinatozinho ou incêndio de cidade, e então eles se reunirão novamente para proferir suas tolas e inesperadas palavras, esfregarão suas mãos e desaparecerão como cagalhões na descarga da privada. realmente parece que eles não se importam muito desde que o equilíbrio da balança seja mantido. e esses psiquiatrazinhos, exibindo os seus trunfos mágicos, nos iludindo com palavras dizendo que isto é assim porque o pé da sua mãe era torto e seu pai bebia e uma galinha cagou na sua boca quando você tinha três anos de idade e portanto você é um homossexual ou um operador de prensa de perfuração. tudo menos a verdade: simplesmente que alguns homens se sentem mal porque a vida é boa para eles do jeito que está e que ela poderia facilmente ser tornada melhor. mas, não, os psiquiatras com suas bobagens mecanicistas que serão algum dia provadas completamente falsas, e eles continuarão a nos dizer que somos todos loucos e eles serão bem remunerados para fazerem isso. nós apenas não estamos pegando bem a coisa. recordam-se de algumas dessas canções?:

"tenho mesmo muita sorte
e posso viver nesse luxo
porque tenho o bolso cheio
de sonhos...
"é o meu universo
mesmo com a bolsa vazia
porque tenho um bolso cheio
de sonhos..."
ou:
"sem mais dinheiro no banco
sem mais a quem agradecer
o que é que eu vou fazer
o que é que eu vou fazer:
vamos apagar as luzes e
dormir."

o que eles *não irão* nos dizer é que nossos loucos, nossos assassinos *realmente* surgiram do nosso modo de vida atual, nosso bom e velho modo americano de vida e de morte. Cristo, que não estejamos todos *visivelmente* delirando, isto é o milagre! e já que temos sido relativamente sombrios aqui, vamos terminar sob a luz do fantástico, falando, como nós estamos, sobre a loucura. certa vez eu estava lá em Santa Fé falando, não, melhor, bebendo com um amigo meu que era um psiquiatra de certo renome, e no meio de um de nossos drinques inclinei-me para a frente e lhe perguntei –

"Jean, diz pra mim, eu sou louco? vamos lá, homem, pode dizer. eu seguro."

ele terminou o seu drinque, colocou-o sobre a mesa de café e me disse, "você terá que me pagar os meus honorários primeiro".

então descobri que pelo menos um de nós era louco. o Gov. Reagan e os redatores de esportes de Los Angeles não estavam lá. e o segundo Kennedy ainda não havia sido assassinado. mas eu tive a estranha sensação, sentado naquela sala com ele, que as coisas não estavam bem, não estavam mesmo, e não estariam, não iriam estar nos próximos dois mil anos, no mínimo.

portanto, meu amigo da faxina do exército, você escreve as suas...

●

"tudo acabado", disse ele, "os mortos venceram."

"os mortos venceram, venceram, venceram", disse Moss.

"quem ganhou o jogo de beisebol?", Anderson perguntou a Moss.

"não sei."

Moss caminhou até a janela. viu um macho americano passando. gritou pela janela – "ei, quem ganhou o jogo de beisebol?"

"Piratas, 3 a 2", respondeu o macho americano.

"você ouviu, não ouviu?", perguntou Moss a Anderson.

"ãhan. Piratas 3-2."

"gostaria de saber quem ganhou o nono páreo?"

"ah, isso eu sei." disse Moss. "Spaceman II. 7 por 1."

"quem montou?"

"Garza."

sentaram-se e voltaram às suas cervejas. não estavam totalmente bêbados.

"os mortos venceram", disse Anderson.

"diz alguma coisa nova", falou Moss.

"bem, vou ter que arrumar uma buceta e logo, ou vou acabar fazendo alguma bobagem."

"o preço é sempre caro demais, esquece."

"sei. mas não consigo esquecer. tô começando a ter uns sonhos malucos. fodo galinhas no cu."

"galinhas? e funciona?"

"no sonho funciona."

eles chupavam suas cervejas. eram dois velhos amigos nos seus 35 com trabalhos monótonos. Anderson tinha se casado uma vez e divorciado uma. duas crianças em algum lugar. Moss casara duas vezes, divorciara duas. um filho em algum lugar. era um sábado de noite no apartamento de Moss.

Anderson jogou uma garrafa de cerveja vazia pelo ar descrevendo um grande arco. aterrissou em cima de outras numa enorme cesta de lixo. "você sabe", disse ele, "alguns homens nunca se dão bem com mulheres. eu nunca me dei bem com as mulheres. a coisa toda me parece um tremendo saco, e quando termina você se sente como se tivesse realmente se fodido."

"tá tentando ser engraçado?"

"você sabe o que eu quero dizer: logrado, roubado no troco. as calcinhas ali no chão com apenas uma discretíssima manchinha de merda do verão nelas e ela dirigindo-se lentamente para o banheiro, vitoriosa. você se deita lá olhando pro teto com sua carne flácida e fica imaginando que diabo isso significa, sabendo que você vai ter que ouvir a sua ladainha vazia pelo resto da noite... e eu tenho uma filha também. humm, escuta, você acha que sou vitoriano, viado ou o quê?"

"qué isso, cara. sei o que você quer dizer. você sabe, isso me lembra certa vez na casa dessa mina, que eu conhecia apenas muito de leve e que um amigo me tinha mais ou menos recomendado. apareci com uma garrafa e escorreguei uma nota de dez na mão dela. não era de se jogar fora e saquei que não ia ter nenhuma intimidade espiritual, nada dessa coisa de espírito. eu me conduzia sentindo-me relativamente livre, olhava pro teto, me esticava, e esperava até que ela fizesse a sua corrida ao banheiro. ela enfia a mão embaixo das coxas e puxa esse trapo e o entrega pra mim pra que eu me enxugasse. meu coração quase saiu pela boca. o maldito trapo estava quase totalmente duro. mas não perdi a linha. encontrei um lugar macio e me limpei. deu um certo trabalho encontrar um lugar macio. depois *ela* usou o trapo. saí de lá chispando. e se você quiser chamar isso de vitoriano, vai em frente, chama de vitoriano."

ficaram ambos quietos por um momento, bebendo a cerveja:

"mas não sejamos tolos", disse Moss.

“ããhnn?”, disse Anderson.

“existem algumas mulheres boas.”

“ããhnn?”

“é isso mesmo, quer dizer, quando tudo sai certo. uma vez eu tive uma namorada, jesus, que era puro céu. e nenhuma demanda espiritual ou qualquer coisa parecida.”

“o que aconteceu?”

“ela morreu jovem.”

“que barra.”

“que barra, sim. eu quase me matei de tanto beber.”

eles trabalhavam na cerveja.

“como é possível?”, perguntou Anderson.

“como é possível o quê?”

“como é possível nós concordarmos em quase tudo?”

“é por isso que somos amigos, imagino. é isso o que a amizade significa: compartilhar os preconceitos da experiência.”

“Moss e Anderson. que time. devíamos estar na Broadway.”

“as poltronas ficariam vazias.”

“é mesmo.”

(silêncio, silêncio, silêncio) então:

“a cerveja está ficando cada vez mais sem gosto. eles tão fazendo de tudo pra que ela fique cada vez pior.”

“ééé. o Garza. eu nunca que ia acertar com o Garza.”

“a sua cotação não é alta.”

“mas agora que o Gonzales perdeu o seu bicho talvez ele arranje melhores montarias.”

“Gonzales. ele não é forte e grande o suficiente. os seus cavalos sempre se deixam levar nas curvas.”

“ele ganha mais dinheiro que nós.”

“isso não é nenhum milagre.”

“não.”

Moss atirou sua garrafa de cerveja na direção da cesta, errou.

“nunca fui um atleta”, disse. “deus, na escola quase sempre me escolhiam em penúltimo lugar quando escolhiam os times.

antes apenas do mais imbecil dos débeis mentais. Winchell era o seu nome."

"o que que aconteceu com o Winchell?"

"ele agora é presidente de uma companhia de aço."

"deus."

"quer ouvir o resto?"

"por que não?"

"o herói. Harry Jenkins. agora está em San Quentin."

"deus. são os homens corretos que estão na cadeia ou são os errados?"

"ambos: os corretos e os errados."

"você já esteve preso. com o que se parece?"

"é a mesma coisa."

"o que que você quer dizer com isso?"

"eu quero dizer que é uma sociedade do mundo num outro elemento. eles classificam-se a si mesmos de acordo com o seu ramo. os escroques não bebem com os ladrões de carro. os ladrões de carro não bebem com os estupradores. os estupradores não bebem com os casos de exibicionismo indecente. todos os homens são classificados de acordo com o que eles faziam quando foram ganhos. por exemplo, um produtor de filmes de sacanagem tem uma classificação razoavelmente alta enquanto um homem que molestou uma criança tem uma classificação terrivelmente baixa."

"como é que você os classifica?"

"todos da mesma maneira: ganhos."

"tudo bem, então. qual é a diferença entre um sujeito numa mansão e o sujeito médio que você cruza na rua?"

"o sujeito da mansão é um Perdedor que *tentou.*"

"você ganhou. mas eu ainda preciso de uma buceta."

Moss foi até o refrigerador e trouxe mais algumas cervejas. sentou-se e estourou mais duas.

"ah, buceta", disse ele. "estamos falando como garotos de quinze anos. eu simplesmente não consigo mais chegar *lá* desse jeito, eu simplesmente já não consigo mais saltar através de todas essas brechas entediantes, usar de todas essas pequenas sutilezas. há homens que simplesmente possuem um certo toque natural. penso em Jimmy Davenport. cristo, ele era tão vaidoso que chegava a dar nojo, mas as mulheres o amavam. um monstro horrível de pessoa. depois que acabava de fodê-las costumava ir aos seus refrigeradores e mijar nas tigelas de salada e nos pacotes abertos de leite, em todos os lugares possíveis. ele achava isso muito divertido. depois ela aparecia e se sentava, os seus olhos ardendo de amor pelo bastardo. ele me levava junto nas casas das suas namoradas pra me mostrar como é que ele fazia, e até me arrumava alguma coisa de vez em quando, e é por isso que eu estava lá e via. mas parece que as mulheres mais bonitas sempre vão com os merdas mais hediondos, as mais óbvias tapeações. ou será que estou apenas com ciúmes, será que a minha visão está distorcida?"

"você está certo, homem. as mulheres amam o falso porque ele mente muito bem."

"bom, então, presumindo que isto seja verdade – que a fêmea procria com o falso –, então isso não destrói uma lei da Natureza? – que os fortes se casam com os fortes? que espécie de sociedade isso nos dá?"

"as leis da sociedade e as leis da natureza são diferentes. nós temos uma sociedade não natural. é por isso que estamos próximos de ser mandados para o Inferno. intuitivamente a fêmea sabe que o falso sobrevive em nossa sociedade e é por isso que ela o prefere. ela está apenas interessada em sustentar a criança e cuidar que ela se desenvolva com segurança."

"então você está querendo dizer que foi a fêmea que nos trouxe à beira do inferno onde nos encontramos hoje?"

"a palavra para isso é 'misógino'."

"e Jimmy Davenport é o Rei."

"Rei dos Mijões. a buceta nos traiu e seus ovos atômicos estão de tocaia ao nosso redor. só esperando..."

"chame isso de 'misoginia'."

Moss ergueu sua garrafa de cerveja:

"a Jimmy Davenport!"

eles drenaram as suas garrafas até a última gota.

Moss abriu mais duas. "dois velhos solitários colocando a culpa nas mulheres..."

"na realidade nós somos mesmo é uma dupla de merdas", disse Anderson.

"ééé."

"escuta, você tem certeza que não conhece um par de bucetas em algum lugar?"

"talvez."

"por que não tenta?"

"você é um idiota", disse Moss. aí levantou-se e foi até o telefone. discou um número.

esperou.

"Shareen?", disse ele. "que legal, Shareen... Lou. Lou Moss... você se lembra? a festa na av. Katella. na casa do Lou Brinson... uma noite incrível. é claro, eu *sei* que eu fui impertinente, mas a gente se deu bem, lembra? eu sempre gostei de você, é o seu rosto, eu acho que é o rosto, uma forma tão clássica, não. só algumas cervejas. e a Mary Lou, como é que vai? Mary Lou é uma pessoa legal. eu tô com um amigo... o quê? ele dá aula de filosofia em Harvard. sem brincadeira. mas o cara é legal. eu *sei* que Harvard é uma escola de Direito! mas que diabo, se os Immanuel Kant da vida ainda têm livre trânsito por lá! o quê? um Chevy 65. acabei de fazer o último pagamento. quando? você ainda tem aquele vestido verde com aquele cinto do caralho balançando na bundinha? eu *não* estou bancando o engraçado. super sexy. e bonito. eu continuo sonhando com você e com galinhas. o quê? é brincadeira. e a Mary Lou? que ótimo. maravilha. mas diz pra ela que esse cara é muito educado. uma cabeça. tímido. aquilo tudo... ah, um primo distante. Maryland. o quê? mas que diabo, eu tenho uma família *poderosa!* ah, é mesmo? agora é *você* que está sendo engraçada. de qualquer maneira, ele está na cidade e livre. não, é *claro* que ele não é casado! por que eu iria mentir? não, eu vivo pensando em você – aquele cinto balançando – eu sei que parece piegas – classe. você tem muita classe. claro, rádio e aquecedor. a zoeira? só um bando de garotos lá embaixo agora. por que eu não apareço com alguma bebida?... tudo bem, desculpa. não, eu não tô dizendo que você é velha. Cristo, você me conhece, a mim e à minha boca. não, eu teria ligado mas eles me mandaram pra fora da cidade. quantos anos? ele tem 32 mas parece mais jovem. eu penso que ele está numa espécie de subvenção, indo pra Europa dentro em breve. pra lecionar em Heidelberg. não, que merda. a que horas? tá legal, Shareen. te vejo, gatinha."

"temos uma hora de liberdade, professor."

"uma hora?", perguntou Anderson.

"uma hora. elas têm que perfumar as suas xoxotas, aquela coisa. você sabe como funciona."

"a Jimmy Davenport!", disse o professor de Harvard.

"a Jimmy Davenport!", disse o perfurador de prensa.

beberam tudo até o fim.

●

o telefone tocou.

ele estava sentado no tapete. puxou o telefone inteiro pro chão pelo fio. aí então pegou o gancho. havia um ruído.

"alô?", disse ele.

"McCuller!"

"sim?"

"faz três dias."

"do quê?"

"desde a última vez que você veio trabalhar."

"estou construindo uma Caixa de Leyden."

"que é isso?"

"um aparelho para armazenar energia estática, inventado por Cuneus de Leyden em 1746."

desligou o telefone e jogou-o no meio da sala. o gancho caiu. ele terminou a sua cerveja e foi cagar. fechou o zíper e caminhou de volta para a outra sala.

"DA DA!", cantava ele,

"DA DA
DA DA
DA DA DA DA!"

ele gostava de Herb A's T. Brass. deus, que amarga melancolia.

"RA DA
RA DA
RA DA DA DA"

quando se sentou no centro do tapete, apareceu essa sua filha de três anos de idade. ele peidou.

"ei! você PEIDOU!", disse ela.

"EU PEIDEI!", disse ele.

os dois riram.

"Fred", disse ela.

"sim?"

"eu preciso te dizer uma coisa."

"manda."

"tiraram um monte de cocô da bunda da mamãe."

"ah é?"

"é, essa gente vem e enfia os dedos na bunda dela e tiram um monte de cocô lá de dentro."

"por que é que você tá falando desse jeito? você sabe que isso nunca aconteceu."

"aconteceu sim, *aconteceu*! eu *vi*!"

"vai lá e busca uma cerveja pra mim."

"tá legal."

ela foi correndo até a outra sala.

"RADA,"

ele cantava,

"RADA
RA DA

RA DA DA DA!"

sua filha voltou com a cerveja.

"doçura", disse ele, "eu quero te dizer uma coisa."

"tudo bem."

"a dor já tá ficando *quase* totalmente insuportável. quando ela chegar a ser totalmente insuportável eu não vou mais ser capaz de durar por muito tempo."

"por que é que você não fica triste como eu?", perguntou ela.

"eu já estou triste."

"por que é que você não fica triste como eu e as flores?"

"eu vou tentar", disse ele.

"vamos dançar o 'Homem de La Mancha!'", disse ela.

ele colocou o "Homem de La Mancha". eles dançaram, ele um metro e oitenta e dois e ela mais ou menos 1/3 ou 1/4 do seu tamanho. dançaram separados com movimentos diferentes e ficaram muito sérios, apesar de às vezes rirem ao mesmo tempo.

o disco parou.

"Marty bateu em mim", disse ela.

"o quê?"

"é, o Marty e a mamãe estavam se abraçando e beijando na cozinha e eu estava com sede e pedi um copo d'água pro Marty e o Marty não queria me dar e daí eu gritei e daí o Marty me bateu."

"vai lá e busca uma cerveja pra mim!"

"uma cerveja! cerveja!"

ele levantou-se, deu dois passos e colocou o fone no gancho. tão logo o fez, ele tocou.

"sr. McCuller?"

"sim?"

"o prazo do seguro do seu carro expirou. a sua próxima taxa é de $ 248 por ano e deverá ser paga adiantada. o senhor cometeu três violações de tráfego. cada violação é vista por nós da mesma maneira que um acidente..."

"bosta!"

"o quê?"

"um acidente de carro custa dinheiro pra vocês; uma assim-chamada violação custa dinheiro pra mim. e os rapazes em suas motos, que nos protegem de nós mesmos, eles têm que fazer uma cota de quinze a trinta multas por dia pra poderem comprar suas casas, seus carros novos, e roupas e bijuterias pra suas mulheres da classe média baixa. não me venham com toda essa conversa de merda. eu parei de dirigir. joguei o meu carro pier abaixo a noite passada. só me arrependo de uma coisa."

"do quê?"

"de não estar dentro da porra daquele carro quando ele caiu."

McCuller desligou e pegou a cerveja que sua filha trouxera para ele.

"pequena donzela", disse ele, "que pelo menos algumas das tuas horas sejam mais doces que as minhas."

"eu amo você, Freddie", disse ela.

ela aproximou-se dele e colocou os seus braços ao redor do corpo dele, mas os braços não conseguiam envolvê-lo completamente.

"eu também amo você, pequena donzela!"

ele a envolveu e a apertou com vontade contra os seus braços. ela corou, muito, e se ela fosse uma gata teria ronronado.

"cara, cara, esse mundo é mesmo muito engraçado", disse ele. "nós temos de tudo mas não temos nada."

eles foram pro chão e jogaram um jogo chamado "CONSTRUA UMA CIDADE". havia alguma indicação sobre onde se situavam as ferrovias e sobre o que e quem poderia usar as ferrovias.

então a campainha tocou. ele se levantou e abriu a porta. sua filha os enxergou:

"Mamãe! Marty!"

"pegue suas coisas, doçura, tá na hora de ir embora!"

"eu quero ficar com o Freddy!"

"eu disse, 'Pegue as suas coisas!'"

"mas eu quero ficar com o Freddy!"

"eu não vou falar outra vez! pegue suas coisas ou vai levar uma palmada!"

“Freddy, *diz* pra eles que eu quero ficar!”

“ela quer ficar.”

“você está bêbado de novo, Freddy. eu já lhe *disse* que eu não quero você bebendo perto da criança!”

“ora, é você que está bêbada!”

“não chame ela de bêbada, Freddy”, disse Marty acendendo um cigarro. “de qualquer maneira eu não gosto de você. sempre achei que você fosse meio viado.”

“obrigado por me dizer o que você pensa que eu sou.”

“só não chama ela de bêbada, Freddy, ou eu te enfio um pontapé na bunda...

“espera só um pouquinho, eu tenho uma coisa pra te mostrar.”

Freddy foi de volta até a cozinha. quando saiu de lá estava cantando:

“RA DA
RA DA
RA DA DA DA!”

Marty enxergou a faca de açougueiro. “o que é que você pensa que vai fazer com *essa* coisa? vou te enfiar ela no cu.”

“não duvido, mas eu queria te dizer uma coisa. a moça da divisão comercial da companhia telefônica me telefonou e disse que a minha linha seria cortada porque os pagamentos das minhas contas passadas não foram feitos. eu disse que gostaria de foder com ela e ela desligou.”

“e *daí*?”

“e daí que eu *também* sei cortar.”

Freddy agiu rapidamente. a rapidez foi uma mágica silenciosa. a faca de açougueiro penetrou três ou quatro vezes a garganta de Marty antes que ele caísse para trás, para baixo, estatelando-se no meio da escadaria...

“jesus... não me mate, por favor não me mate.”

Freddy voltou pela sala da frente, atirou a faca na lareira e sentou-se no tapete outra vez. sua filha sentou-se com ele:

“agora nós podemos terminar o jogo.”

"claro."

"nenhum carro nos trilhos das estradas de ferro."

"deus o livre. a polícia nos prenderia."

"e nós não queremos que a polícia nos prenda, queremos?"

"ãhn, ãhn."

"o Marty tá cheio de sangue, não tá?"

"certamente que está."

"é disso que nós somos feitos?"

"principalmente."

"principalmente o quê?"

"principalmente sangue e ossos e dor."

eles sentaram-se ali e jogaram "Construa uma Cidade". dava pra ouvir as sirenes. uma ambulância, tarde demais. três carros de radiopatrulha. um gato branco passou, olhou para Marty, levantou o nariz, e saiu correndo. uma formiga caminhou sobre a sola do seu sapato esquerdo.

"Freddy."

"o quê?"

"eu quero lhe dizer uma coisa."

"manda."

"essa gente enfiou os dedos no cu da mamãe e tirou um monte de cocô lá de dentro..."

"tá bem, eu acredito em você."

"onde é que tá a mamãe, agora?"

"eu não sei."

mamãe estava correndo pra cima e pra baixo nas ruas, contando pra todos os vendedores de jornais e donos de mercearia e garçons e débeis mentais e sádicos e motoqueiros e comedores de sal e ex-homens do mar e vagabundos e punguistas e leitores do Matt Weinstock, e etc., etc., e o céu estava azul e o pato estava embrulhado, e pela primeira vez em anos os seus olhos estavam vivos e bonitos. mas a morte era realmente um tédio, realmente um tédio, e mesmo os tigres e as formigas jamais saberiam e o pêssego algum dia gritaria.

•

todos os rios ficarão cada vez mais cheios, e mesmo sendo duro os professores nos fustigam com réguas e os vermes comem o milho; eles estão montando as suas metralhadoras nos tripés e as barrigas são brancas e as barrigas são pretas e as barrigas são barrigas. homens são espancados simplesmente pelo prazer de *espancar*. os tribunais são lugares onde o final é escrito primeiro e tudo o que vem antes não passa de comédia. homens são levados para salas para interrogatórios e saem meio homens ou até mesmo não homens. alguns homens anseiam pela revolução, mas quando você se revolta e constitui seu novo governo você descobre que seu novo governo é ainda o velho papai de sempre, tendo apenas colocado uma nova máscara de papelão. os garotos de Chicago certamente cometeram um erro atingindo os garotos da grande imprensa na cabeça – aquela porrada na cabeça *pode* fazer com que eles comecem a pensar e os grandes jornais – excetuando os primeiros New York Times e algumas edições do The Christian Science Monitor – pararam de pensar com a declaração da Primeira Guerra Mundial. você pode foder com o OPEN CITY por imprimir uma porção do corpo humano em tamanho natural, mas quando você chuta o redator do editorial de um jornal com uma circulação de um milhão de exemplares na bunda é bom que você se cuide, ele pode apenas começar a escrever a verdade sobre Chicago ou qualquer outro lugar, e os anunciantes que se danem. pode ser que ele seja capaz de escrever apenas uma coluna mas essa única coluna pode resultar num milhão de leitores pensando – o que já seria uma mudança e tanto – e ninguém seria capaz de dizer o que poderia então acontecer. mas a fechadura está bem segura: quando o que nos dão é uma possibilidade de opção entre Nixon e Humphrey, isso é o mesmo que nos darem a possibilidade de escolher entre merda quente e merda fria.

simplesmente não existe muita mudança em lugar nenhum. a coisa em Praga escaldou um monte de gente que havia esquecido a Hungria. eles passeiam pelos parques com o ídolo de Che, com fotografias de Castro em seus amuletos, fazendo OOO OOOOOMMMMM OOOOOOOMMM enquanto William Burroughs, Jean Genet e Allen Ginsberg os lideram. esses escritores ficaram delicados, malucos, uns cocozinhos, umas fêmeas – não homos mas fêmeas –, e se eu fosse tira eu não hesitaria em lhes cacetear os cérebros confusos. enforquem-me por isso. o escritor das ruas está tendo sua alma chupada como um caralho pelos imbecis. existe apenas um único lugar para se escrever e é SOZINHO numa máquina de escrever. um escritor que tem que ir para as ruas é um escritor que não conhece as ruas. eu já vi um número suficiente de oradores de fábricas, puteiros, prisões, bares e parques para os quais seriam necessários 100 homens e umas 100 vidas. sair para as ruas quando você tem um NOME é fazer o caminho mais fácil – eles mataram Thomas e Behan com seu amor, seu uísque, sua idolatria, sua buceta e eles de certa forma assassinaram pelo menos a metade de uma centena de outros. QUANDO VOCÊ DEIXA SUA MÁQUINA DE ESCREVER VOCÊ DEIXA A SUA METRALHADORA E OS RATOS SURGEM AOS BORBOTÕES. quando Camus começou a dar palestras perante as academias sua escrita morreu. Camus não começou como palestrante, começou como escritor; não foi um acidente de automóvel que o matou.

quando alguns dos meus poucos amigos perguntam "por que você não faz leituras de poesia, Bukowski?", eles simplesmente não entendem por que digo "não".

e assim temos Chicago e assim temos Praga e isso não é diferente do que sempre foi. o garotinho vai levar umas palmadas na bunda e quando (e se) o garotinho ficar grande é ele que vai dar palmadas na bunda. eu preferia ver Cleaver de presidente do que Nixon, mas isso não é grande coisa. o que esses malditos revolucionários que ficam zanzando ao redor do meu apartamento bebendo a minha cerveja e comendo a minha comida e exibindo as suas mulheres precisam aprender é que a coisa deve vir de dentro pra fora. não se pode dar a um homem um novo governo como um novo chapéu e esperar um homem diferente dentro desse chapéu. ele ainda vai continuar tendo as suas predisposições de merda e uma barriga cheia e uma coleção completa de Dizzy Gillespie não vai mudar isso. muitas pessoas juram que vai haver uma revolução mas eu odiaria ver todas essas pessoas semimortas por nada. quer dizer, você pode matar a maioria das pessoas e você não está matando nada pois poucos homens bons estão destinados a ir. e aí com o que é que você termina: um governo ACIMA do povo. um novo ditador com vestes de ovelha; a ideologia era apenas para a manutenção das armas.

outra noite um garoto me contou (ele estava sentado no centro do tapete parecendo muito espiritual e bonito):

"eu vou fechar todos os esgotos. a cidade inteira vai ficar flutuando em merda!"

por que, o garoto já tinha me falado merda o suficiente para enterrar toda a cidade de L. A. e a metade do caminho até Pasadena.

aí então ele disse, "tá a fim de outra cerveja, Bukowski?"

sua puta cruzou as pernas bem alto e mostrou-me uma nesga da calcinha cor-de-rosa, aí então me levantei e alcancei uma cerveja pro garoto.

revolução soa muito romântico, vocês sabem. mas não é. é sangue, culhão e loucura; é menininhos mortos que ficam no caminho, menininhos que não entendem porra nenhuma do que está acontecendo. é a sua puta, a sua mulher rasgada na barriga por uma baioneta e depois estuprada no cu enquanto você olha. é homens torturando homens que costumavam rir com as historinhas do Mickey Mouse. antes de você entrar na coisa, decida onde está o espírito e onde ele estará quando a coisa tiver terminado. eu não fecho com o Dos – CRIME E CASTIGO – que nenhum homem tem o direito de tirar a vida de um outro homem. mas talvez mereça um pouco de reflexão antes. é claro, a porra é que eles têm tirado as nossas vidas sem disparar um tiro. eu também trabalhei por salários aviltantes enquanto alguns garotos gordos estupravam virgens de catorze anos em Beverly Hills. vi homens levarem bala por demorarem mais do que cinco minutos no cagador, mas antes de você matar qualquer coisa certifique-se se tem alguma coisa melhor para pôr no lugar; alguma coisa melhor do que oportunismo político e críticas rancorosas nos parques públicos. se você vai pagar um custo tão elevado arranje algo melhor do que uma garantia de 36 meses. até agora eu não tenho visto nada além dessa vontade emocional e romântica pela Revolução; não vi nenhum líder sólido nem nenhuma plataforma realista para se assegurar CONTRA a traição que tem, até o presente momento, se seguido. se vou matar um homem não quero vê-lo substituído por uma cópia carbono do mesmo homem e da mesma maneira. nós temos desperdiçado a História como um punhado de bêbados jogando dados no fundo do banheiro masculino de um bar local. tenho vergonha de ser um membro da raça humana mas não quero acrescentar nem mais um pingo que seja a essa vergonha.

uma coisa é falar da Revolução enquanto sua barriga está cheia de cerveja de um outro homem e você está viajando com uma garota de dezesseis anos de Grand Rapids que fugiu de casa; uma coisa é falar sobre a Revolução enquanto três escritores imbecis de fama internacional lhe convidam pra dançar o jogo do OOOOOOOOOMMM; outra coisa é a sua realização, outra coisa é fazer a coisa acontecer. Paris 1870-71, 20.000 pessoas assassinadas nas ruas, as ruas tão vermelhas de sangue quanto de chuva, e os ratos saindo e comendo os corpos, e as pessoas famintas, destroçadas, não mais sabendo o que está se passando, saindo e arrancando os ratos dos corpos e comendo os ratos e *onde* está Paris esta noite? e o que é Paris esta noite? e o meu amigo aí vai colocar mais merda em cima disso e ri. bem, mas ele tem vinte anos e quase só lê poesia. e a poesia é apenas um pano molhado na bacia de lavar louça.

e a maconha. eles sempre equacionam maconha com Revolução. a maconha não é assim tão *boa.* pelo amor de Deus, se eles legalizarem a maconha a metade das pessoas parariam de fumá-la. a proibição cria mais bêbados que berrugas de avó. é só aquilo que você não pode fazer que você tem vontade de fazer. quem é que quer foder a sua própria esposa todas as noites? ou, quanto a isso, mesmo uma vez por semana?

tem uma porção de coisas que eu gostaria de fazer. em primeiríssimo lugar, gostaria de parar de ver pessoas tão feias nas nominatas presidenciais. depois, eu transformaria os museus. não existe nada tão deprimente ou tão *fedorento* quanto um museu. por que não tem havido uma maior percentagem de garotinhas de três anos de idade molestadas nas escadarias dos museus eu jamais vou saber. antes de mais nada, eu instalaria no mínimo um bar em cada andar; só isso pagaria todos os salários e permitiria a restauração e a salvação de algumas pinturas e dos tigres-de-dentes-de-sabre que estão com um cu que mais parece o bolso lateral de um vasta crioulo. depois mandaria instalar uma banda de rock, uma banda de swing e uma banda sinfônica para cada andar, mais três ou quatro mulheres bonitas pra ficarem circulando e parecerem bonitas. você não aprende coisa alguma ou enxerga alguma coisa a não ser que você vibre. a maioria das pessoas apenas olha pr'aquele dente-de--sabre atrás daqueles vidros quentes e segue andando furtivamente um pouco envergonhado e um pouco aborrecido.

mas será que você não consegue enxergar um sujeito e sua esposa, cada um com uma cerveja na mão, olhando para o dente--de-sabre, e dizendo, "cacete, olha pra essas *presas!* meio parecidas com as de um elefante, hein?"

e ela diria, "gatinho, vamos pra casa fazer amor!"

e ele diria, "no cu! não antes que eu desça até o porão e veja aquela espada de 1917. dizem que o próprio Eddie Rickenbacker a utilizou. pegou dezessete hunos. além disso, ouvi dizer que o Pink Floyd está lá embaixo."

mas os Revolucionários queimarão o museu. eles acham que o incêndio resolve tudo. queimariam a sua avó se ela não conseguisse correr o suficientemente rápido. e sairão em busca de água ou de alguém que possa impedir os verdadeiramente insanos de cortarem suas gargantas enquanto dormem. e descobrirão quantos ratos moram na cidade, não ratos humanos mas ratos-ratos. e descobrirão que os ratos são as últimas coisas a se afogar, a queimar, a morrer de fome; que eles são as primeiras coisas com capacidade de achar comida e água porque estiveram fazendo isso durante séculos sem nenhuma ajuda. os ratos são os verdadeiros revolucionários; os ratos são os verdadeiros undergrounds, mas não querem o seu cu exceto para mordiscar e não estão interessados em OOOOOOOOMMM.

não estou dizendo desistam. sou pelo verdadeiro espírito humano onde quer que ele esteja, onde quer que ele tenha se escondido, o que quer que ele seja. mas cuidado com os caubóis que fazem a coisa soar tão boa e deixam você num platô com 4 tiras da pesada e oito ou nove rapazes da guarda nacional e apenas o seu umbigo como uma última prece. os rapazes berrando pelo seu sacrifício nos parques públicos são geralmente os que estão mais longe quando o tiroteio começa. eles querem viver para escrever as suas memórias.

e ainda tinha os crentes da religião. não os da grande igreja, essa era uma chatice. todo mundo de saco cheio, inclusive o padre. mas os pequenos estabelecimentos. deus, como eles eram histéricos. eu costumava já entrar bêbado e me sentar lá para observar. especialmente depois de sair completamente torto dos bares. cara, que paulada, chegava em casa e ainda batia uma punheta. as melhores concentrações de fanáticos estavam em L. A., seguido de N. Y. e Philly. aqueles padres eram artistas, cara. eles quase me fizeram rolar no chão. a maioria daqueles padres se recuperando de ressacas, os olhos injetados de sangue, precisando de mais $ $ $ para alguma coisa para beber ou quem sabe até mesmo de um pico, diabo, eu não sei.

eles quase me fizeram rolar no chão e eu estava com muito frio e muito cansado. era melhor do que uma trepada mesmo só me tocando de uma maneira parcial. eu gostaria de agradecer àqueles caras, a maioria deles negros, perdão, pretos, por algumas noites de divertimento; penso que se eu tivesse alguma vez escrito alguma poesia certamente *um pouco* teria sido roubado deles.

mas agora o jogo está se extinguindo. Deus simplesmente não pagou o aluguel ou pintou com aquela garrafa de vinho não importa quanto eles tenham gritado ou se rolado no chão sujo com suas últimas roupas limpas. Deus disse ESPEREM e é duro ESPERAR quando a barriga está vazia e a sua alma não se sente tão bem e talvez você só possa viver até os 55 e a última vez que Deus apareceu foi há quase 2.000 anos atrás e depois disso ELE apenas fez uma meia dúzia de truques baratos pra divertir a massa, deixou que alguns judeus o enganassem, e aí saiu de cena. um homem se cansa pra caralho de sofrer. os dentes na sua boca são suficientes para matá-lo ou a mesma mulher de sempre no mesmo quarto de sempre.

os fanáticos religiosos estão avançando juntamente com os fanáticos revolucionários e você não consegue diferenciar cu de buceta, irmãos. imaginem isso e vocês já têm um começo. ouçam com atenção e vocês já têm um começo. engula tudo, e você está morto. Deus se mandou da árvore, jogou a cobra e a buceta apertada do Paraíso pra longe e agora você tem Karl Marx atirando maçãs douradas da mesma árvore, principalmente no rosto do preto.

se existe uma batalha, e eu acredito que exista, sempre existiu, e foi isso que produziu Van Goghs e Mahlers bem como Dizzy Gillespies e Charley Parkers, então por favor tenha cuidado com os seus líderes, pois existem muitos nas suas fileiras que prefeririam ser presidente da General Motors do que incendiar o Posto Shell da esquina. mas como eles não podem ter um eles pegam o outro. são esses os ratos humanos que por séculos nos têm mantido onde nos encontramos. isso é Dubcek voltando da Rússia meio homem, com medo da morte psíquica. um homem deve finalmente aprender que é melhor morrer com suas bolas sendo lentamente cortadas do que viver de qualquer outra maneira. tolice? não é mais tolo que o maior dos milagres. mas se você caiu na armadilha, compreenda sempre o que é isso exatamente que você está negociando, ou o espírito desaparecerá. Casanova costumava correr seus dedos, suas mãos nos vestidos das mulheres enquanto seus maridos eram destroçados nos quintais dos reis; mas Casanova também morreu, apenas um velho com um pau grande e uma língua comprida e praticamente nenhum culhão. dizer que ele viveu bem é verdade; dizer que eu poderia cuspir no seu túmulo sem ressentimento também é verdade. as mulheres geralmente se entregam ao mais imbecil que elas conseguem encontrar; é por isso que a raça humana está na posição que ela se encontra hoje: nós criamos os espertos e duradouros Casanovas, completamente ocos por dentro, como os coelhinhos de Páscoa de chocolate que nós empurramos boca abaixo das nossas pobres crianças.

no refúgio das Artes como nos refúgios dos Revolucionários rastejam os loucos mais piolhentos buscando alívio na coca-cola porque não conseguem nem arranjar emprego como lavador de pratos nem pintar como Cezanne. se o esquema não lhe quer de jeito nenhum, a única coisa a fazer é rezar ou trabalhar por um novo esquema. e quando você descobre que *esse* esquema não lhe deseja, então por que não outro? todo mundo satisfeito de maneira adequada.

contudo, velho como sou, estou particularmente satisfeito nesta época determinada. O HOMEM PEQUENO SIMPLESMENTE FICOU CANSADO DE ACEITAR TANTA MERDA. está acontecendo em todo lugar. Praga. Watts. Hungria. Vietnã. não é o governo. é o Homem contra o gov. é o Homem que não pode mais ser simplesmente enganado por um Papai Noel com uma voz de Bing Crosby e ovos de Páscoa mortos que têm que ser escondidos das crianças que precisam TRABALHAR PARA ENCONTRÁ-LOS. de futuros presidentes da América cujas faces nas telas de TV precisam fazer você sair correndo pro banheiro e vomitar.

eu gosto desta época. eu gosto desta sensação. os jovens finalmente começaram a pensar. e os jovens estão se tornando cada vez mais e mais. mas toda vez que eles conseguem um ponta de lança à frente do grupo para os seus sentimentos esse ponta de lança é assassinado. os velhos e os entrincheirados estão assustados. eles sabem que a revolução pode vir através das urnas no estilo americano. nós podemos matá-los sem um disparo. nós podemos matá-los simplesmente nos tornando mais reais e mais humanos e destituindo os merdas através de votos. mas eles são espertos. o que é que eles nos oferecem? Humphrey ou Nixon. como eu disse, merda fria, merda quente, é tudo merda.

a única coisa que me impediu de ser assassinado é que eu sou merda pequena, não tenho política, observo. não tenho partido exceto o partido do espírito humano, que depois de tudo soa realmente bastante raso, como um mascate, mas que significa em sua maior parte o *meu* espírito, que significa o seu também, pois se eu não estou realmente vivo, como posso estar vendo você?

cara, eu gostaria de ver um bom par de sapatos em cada homem caminhando pelas ruas e ver que ele consegue uma boa trepada de vez em quando e uma barriga cheia de comida também. Cristo, a última vez que eu trepei foi em 1966 e desde então eu só tenho ficado na punheta. e simplesmente não existe punheta que se compare ao buraco maravilhoso.

são tempos difíceis, irmãos, e não sei exatamente o que lhes dizer. sou branco mas tive que concordar – não confie demais nesse serviço de pintura – é delicado e também não gosto muito desses delicados de merda, mas tenho visto muitos de vocês pretos que podem me fazer vomitar durante todo o trajeto de Venice West até Miami Beach. a Alma não tem pele; a alma só tem interiores que querem CANTAR, afinal, será que vocês não são capazes de ouvi-la, meus irmãos? suavemente, vocês não podem ouvi-la, irmãos? uma bela trepada e um Cadillac novo não vão resolver porra nenhuma. Popeye vai ter um olho só e Nixon vai ser o seu próximo presidente. Cristo se mandou da cruz e agora nós estamos pregados aos filhos da puta, pretos e brancos, brancos e pretos, completamente.

nossa escolha é quase escolha nenhuma. se não nos movimentarmos rápido o suficiente, estamos mortos. não é nossa a vez de dar as cartas. como é que você vai poder cagar com uma rolha cristã de 2.000 metros enfiada no cu?

para aprender, não leia Karl Marx, merda seca demais. por favor, aprendam o espírito. Marx é apenas tanques invadindo Praga. não se deixe pegar dessa maneira por favor. antes de tudo, leia Celine. o maior escritor em 2.000 anos. naturalmente, *O ESTRANGEIRO* de Camus tem que entrar. *CRIME E CASTIGO. OS IRMÃOS.* todo o Kafka. todos os trabalhos do desconhecido autor John Fante. as histórias curtas de Turgeniev. evite Faulkner, Shakespeare, e especialmente George Bernard Shaw, a mais inflada fantasia que floresceu em todos os Tempos, uma verdadeira merda que se expandiu com conexões políticas e literárias para muito além do que se possa imaginar. o único sujeito mais jovem que consigo pensar com a estrada pavimentada à sua frente e beijar-lhe a bunda sempre que necessário foi Hemingway, mas a diferença entre Hemingway e Shaw era que Hem escreveu algumas coisas boas no começo e Shaw só conseguiu escrever asneiras durante toda sua vida.

portanto, aqui estamos nós misturando Revolução com Literatura e ambas combinam. de alguma forma tudo combina, mas fiquei cansado e espero pelo amanhã.

será que o Homem baterá à minha porta?

quem se interessa?

espero que isso vos faça vomitar vosso chá.

●

é deste jeito que termina? Cheiro de Morte em Todos os Lugares? que econômico. que plagiato. que brutal – hambúrguer cru esquecido e fedendo em cima do fogão.

vomitou sobre o próprio peito, doente demais para movimentar o corpo.

nunca misture pílulas com uísque. cara, eles não estavam brincando.

ele podia sentir sua alma flutuando pra fora do seu próprio corpo. podia senti-la ficar lá de cabeça para baixo como um gato, seus pés saltitantes.

filha da puta, volta!, disse ele à sua alma.

sua alma sorriu, você me tratou mal demais tempo demais, baby. você tá levando o que merece.

era por volta das três da manhã.

com ele não era a morte que o preocupava. com ele eram as partes soltas e não resolvidas que ficaram para trás – uma filha de quatro anos de idade em alguma comunidade hippy no Arizona; meias e cuecas pelo chão, pratos na pia; um carro não pago, contas de gás, contas de luz, contas de telefone; pedaços dele deixados em quase todos os estados da União, pedaços dele deixados em bucetas mal-lavadas de meia centena de putas; pedaços dele deixados em mastros de bandeira e saídas de incêndio, terrenos baldios, aulas da Comunidade da Igreja Católica, celas de prisão, barcos; pedaços dele deixados em bandeides e lá embaixo nos esgotos; pedaços dele deixados em despertadores jogados fora, sapatos jogados fora, mulheres jogadas fora, amigos jogados fora...

era tão triste, tão terrivelmente triste. quem poderia soprar os blues* do jeito que eles realmente eram? ninguém podia. é isso aí. ninguém podia ou jamais pôde. eles podiam apenas tentar ficar mais blues que o blue, pois não havia jeito de voltar pra casa.

esforçou-se novamente para se levantar, depois ficou deitado quieto. ele podia ouvir os grilos. em Hollywood. grilos ao longo da Sunset Blvd. grilos saudáveis: isso era tudo o que ele tinha.

fracassei, Jesus, fracassei, pensou ele.

é, irmão, você fracassou, disse sua alma.

mas eu quero ver a minha guriazinha de novo, disse ele à sua alma. sua guriazinha de novo? você não é nenhum artista! você não é nenhum *homem!* você é *mole*!

eu sou mole, respondeu ele à sua alma, você tem razão, eu sou mole.

ele chegara ao fim dos remédios. cerveja não ia descer. nem mesmo água. sem pílulas, sem seringa, sem haxixe, sem maconha, sem amor, sem brisa, sem som – só grilos – nenhuma ajuda – só grilos – nem mesmo um fósforo pra botar fogo naquele lugar fodido.

aí ficou pior.

---

* traduzi a expressão "to blow the blues" às vezes por soprar a tristeza pra longe, às vezes simplesmente por soprar os blues. (N.T.)

a mesma música começou a martelar de novo e de novo dentro da sua cabeça:

"melhor você cuidar dos negócios sr. Homem de Negócios, enquanto pode..."

e isso era tudo. sempre a mesma música, de novo, de novo:

"melhor você cuidar dos negócios sr. Homem de Negócios, enquanto pode..."

"melhor você cuidar dos..."

"melhor você..."

"melhor..."

com um esforço emprestado apenas da loucura do espaço (quem é capaz de soprar a tristeza pra longe? ninguém é.) ele esticou-se e acendeu a pequena luz no alto, que já era apenas uma simples lâmpada elétrica exposta, a pantalha há muito tempo destruída (quem é capaz de soprar os blues?) e apanhou um cartão-postal encontrado na caixa de correspondência há poucos dias atrás e o cartão dizia:

"querido –: lembramos de você completamente encharcados de cerveja alemã e schnapps,

em janelas de vitral esperando..."

as linhas degeneraram num garrancho relaxado e grosseiro de rapazes gordos que vivem afortunadamente sobre a superfície da terra sem a necessidade de muita inteligência ou coragem.

qualquer coisa sobre partir para a Inglaterra amanhã. poemas lentamente surgindo. muita vaselina e poucas visitações. o mundo dependendo demais da ponta do seu pau.

"nós te consideramos o maior poeta desde Eliot."

depois a assinatura do professor e a assinatura do seu aluno predileto.

somente desde Eliot? que parâmetro mais insignificante era esse. ele ensinou àqueles bastardos como escrever uma poesia viva e transparente e agora eles estavam passeando de carro e fodendo a Europa com o dedo enquanto ele morria só, no quarto de um bairro marginal de Hollywood.

"melhor você cuidar dos negócios sr. Homem de Negócios, enquanto pode..."

jogou o postal no chão. não tinha importância. se ele pudesse sentir alguma espécie de compaixão ou alguma raiva ordinária ou alguma vingança de merda, ele poderia se salvar. mas ele estava completamente seco por dentro, seco e tolo e como há muito tempo ele se encontrava.

os professores começaram a bater à sua porta há uns dois anos atrás, tentando descobrir qual era a origem da coisa. e não havia nada pra lhes dizer. os professores eram todos os mesmos – um pouco atraentes e bastante apoiados num jeito feminino de ser, pernas longas e desajeitadas, olhos grandes tipo janela panorâmica, e finalmente bastante estúpidos, e portanto suas visitas realmente não lhe agradavam. eram na realidade apenas os notáveis de cabeça gorda de uma estrutura mutante que, como um idiota numa confeitaria, recusavam-se a ver as paredes pegando fogo e caindo. só enxergavam o doce.

– a adesão ao intelecto, a adesão ao intelecto, a adesão...

"melhor você cuidar dos negócios sr. Homem de Negócios, enquanto pode..."

e, Deus, ele era mole. todos os duros poemas; ele se fez de durão a vida inteira mas ele era mole. todo mundo é mole, na realidade. – o duro estava lá apenas para proteger o mole. que armadilha mais fodida e ridícula.

ele sentia a necessidade de sair da cama. tava difícil. gemeu ao longo de todo o corredor. as ânsias de vômito trouxeram uma gosma amarelo-esverdeada e um pouco de sangue. primeiro calor, depois calafrios; depois calafrios, depois calor, e as pernas tão flexíveis como as pernas de um elefante. flamp. flamp, flamp – e vejam (ele piscou o olho pra alguém em algum lugar): o Olho de Confúcio aterrorizado e gemendo sobre o seu último drinque.

soprar os blues.

entrou na sala da frente pensando

– tive sorte de alugar uma sala de frente, mesmo *agora*

– "ei, sr. Homem de Negócios..."

e tentou sentar numa cadeira, errou, bateu com o osso do rabo de macaco no chão, riu, depois olhou para o telefone.

é assim que um Solitário termina: morto sozinho. morrendo sozinho.

um Solitário deveria se preparar *com antecedência.*

todos meus poemas não irão ajudar. todas as mulheres que fodi não irão ajudar. e todas as mulheres que eu não fodi certamente não irão ajudar. preciso de alguém que tire essa tristeza de mim. preciso de alguém que diga, eu compreendo, garoto, agora não se aflija e morra.

olhou para o telefone. pensou e pensou e pensou, pensou para quem poderia telefonar que pudesse lhe espantar a tristeza, apenas dizer a palavra certa, e procurou entre os poucos que conhecia entre bilhões – passou por todos eles um a um, os poucos que conhecia, e ele também sabia que era cedo demais na manhã, uma hora pouco conveniente para morrer, não era direito, e iriam apenas pensar que ele estava brincando ou bêbado ou fingindo ou piegas ou louco, e ele não podia odiá-los ou culpá-los por isso – estavam todos imbecilizados, mutilados, estavam todos em sua pequena cela particular. ei, sr. Homem de Negócios...

Puta que pariu!

quem quer que tenha inventado o jogo criou e desenvolveu uma pequena e bela obra-prima. chamem-no de Deus, Ele tem um tiro vindo na direção do olho. Ele nunca apareceu para que você pudesse botar Ele na mira. a Era dos Assassinos deixou escapar o Maior deles todos. eles quase pegaram o Filho, mas Ele acabou escapulindo e nós ainda tivemos que continuar cambaleando sobre os soalhos escorregadios dos banheiros. o Espírito Santo nunca apareceu; ele apenas se deitou e deixou seu pau de prontidão. O mais esperto de todos.

se pudesse ao menos telefonar pra minha filha morreria feliz, pensou.

sua alma caminhou pra fora do quarto de dormir apoiando-se numa lata de cerveja vazia. "ah, seu mole, seu mole mole *te fode!*

tua filhinha tá numa comunidade hippy enquanto a mãe dela esfrega as bolas dos imbecis. *segura* essa, seu Solitário de *merda*!"

"...você *precisa* de amor, você *precisa* de amor, o amor vai te achar no final, meu amigo!"

me achar no Final?

Grande Morte no Cano de um Fuzil, isso é que é.

ele começou a rir. depois parou. gemeu novamente. mais sangue dessa vez. quase só sangue.

deixou pra lá o telefonema e voltou pro sofá.

"...você *precisa* de amor, você *precisa* de amor..."

bem, obrigado deus, pensou, pelo menos eles trocaram o disco.

a morte não chegou tão fácil quanto ele imaginava que viria. havia sangue por tudo e as persianas estavam abaixadas. as pessoas estavam se preparando para ir para o trabalho. num determinado momento, rolando sobre si mesmo, parecia ter visto a estante de livros, todos os seus livros de poemas e ele soube então que fracassara, ele era apenas mais um macaco numa árvore caindo dentro da boca do tigre, e foi triste por um momento, mas apenas por um momento.

estava tudo bem e não era problema soprar os blues. Satchmo, vá pra casa. Shostakovitch, na sua Imundície, esqueça. Pedro III. Chike, porque você casou com uma soprano biruta com rugas aparecendo sob os olhos, e uma lésbica quando você não era nem mesmo um homem, esqueça. todos nós fomos tentados com o fogo e todos nós falhamos como chupadores de pau, artistas, pintores, doutores, gigolôs, boinas-verdes, lavadores de pratos, dentistas, artistas do trapézio e apanhadores de peras.

cada homem pregado em sua própria e adequada cruz.

soprar os blues.

"você *precisa* de amor, você *precisa* de amor..."

aí ele se levantou e puxou todas as persianas. as malditas persianas estavam podres. estalaram com o puxão, despedaçando-se e zunindo com um ruído semelhante a um guincho de cadela, caíram no chão.

o maldito sol estava podre. criando as velhas flores de sempre, as velhas garotas de sempre de todos os lugares.

ele olhou as pessoas indo para o trabalho. ele não sabia mais do que sempre soube.

a insegurança do conhecimento era a mesma do que a segurança do não conhecimento.

nenhuma era superior; nenhuma era coisa nenhuma.

ele esticou-se ao longo do sofá do proprietário. seu sofá, por um instante.

depois de todo aquele trabalho nada mais restara.

ele morreu.

●

o pequeno alfaiate até que era bastante feliz. apenas ficava lá sentado, costurando. foi quando a mulher chegou até a sua porta, tocou a campainha, que ele ficou perturbado. "ricota, eu tenho ricota pra vender", ela disse pra ele. "vá embora, você fede", ele disse pra ela, "eu não quero a sua maldita ricota!"

"sseeeuu!", disse ela, "sua casa *fede!* por que você não leva o lixo pra fora?" ela saiu correndo depressa.

foi então que o alfaiate lembrou-se dos três cadáveres. um estava na cozinha, esticado na frente do fogão. outro estava em posição vertical, suspenso pelo colarinho no armário, rijo, ali parado. e o terceiro estava na banheira, sentado em posição vertical, bem, não exatamente posição vertical, pois a cabeça podia apenas ser vista um pouco acima da borda da banheira. as moscas estavam começando a surgir ao redor e aquilo não estava bem. as moscas pareciam muito felizes com os corpos, elas estavam bêbadas com os corpos, e quando ele as espantou com um tapa elas ficaram muito zangadas. chegaram até mesmo a atacá-lo e a mordê-lo, portanto ele deixou que elas ficassem.

sentou-se novamente para costurar e novamente a campainha tocou. parece mesmo que nunca vou conseguir costurar nada mesmo, pensou.

era o seu amigo Harry.

"olá, Harry."

"olá, Jack."

Harry entrou. "que fedor é esse?"

"cadáveres."

"cadáveres? tá brincando?"

"não, dê uma olhada."

Harry encontrou-os com o nariz. encontrou o da cozinha, depois o do armário, depois o da banheira. "por que é que você matou eles? você ficou louco? o que é que você vai fazer? por que é que você não esconde os corpos, se livra deles? você tá maluco? por que é que não chama a polícia? perdeu o juízo? deus, isso FEDE! escuta, cara, não chegue PERTO de mim! o que é que você vai fazer? o que é que tá acontecendo? ARRRG! O FEDOR! TÔ FICANDO ENJOADO!"

Jack apenas continuou costurando. ele apenas costurava e costurava e costurava. era como se ele estivesse tentando esconder.

"Jack, vou chamar a polícia."

Harry caminhou na direção do telefone mas de repente ficou enjoado: foi até o banheiro e vomitou na privada enquanto a cabeça do cadáver na banheira estava ali de fora, despontando bem acima da borda da banheira.

saiu e foi até o telefone. descobriu que tirando fora o bocal podia escorregar o pênis dentro do telefone. meteu para frente e para trás e achou bom. muito bom. logo completou o seu ato, desligou o telefone, fechou o zíper e sentou-se ao lado de Jack.

"Jack, você está louco?"

"Becky diz que acha que estou louco. ela me ameaça dizendo que vai me internar."

Becky era a filha de Jack.

"ela sabe alguma coisa a respeito de todos esses cadáveres?"

"ainda não. ela foi de viagem para Nova Iorque. ela trabalha como compradora pra uma dessas grandes lojas de departamento. arranjou um bom emprego. me orgulho dessa menina."

“e a Maria sabe?”

Maria é a esposa de Jack.

“Maria não sabe. ela não aparece mais. desde que conseguiu esse emprego na padaria ela pensa que é alguma coisa. está morando com outra mulher. às vezes penso que ela virou sapatão.”

“bom, cara, eu não posso chamar a polícia. você é meu amigo. você mesmo é que vai ter que dar um jeito nisso. mas você se importaria de me dizer por que matou essas pessoas?”

“eu não gostava deles.”

“mas a gente não sai por aí matando as pessoas, que a gente não gosta.”

“eu antipatizava demais com eles.”

“Jack?”

“você quer usar o telefone?”

“o telefone é seu Jack.”

Jack levantou-se e abriu o zíper. enfiou o pênis dentro do telefone. escorregou-o rapidamente para frente e para trás e sentiu-se bem. concluiu o ato, fechou o zíper, sentou-se e começou a costurar novamente. aí o telefone tocou. ele caminhou de volta até o telefone.

“oh, olá, Becky! que bom que você telefonou! eu tô me sentindo muito bem. ah sim, nós tiramos o bocal do telefone, é por isso. Harry e eu. Harry está aqui agora. Harry é o quê? você realmente acha isso? eu acho que ele é legal. nada. tô apenas costurando. Harry está sentado aqui. uma tarde relativamente escura. realmente sombria pensando bem. sem sol. as pessoas passando pelas janelas com caras feias. sim, estou bem. não, ainda não. mas tenho uma lagosta congelada no refrigerador. simplesmente adoro lagosta. não, não tenho visto ela. ela pensa que é grande merda agora. sim, vou dizer a ela. não se preocupe. Adeus, Becky.”

Jack desligou e sentou-se novamente, novamente começou a costurar.

“você sabe”, disse Harry, “isso me fez lembrar de uma coisa. quando eu era jovem – puta, que moscas de *merda!* eu não estou MORTO! – quando era jovem eu tinha esse emprego, eu e um outro garoto. o trabalho era lavar esses cadáveres. pintavam umas mulheres atraentes lá dentro às vezes. eu entrei lá certa vez e Mickey, era esse o nome do outro garoto, estava trepando uma dessas mulheres. 'Mickey!', eu disse, 'o que é que você está FAZENDO? que VERGONHA!, ele apenas me olhou de lado e continuou com a função. quando desceu ele disse, 'Harry, eu já fodi no mínimo uma dúzia delas. é bom! experimente. você vai ver' 'ah, não!', eu disse. certa vez, quando eu tava lavando uma realmente boa, eu enfiei o dedo nela. mas eu jamais consegui fazer mais do que isso."

Jack continuou costurando.

"você acha que você teria experimentado, Jack?"

"sei lá, porra! como é que eu vou saber?"

continuou costurando. então ele disse, "escuta, Harry, eu tive uma semana difícil. tô a fim de comer alguma coisa e dormir um pouco. tem uma lagosta aí. mas eu sou engraçado. gosto de comer sozinho. não gosto de comer com as pessoas. portanto?"

"portanto? você quer que eu vá embora? você está um pouco irritado. mas, tudo bem, eu vou embora."

Harry levantou-se.

"não fique chateado, Harry. nós ainda somos bons amigos. vamos deixar as coisas assim. faz muito tempo que somos amigos."

"é claro, desde '33'. que tempos aqueles! FDR. NRA. WPA... mas nós conseguimos. esses garotos de hoje simplesmente não sabem de nada."

"é claro que não."

"então é isso. adeus, Jack."

"adeus, Harry."

Jack acompanhou Harry até a porta. abriu-a. observou ele ir embora. sempre as mesmas e velhas calças largonas. o cara sempre se vestiu como um palhaço.

depois Jack caminhou até a cozinha, pegou a lagosta do congelador e leu as instruções. eles sempre tinham essas instruções fodidas. daí ele se deu conta do corpo na frente do fogão. teve que se livrar do corpo. há muito tempo que o sangue já tinha endurecido no chão debaixo dele. o sol finalmente saiu detrás de uma nuvem e já era bem no final da tarde, quase noite e o céu ficou rosa e um pouco do rosa entrou pela janela da cozinha. você quase podia vê-lo entrar, lentamente, como a antena gigante de um caracol. o corpo estava voltado para o chão, o rosto virado na direção do fogão, e debaixo do corpo o braço direito torcido com a mão aberta virada para cima despontando exatamente no limite do lado esquerdo do corpo. a antena rosa do caracol iluminou a mão, fez a mão ficar rosa. Jack percebeu a mão. tão rosa. parecia tão inocente. apenas uma mão, uma mão rosa em pessoa. era como uma flor. por um instante Jack pensou que havia mexido. não, não se mexera. então ele começou a chorar. largou a lagosta e colocou a cabeça em seus braços ali na mesa e começou a chorar. chorou por muito tempo. chorou como uma mulher. chorou como uma criança. chorou como ninguém. depois caminhou até a outra sala e pegou o telefone.

"telefonista, eu quero a delegacia de polícia. sim, sei que soa engraçado; tá sem o bocal, mas quero a delegacia de polícia."

Jack esperou.

"sim? bem, é o seguinte, eu matei um homem! três homens! tô falando sério, é *claro* que é sério! quero que vocês venham me pegar. e tragam um furgão para levar os corpos. eu sou louco. perdi o juízo. não sei como aconteceu. o quê?"

Jack deu o endereço a eles.

"o quê? isso é porque tá sem o bocal. fui eu. fodi com o telefone."

o homem continuou falando mas Jack desligou. caminhou de volta para a cozinha e sentou-se à mesa e colocou sua cabeça de volta em seus braços. não chorou mais. apenas sentou-se ali com o sol que já não era mais rosa; o sol havia ido embora e estava ficando escuro, e então pensou em Becky e depois pensou em se matar e depois não pensou em mais nada. a lagosta sul-africana empacotada jazia ao lado do seu cotovelo esquerdo. nunca conseguiu comer aquela lagosta.

•

eu estava um pouco bêbado certa noite quando esse cara que publicara alguns dos meus livros disse pra mim, "Bukowski, tá a fim de ir visitar o L.?"

L – era um escritor famoso. tinha sido um escritor famoso durante certo tempo. obras traduzidas pra tudo quanto é coisa, inclusive merda de cachorro. subvenções, amantes, esposas, prêmios, novelas, poemas, contos, pinturas... temporadas na Europa. familiarizado com os grandes. aquilo tudo.

"não, merda, não", disse ao Jensen, "as coisas dele me chateiam."

"mas você diz isso de todas as pessoas."

"bom, isso lá é verdade."

Jensen sentou-se e olhou para mim. Jensen gostava de sentar-se e olhar para mim. ele não conseguia entender por que eu era tão imbecil. eu era imbecil. mas a lua também era.

"ele quer te conhecer. ele já *ouviu* falar a teu respeito."

"ouviu? e eu já ouvi a respeito dele."

"você ficaria surpreso de quantas pessoas já ouviram falar de você. eu estava na casa de N. A. uma noite e ela disse que queria que você aparecesse pra jantar. você sabe. ela conheceu L. na Europa."

"conheceu?"

"e ambos conheceram Artaud."

"ah, é, mas ela não daria a bunda pro Artaud."

"isso é verdade."

"eu não a culpo. eu também não daria."

"me faz um favor. vamos visitar ele."

"Artaud?"

"não, L."

terminei o meu drinque.

"vamos."

era um longo caminho do baixo mundo até a casa de L. e L. tinha uma senhora casa. Jensen levou o carro até a estrada e a estrada era tão longa quanto uma superfreeway.

"é esse o cara que tá sempre berrando POBREZA?", perguntei.

"dizem que ele deve 85 milhas de impostos pro governo."

"pobre-diabo."

descemos do carro. era uma casa de três andares. tinha um balanço no pórtico dianteiro e um violão de $ 250 deitado no balanço. um pastor-alemão com um baita rabo correu em nossa direção, arreganhando os dentes, espumando e eu o mantive à distância com o violão e é claro que não foi tocando mas balançando ele enquanto Jensen tocava a campainha.

essa cara amarela e enrugada abriu o olho mágico e disse, "quem está aí?"

"Bukowski e Jensen."

"quem?"

"Bukowski e Jensen."

"não conheço vocês."

o pastor-alemão pulava, os seus dentes praticamente estalando perto da minha jugular. cada vez que ele voava. eu lhe acertei uma boa quando ele aterrissou mas ele apenas se sacudiu e deu uma volta para saltar novamente, o pelo eriçado, me mostrando aqueles dentes sujos e amarelos.

"Bukowski. ele escreveu ALL THE DAMN TIME, SCREAMING IN THE RAIN *(ESSE TEMPO TODO, GRITANDO NA CHUVA)*. eu sou Hilliard Jensen do *NEW MOUNTAIN PRESS.*"

o pastor deu uma última e furiosa rosnada antes de preparar-se para saltar quando L. disse, "oh, Púpu, pare com isso!"

Púpu desenroscou um pouco o trinco.

"muito bem, Púpu", eu disse, "muito bem, Púpu!"

Púpu olhou para mim sabendo que eu estava mentindo. finalmente o velho L. abriu a porta. "tá legal, entrem", disse ele.

atirei o violão quebrado no balanço e nós entramos. a sala da frente era como um estacionamento subterrâneo.

"sentem-se", disse L. eu podia optar entre três ou quatro cadeiras, fiquei com a que estava mais próxima.

"dou mais um ano pro sistema", disse L. "o povo acordou. nós vamos incendiar a porra toda."

L. estalou o dedo – "vai se acabar" (estalo) "assim! uma vida nova e melhor para todos nós!"

"tem alguma coisa pra beber?", perguntei.

L. tocou uma pequena campainha perto da sua poltrona. "MARLOWE!", gritou.

depois olhou para mim: "li o seu último livro, sr. Meade".

"não, eu sou o Bukowski", disse.

ele voltou-se para Jensen, "então *você* é Taylor Meade! me perdoe!"

"não, não, eu sou Jensen. Hilliard Jensen. NEW MOUNTAIN."

um instante depois um japonês, calças pretas brilhantes, jaqueta branca, entrou na sala caminhando rapidamente, comprimentou-nos discretamente, sorrindo, do mesmo jeito que ele algum dia nos mataria a todos.

"Marlowe, seu estúpido fodido, esses cavalheiros querem beber alguma coisa. anote os seus pedidos, ligeiro, e volte imediatamente ou vou comer a tua bunda!"

curiosamente, o rosto de L. pareceu como se toda a dor tivesse sido afastada. contudo havia rugas, as rugas mais parecendo regatos, costurados ou pintados, ou jogados ali. um rosto estranho. amarelo. careca. olhos pequenos. um rosto sem esperança e insignificante, à primeira vista. mas *então,* como é que ele poderia ter escrito tudo *aquilo?* "Oh, Mack tinha um pau enorme! Oh, Mack tinha o maior pau! que pau tinha o Mack! Mack tinha o maior pau da cidade. todo mundo falava do pau do Mack. oh, o Mack tinha um pau enorme..." etc. quando se tratava de estilo, L. ganhava de todos, apesar de eu achar ele chato.

Marlowe retornou com as bebidas e eu vou dizer uma coisa sobre Marlowe: ele as despejou jactanciosamente e ele as despejou com energia. ele as deixou e partiu com grande rapidez. observei seus quadris balançando em sua calças justas enquanto corria de volta para a cozinha à qual pertencia.

L. já parecia estar bêbado. drenou metade do seu copo. um homem de scotch com água. "eu sempre me lembrarei daquele hotel em Paris. estávamos todos lá, Kaja, Hal Norse, Burroughs... as maiores mentes literárias da nossa geração."

"o senhor acha que ajudou sua escrita, sr. L.?", perguntei.

foi uma pergunta idiota. ele olhou para mim asperamente, então permitiu-me que eu o olhasse sorrir, "qualquer coisa ajuda a minha escrita".

nós todos ficamos apenas ali sentados, bebendo e olhando uns para os outros. L. tocou a campainha novamente e Marlowe entrou caminhando rapidamente para o processo de reabastecimento.

"Marlowe", disse L., "está traduzindo Edna St. Vincent Millay para o japonês."

"maravilha", disse Jensen do NEW MOUNTAIN.

eu não vejo nada de maravilhoso em traduzir Edna. St. Vincent Millay para o japonês, pensei.

"eu não vejo nenhuma maravilha de merda em traduzir Edna St. Vincent Millay para o japonês", disse L.

"bom, Millay está antiquado, mas o que há de errado com a poesia moderna?", perguntou o NEW MOUNTAIN.

jovem demais, rápida demais e desistem cedo demais, pensei.

"sem qualidades duradouras", disse o velho.

eu não sei. todos pararam de falar. nós realmente não gostávamos um do outro. Marlowe entrou com as bebidas e saiu rapidamente. tive a sensação de que estava numa terrível caverna subterrânea ou num filme sem sentido. apenas cenas soltas, desconectadas. aproximando-se do final. L. subitamente levantou-se e deu um tapa na cara de Marlowe, com força. eu não sabia o que isso significava. sexo? tédio? jogo? Marlowe arreganhou os dentes e voltou correndo para a buceta da Millay.

não deixo nenhum homem entrar em minha casa que não possa suportar toda treva e toda a luz", disse L.

"olha cara", eu disse, "acho que tu tá de sacanagem. eu nunca gostei das tuas coisas."

"e eu também nunca gostei das tuas coisas, Meade", disse o velho, "toda aquela coisa de ficar chupando estrelas de cinema. qualquer um pode chupar uma estrela de cinema. isso não é grande coisa."

"*pode* ser", disse, "e eu não sou o Meade!"

o velho levantou-se e veio cambaleando na direção da minha poltrona, traduzida para dezoito idiomas.

"tá a fim de brigar ou de foder?", perguntou.

"tô a fim de foder", disse

"MARLOWE!", gritou L.

Marlowe surgiu caminhando rapidamente e L. gritou, "BEBIDAS!"

eu REALMENTE esperava que ele dissesse para M. arriar as suas calças para que eu pudesse realizar meu desejo, mas isso não aconteceu. eu simplesmente observei os quadris de M. balançarem enquanto ele corria de volta para a cozinha.

começamos com os novos rounds. "assim", (tapa!) disse L., "o sistema está acabado! vamos tacar fogo neles!"

a cabeça do velho caiu para frente e ele cochilou, estava acabado.

"vamos", disse Jensen.

"espere um minuto", eu disse. caminhei na direção do velho e corri o meu braço nas costas da sua cadeira de balanço, para baixo na direção da sua bunda.

"qualquer coisa ajuda a minha escrita", disse, "e esse bastardo tá chumbado."

fui até embaixo, apanhei a carteira e disse, "vamo'mbora!"

"você não devia", disse Jensen e nós caminhamos na direção da porta da frente.

alguma coisa pegou o meu braço direito e em seguida ele ficou imobilizado nas minhas costas.

"nós deixamos TODOS OS DINHEIROS AQUI ANTES DE PARTIR EM HOMENAGEM AO SR. L.", berrou.

"ACERTA ELE, JENSEN! TIRA ESSE FODIDO DE CIMA DE MIM!"

"o seu amigo toca em mim, o seu braço está QUEBRADO!"

"tudo bem, pegue a carteira. pro diabo com ela! eu tenho um cheque vindo da GROVE PRESS."

ele pegou a carteira de L., atirou-a no chão. depois pegou a *minha,* atirou-a no chão.

"ei, espere um MINUTO! quem você pensa que é? alguma espécie de ladrão de merda?"

"NÓS DEIXAMOS TODOS OS DINHEIROS AQUI! RESPEITE O SR. L!"

"não acredito. isso é pior que um puteiro."

"agora, diz pro seu amigo jogar a carteira dele no chão ou quebro o seu braço!

Marlowe apertou um pouco mais o meu braço para mostrar-me que podia ser feito.

"Jensen! a sua carteira! JOGA ELA NO CHÃO!"

Jensen jogou sua carteira no chão. Marlowe soltou o meu braço. eu me virei para ele. eu tinha apenas o esquerdo para poder trabalhar.

"Jensen?", gritei.

ele olhou para Marlowe.

"não", disse ele.

olhei para o velho enquanto ele cochilava. parecia haver apenas um pequeno e terno sorriso sobre os seus lábios.

abrimos a porta, saímos pra rua.

"muito bem, Púpu", disse.

"muito bem Púpu", disse Jensen.

entramos no carro.

"não tem mais ninguém que você deseja que eu visite esta noite?", perguntei.

"bem, eu estava pensando em Anaïs Nin."

"pode parar de pensar. não acho que eu poderia com ela."

Jensen voltou para a estrada. era apenas mais uma noite quente no sul da Califórnia. logo encontramos a Pico Blvd. e Jensen dirigiu-

-se para o leste. a Revolução para mim não podia chegar com toda essa pressa fodida.

●

"Red", disse eu pro garoto, "para as fêmeas eu não mais existo. e a maior parte da culpa é minha. não vou a danceterias, bazares de igreja, leituras de poesias, *love-ins* e essa merda toda, e é aí onde as putas batalham. eu costumava agir nos bares ou no trem, voltando de Del Mar, qualquer lugar onde tinha gente bebendo. agora não consigo mais aguentar os bares. esses caras apenas sentados ali, sozinhos, passando as horas, esperando que algum buraco sifilítico apareça. a cena toda é vergonhosa para a raça humana."

"Red" jogou uma garrafa de cerveja para o ar, agarrou-a, sacou fora a tampa no canto da minha mesa de café.

"tá tudo na cabeça, Bukowski. você não precisa disso."

"tá tudo na cabeça da minha pica, 'Red'. eu preciso disso."

"uma vez nós pegamos uma velha bebum de vinho. amarramos ela numa cama. cobramos 50 centavos de cada um. cada inválido, doido e pirado naquela fila deve ter dado a sua trepada. em três dias e três noites nós devemos ter passado por uns 500 fregueses."

"jesus cristo, 'Red', você tá me deixando com nojo!"

"eu pensei que você fosse o Velho Sujo*."

"é só porque eu não troco de cuecas todos os dias. você deixou que ela levantasse pra urinar ou pra defecar?"

"o que é 'defecar'?"

"puta merda. você deu comida pra ela?"

"bebuns de vinho não comem. nós lhe demos vinho."

"eu tô enjoado."

"por quê?"

"isso foi bestialmente cruel, bestialmente desumano. pense um pouco nisso, bestas não teriam feito isso."

---

* neste contexto ficou melhor uma tradução mais literal do Dirty Old Man. (N.T.)

"nós fizemos $ 250."
"o que é que vocês deram pra ela?"
"nada. nós deixamos ela lá, tinha mais dois dias de aluguel."
"vocês desamarraram ela?"
"claro, nós não queríamos nos incomodar com um assassinato."
"muito legal da sua parte."
"você tá falando como um padre."
"vai noutra cerveja."
"eu posso te arrumar uma buceta."
"por quanto? 50 centavos?"
"não, um pouquinho mais do que isso."
"não, obrigado."
"tá vendo, você realmente não tá a fim."
"acho que você tá com a razão."

cada um de nós foi noutra cerveja. ele emborcou ela direitinho. depois se levantou. "olha só, sempre carrego uma pequena lâmina, bem aqui, debaixo do meu cinto. a maioria dos vagabundos tem problemas pra se barbear. eu não. tô preparado. e quando tô na estrada visto dois pares de calças – compreende – e tiro o par de fora quando chego na cidade, me barbeio, tomo um banho e visto uma camisa branca debaixo do meu blusão da marinha, lavo ela com sabão numa bacia, arranjo uma gravata listrada, lustro os sapatos, consigo um paletó que combine com as calças numa loja de 2ª mão e dois dias depois descolei um trabalho de colarinho-branco com os merdas. eles não sabem que acabei de sair de um vagão de carga. mas não consigo aguentar os trabalhos deles. quando menos percebo já tô de volta à estrada.

"e sempre carrego esse pequeno picão de gelo debaixo da manga nesse elástico que amarro bem alto no meu braço, entende?"

"hã, hãn, tô sabendo. um amigo meu diz que um abridor de lata de cerveja pode ser uma grande arma."

"seu amigo está certo. agora, quando levo um atraque dos home imediatamente recolho o picão, levanto os braços pro alto e grito NÃO ATIREM! –"

(“Red” representou a cena toda em cima do tapete)

“– e me livro do picão de gelo. eles nunca encontram ele comigo. não me recordo quantas vezes já me livrei do picão.”

“você chegou alguma vez a usar o picão de gelo, ‘Red’?”

ele me lançou um olhar muito estranho.

“tudo bem”, eu disse, “esquece a pergunta.”

portanto nos sentamos de novo e seguimos com a nossa cerveja.

“topei com a sua coluna certa vez numa casa de cômodos. acho você um grande escritor.”

“obrigado.”

“tenho tentado virar escritor mas não dá resultado. não sai nada. me sento e a coisa não vem.”

“quantos anos você tem?”

“vinte e um.”

“deixa estar.”

ele ficou ali sentado pensando em ser escritor. aí meteu a mão no seu bolso de trás.

“eles me deram isso pra que eu ficasse quieto.”

era uma carteira de couro tecida em finas tiras.

“quem?”

“vi esses dois sujeitos matarem um cara e eles me deram isso pra que eu ficasse calado.”

“por que é que eles mataram ele?”

“ele tinha essa carteira com sete dólares dentro.”

“como é que eles o mataram?”

“com uma pedra. ele tava bebendo vinho e quando ele ficou bêbado eles racharam a cabeça dele com uma pedra. eu estava olhando.”

“o que é que eles fizeram com o corpo?”

“de manhã bem cedo o trem fazia uma parada pra se abastecer de água. eles carregaram o seu corpo pra fora e depositaram ele bem debaixo de um daqueles potreiros, na grama. aí voltaram pro carro e o trem foi embora.”

"ummmm", eu disse.

"os tiras encontram um corpo como aquele mais tarde, olham pras roupas, a cara de vinho, sem nenhum documento de identidade. apenas apagam o caso dos seus livros. só mais um vagabundo. não tem importância."

ficamos lá sentados por mais umas horas e contei algumas, nenhuma chegando a ser tão boa. depois ambos ficamos em silêncio.

então "Red" se levantou.

"aí, cara, tenho que me mandar. mas foi uma noite legal."

me levantei.

"só foi, 'Red'."

"então é isso, porra, a gente se vê."

"que merda, é claro que a gente se vê, 'Red'."

houve uma certa hesitação em partir. num certo sentido, foi uma noite muito boa.

"te vejo, garoto."

"tá legal, Bukowski."

vi ele contornar o arbusto à esquerda, saindo em direção à Normandie, em direção à Vermont onde ele tinha um quarto com ainda três ou quatro dias de aluguel, e então se foi e o que ainda restava da lua brilhava lá dentro, ela realmente brilhava, e eu fechei a porta, emborquei um último gole de cerveja quente. luzes apagadas, me mandei pra cama, tirei as roupas, entrei nela enquanto nos pátios das ferrovias eles atravessavam os trilhos em busca de vagões, lugares onde ficar, destinações almejadas – melhores cidades, melhores tempos, um pouco mais de amor, um pouco mais de sorte, qualquer coisa melhor. nunca as encontravam, nunca paravam de procurar.

dormi.

●

seu nome era Henry Beckett e era uma segunda-feira de manhã, ele acabara de se levantar, olhava para uma mulher com uma minissaia bem curta pensando, já estou quase me acostumando a elas, isso é muito ruim. uma mulher tem que ter alguma coisa em cima ou então não se tem nada para tirar. carne crua é apenas carne crua.

ele já estava de cueca e foi até o banheiro pra se barbear. quando se olhou no espelho viu que o seu rosto estava com uma cor dourada com bolinhas verdes. olhou novamente, segurando o pincel de barbear em sua mão. aí o pincel caiu no chão. o rosto continuava no espelho: dourado com bolinhas verdes. as paredes começaram a se mexer. Henry segurou-se na pia. então, de alguma maneira caminhou de volta para a cama. e ficou lá durante cinco minutos, sua mente pulsando, latejando, perscrutando, vomitando. então levantou-se e caminhou para o banheiro e olhou para o espelho novamente: rosto dourado com bolinhas verdes. rosto dourado e brilhante com bolinhas verdes e brilhantes.

foi até o telefone. "sim, alô. aqui é Henry Beckett. não vai ser possível eu ir aí hoje. estou doente. o quê? oh, um terrível distúrbio estomacal. um terrível distúrbio."

desligou.

caminhou até o banheiro de novo. era inútil. o rosto ainda estava lá. ele encheu a banheira de água, depois foi até o telefone. a enfermeira quis lhe dar uma hora para a próxima *quarta-feira.*

"escuta, isto é uma *emergência!* eu tenho que ver o doutor *hoje!* é questão de vida ou de morte! não posso lhe dizer, não, eu não posso lhe dizer, mas *por favor* dá um jeito de me espremer aí dentro hoje! você tem que dar um jeito!"

ela lhe marca uma consulta para as 3:30.

ele tirou a cueca e entrou na banheira. percebeu que o seu corpo também estava dourado com bolinhas verdes. em todo lugar. cobria a sua barriga, suas costas, seus testículos, seu pênis. não saía esfregando com sabão. ele saiu, enxugou-se, colocou a cueca de volta.

o telefone tocou. era Glória. sua namorada. ela trabalhava lá embaixo.

"Glória, eu não posso lhe dizer o que há de errado. é terrível. não, não, eu não tô com sífilis. é pior que isso. eu não posso lhe dizer. você não acreditaria."

ela disse que iria passar para vê-lo na hora do almoço.

"por favor, baby, eu me mato."

"eu estou indo pra aí *agora*", disse.

"por favor, POR FAVOR não..."

ela desliga. ele olhou para o telefone, colocou o gancho de volta, caminhou novamente para o banheiro, esticou-se, olhou para as rachaduras do teto. era a primeira vez que ele percebia as rachaduras no teto. elas pareciam bastante acolhedoras, atraentes, amigas. ele podia ouvir o tráfego, o pio ocasional de um pássaro. vozes na rua – uma mulher dizendo a uma criança, "ei, anda mais *depressa,* por favor" e de vez em quando um motor de avião.

a campainha tocou. ele foi até a sala da frente e espiou através das cortinas. era Glória com uma blusa branca e uma saia de verão azul-claro. parecia melhor do que nunca. um morango loiro florescendo com vida; o nariz um pouco feinho, um pouco gordo demais, mas depois que você se acostumava com o nariz você amava isso também. ele podia sentir o seu coração pulsando como uma bomba em um compartimento fechado. era como se suas tripas tivessem sido escavadas e apenas o coração estava lá dentro, batendo no oco, gritando no vazio.

"não posso deixar você entrar, Glória!"

"abre essa maldita porta, seu babaca imbecil!"

ele podia vê-la tentando olhar para ele através das cortinas.

"Glória, você não compreende..."

"eu disse, 'ABRE ESSA PORTA!'"

"tá legal", disse, "que merda, tá legal!"

ele podia sentir o suor circundando a sua cabeça, gotejando atrás das suas orelhas, correndo pelo pescoço abaixo.

ele abriu a porta com força.

"JESUS!", ela meio que gritou, colocando a mão em sua boca.

"eu te DISSE, eu tentei te DIZER, eu te DISSE!"

ele recuou. ela fechou a porta e avançou na sua direção.

"o que é isso?"

"num sei. cristo. num sei. não me toca. pode ser contagioso."

"pobre Henry, oh, meu pobre garoto..."

ela continuou vindo na direção dele. ele subiu em cima de uma cesta de papéis.

"que merda, eu disse pra você se afastar!"

"por que, você está quase bonito!"

"QUASE!", gritou ele, "MAS EU NÃO POSSO VENDER SEGUROS DESSE JEITO, POSSO?"

aí ambos começaram a rir. aí ele ficou no sofá e ele estava chorando. tinha o rosto dourado e verde em suas mãos e estava chorando.

"deus, por que não pode ser câncer, ataque cardíaco, alguma coisa boa e limpa? Deus cagou em cima de mim, essa é que é a verdade, Deus cagou em cima de mim!"

ela o estava beijando ao longo do pescoço e através das mãos que cobriam o seu rosto. ele a empurrou para longe, "para, para!"

no consultório médico todos liam *LIFE, LOOK, NEWSWEEK* e assim por diante. quase não havia cadeiras e sofás suficientes e estava quente lá dentro. as páginas viravam. ele baixou os olhos para a sua revista, tentando não ser visto. foi tudo bem por quinze ou vinte minutos e então uma garotinha que estava correndo por ali chutando um balão, chutando-o perto dele, chutou fora o seu sapato e quando ela chutou fora o sapato dele ela o apanhou e olhou para ele. aí ela voltou para uma mulher muito feia com orelhas que pareciam umas panquequinhas e olhos que pareciam o interior da alma de uma aranha e disse, "Mamanhê, o que que tem de errado com a CARA daquele homem?"

e Mamãe disse, "sssssshhhh!"

"MAS ELE TÁ TODO AMARELO E COM ENORMES PONTOS ROXOS EM CIMA!"

"Mary Ann, eu FALEI pra você ficar QUIETA! agora você vai ficar SENTADA aqui comigo e parar de ficar correndo por aí! AGORA, eu disse pra SENTAR AQUI!"

"ah, Mamanhê!"

a garotinha sentou-se, fungando, olhando pra cara dele, fungando, olhando pra cara dele.

"sr. Beckett."

ele seguiu o Dr. ao entrar. "como vai, sr. Beckett?"

"olhe para mim que o senhor verá."

o doutor deu uma volta. "Bom Deus!", disse ele.

"é isso aí", disse o sr. Beckett.

"eu nunca vi nada *parecido* com isso! por favor, tire a roupa e sente-se na mesa. quando é que isso aconteceu pela primeira vez?"

"esta manhã quando eu acordei."

"como é que o senhor se sente?"

"como se eu estivesse lambuzado de merda que não tem como sair."

"eu quero dizer, fisicamente."

"eu me sentia bem até me olhar no espelho."

o doutor amarrou o tubo ao redor do braço dele.

"pressão arterial, normal."

"Dr., vamos acabar de vez com essa conversa mole. Dr., agora a próxima coisa que o sr. vai fazer é me pedir pra eu subir na balança. o senhor não sabe o que é isso, sabe?"

"não, nunca eu vi nada parecido com isso antes."

"a sua gramática é péssima, Dr., de onde o senhor é?"

"Áustria."

"Áustria. o que é que o senhor vai fazer comigo?"

"não sei. talvez um especialista de pele, hospitalização, testes."

"tenho certeza que eles me achariam muito interessante. mas a coisa não vai passar."

"o que é que não vai passar?"

"o que eu tenho. eu posso sentir a coisa aqui dentro. não vai passar, nunca."

o doutor começou a escutar o seu coração. Beckett afastou o estetoscópio pro lado. começou a se vestir.

"não seja impaciente, sr. Beckett. por favor!"

logo estava vestido e fora dali. deixou o chapéu, o lenço, os óculos escuros. foi até seu apartamento e pegou sua espingarda de caça e cartuchos suficientes para matar um batalhão. encontrou o atalho na freeway que levava pra cima do morro. o morro dava para uma curva que forçava os carros a diminuírem a velocidade. por que é que chegou alguma vez a perceber essa elevação ele nunca soube dizer. desceu do carro e escalou a colina mais alta. tirou a poeira do telescópio, carregou a arma, destravou o pino de segurança e colocou-a na horizontal.

a princípio a coisa não andou muito certo. toda vez que disparava, o tiro parecia chegar atrás do carro. então ele tentou fazer com que os carros se dirigissem para a bala. as velocidades dos carros eram praticamente as mesmas, mas instintivamente ele variava a orientação de acordo com a mudança de velocidade de cada um. o primeiro que ele pegou foi muito estranho. a bala entrou no lado direito da fronte e o homem pareceu olhar para cima exatamente na sua direção, e então o carro capotou, bateu na cerca, capotou mais uma vez e ele atirou no próximo que apareceu, uma mulher, errou, acertou no motor, que pegou fogo, e ela apenas ficou sentada no carro gritando e acenando os seus braços e queimando. ele não quis vê-la queimar. atirou nela. o tráfego parou. as pessoas saíram dos seus carros. decidiu que não ia atirar em mais nenhuma mulher. mau gosto. ou em crianças. mau gosto. um doutor da Áustria. por que é que eles não ficaram na Áustria? ele acertou mais uns quatro ou cinco homens antes que soubessem que um tiro estava chegando. depois vieram os carros da patrulha rodoviária e as ambulâncias. eles bloquearam a freeway. deixou eles carregarem os mortos e feridos para dentro da ambulância. não atirou nos enfermeiros. atirou nos tiras. num realmente parrudo. ele perdeu a noção do tempo, escureceu. sentiu que eles estavam subindo o morro na sua direção. não ficou na mesma posição. avançou na direção deles. pegou dois deles de tocaia pelo flanco esquerdo. aí alguns tiros vindos da sua direita os levaram em direção ao morro. eles estavam fazendo com que ele recuasse lá para cima. uma posição determinada era a pior coisa. tentou fazer mais uma parada mas o fogo estava muito pesado. recuou lentamente na direção do morro, salvando tanto terreno quanto podia. ele podia ouvi-los falando e dizendo palavrões. havia muitos deles. parou de atirar e esperou. acertou mais um, vendo a perna de uma calça através de uma moita, mirou onde pensou ser o tronco do corpo, ouviu um grito, depois avançou ainda mais para cima do morro. estava ficando mais escuro. Glória o teria rejeitado. ele teria rejeitado Glória com um trabalho de pintura como aquele. você pode imaginar alguém levando uma garota púrpura e dourada a um concerto de Brahms?

então eles conseguiram mandá-lo para o topo da colina mas não havia nenhum arbusto que pudesse servir de cobertura para eles. apenas rochas de pequena dimensão. e todos eles queriam ir para casa vivos. ele decidiu que podia segurá-los por um bom tempo. eles começaram a atirar fogos luminosos para cima do morro. ele conseguiu apagar alguns deles mas partes de outros permaneciam e logo havia fogos demais queimando para serem apagados. eles estavam atirando de perto, chegando cada vez mais perto... merda. merda. bom.

um fogo luminescente bastante perto e Henry pôde ver suas mãos sobre o rifle. olhou novamente. suas mãos estavam BRANCAS.

BRANCAS!

tinha *passado!*

ele estava BRANCO, BRANCO, BRANCO!

"EI!", gritou ele, "EU ME RENDO! EU DESISTO! EU ME RENDO!"

Henry rasgou a camisa, olhou para o peito: BRANCO.

tirou a camisa, amarrou-a na extremidade do seu rifle, acenou-a. eles pararam de atirar. o ridículo e delirante sonho acabara, havia acontecido. só podia ter sido coisa da sua cabeça. ou tinha acontecido? Hiroshima tinha acontecido? tinha qualquer coisa alguma vez acontecido?

jogou o seu rifle para baixo na direção deles, jogou com força. então caminhou lentamente para baixo na direção deles, suas mãos bem alto sobre a cabeça, gritando, "EU DESISTO! EU ME RENDO! EU ME RENDO! EU ME RENDO!"

ele podia ouvir vozes enquanto avançava na direção deles.

"o que é que você vai fazer, cara?"

"não sei. cuidado com truques."

"ele matou Eddie e Weaver. eu o odeio até as tripas."

"ele está se aproximando."

"EU DESISTO! EU ME RENDO!"

um dos tiras disparou cinco tiros. três na barriga, dois nos pulmões.

eles o deixaram lá por bem um minuto antes que qualquer um se mexesse. aí então eles saíram. o que atirou nele chegou primeiro. virou o corpo com sua bota, de frente para trás. era um tira preto, Adrian Thompson, 110 quilos, uma casa quase paga perto do lado oeste, e ele arreganhou os dentes sob o luar.

o tráfego na freeway estava se movimentando de novo, como sempre.

●

sempre que nos agarramos às paredes do mundo, e na fase mais sombria da ressaca, eu penso em dois amigos que me aconselharam sobre vários métodos de cometer suicídio. que prova melhor de amor e companheirismo? um dos meus amigos tem cicatrizes de navalha ao longo de todo o seu braço esquerdo. o outro enfia baldes de comprimidos pra dentro de uma massa de barba preta. ambos escrevem poesia. tem qualquer coisa em escrever poesia que leva um homem pra beira do abismo. contudo, provavelmente, todos nós três viveremos até os noventa. consegue imaginar o mundo em 2010 a.d.? a forma que ele irá tomar dependerá muito do que for feito da Bomba. eu suponho que os homens estarão comendo ovos no café da manhã, terão problemas sexuais. escreverão poesia. cometerão suicídio.

acho que foi em 1954 a última vez que tentei o suicídio. eu estava morando no terceiro andar de um edifício de apartamentos na Avenida N. Mariposa. fechei todas as janelas e liguei o forno e os bicos de gás, sem acendê-los é claro. aí me estendi na cama.

escapamento de gás apagado tem esse silvo muito confortante. fui dormir. teria dado certo também, só que a inalação do gás me deu uma tal dor de cabeça que a dor de cabeça me acordou. levantei da cama, rindo, e dizendo "Seu imbecil de merda, você não quer se matar!" desliguei o gás e abri as janelas. continuei rindo. parecia uma piada muito engraçada. depois, também, o piloto automático não estava funcionando ou aquela pequena chama teria arruinado direitinho a minha preciosa e curta estadia no Inferno.

alguns anos antes acordei depois de uma semana de porre e bastante determinado a me matar. havia me juntado com a coisinha mais doce naquela época e não estava trabalhando. o dinheiro se fora, o aluguel estava vencido, e mesmo se eu tivesse sido capaz de arranjar qualquer um desses empregos de merda, teria apenas parecido uma outra espécie de morte. decidira me matar quando ela deixasse o quarto pela primeira vez. enquanto isso, eu saía para rua, ligeiramente curioso, apenas ligeiramente, sobre que dia seria. em nossas bebedeiras, os dias e as noites corriam juntos, a gente só fazia beber e se amar continuadamente. era por volta do meio-dia. desci o morro pra checar o jornal da esquina e saber o dia. sexta-feira, dizia o jornal. bom, sexta-feira parecia um dia tão bom quanto qualquer outro. aí eu vislumbrei a manchete. PRIMO DE MILTON BERLE ATINGIDO NA CABEÇA POR UMA PEDRA. agora, como é que você vai se matar quando eles escrevem manchetes como essa? roubei um jornal e levei-o de volta pro quarto. "adivinha o quê?", perguntei. "o quê?", disse ela. "o primo de Milton Berle foi atingido na cabeça por uma pedra." "sem SACANAGEM?" "hã, hãn", "imagina que espécie de pedra foi essa?" "acho que foi uma do tipo redonda, amarela e lisa." "é, acho que é bem isso." "gostaria de saber que cor têm os olhos do primo de Milton Berle?" "acho que eles devem ser alguma espécie de marrom, um marrom bem pálido." "olhos pálidos e marrons, pedra levemente lisa e amarela." "BATE!" "é, BATE!" eu saí e comprei fiado algumas garrafas e nós tivemos um dia razoavelmente bom depois de tudo. acho que o jornal com aquela manchete naquele dia chamava-se "The Express" ou "The

Evening Herald". não estou bem certo. de qualquer forma, gostaria de agradecer ao jornal fosse ele qual fosse e também ao primo de Milton Berle e àquela pedra lisa, redonda e amarela.

bom, uma vez que o assunto parece ser suicídio, recordo certa vez quando estava trabalhando nas docas, costumávamos comer nosso almoço naquelas docas de Frisco com os pés balançando sobre a beira do pier. bom, um dia estou sentado lá quando esse cara perto de mim tira os sapatos e as meias e os arruma de uma maneira bem caprichosa ao seu lado. ele estava sentado perto de mim. então ouvi um barulho na água e lá estava ele lá embaixo, lá dentro. foi muito estranho. ele gritou "SOCORRO!" antes da sua cabeça atingir a água. aí houve apenas esse pequeno redemoinho e um pouco de agitação dentro d'água e não sentindo mesmo muita coisa, apenas me parei olhando essas bolhas de ar subindo. um homem correu até onde me encontrava e começou a gritar para mim, "FAÇA ALGUMA COISA! ELE TÁ TENTANDO COMETER SUICÍDIO!" "diabo, o que é que eu vou fazer?" "pega uma corda ou alguma coisa pra ele!" dei um pulo e corri até um barraco onde um velho embalava pacotes e caixas de papelão. "ME DÁ UMA CORDA!" ele apenas olhou para mim. "DIABO, ME DÁ UM POUCO DE CORDA, UM HOMEM ESTÁ SE AFOGANDO, TENHO QUE JOGAR UMA CORDA PRA ELE!" o velho se virou e pegou alguma coisa. depois ele a entregou para mim. ele a entregou entre os seus dois dedos – era um pedacinho mirrado de barbante. "SEU FODIDO FILHO DUMA PUTA!", gritei pra ele.

enquanto isso um jovem havia tirado as calças e mergulhado de cuecas e trazido o suicida à tona. ao jovem foi dado o resto do dia de folga como pagamento. nosso suicida afirmou que caíra dentro d'água por um acidente, mas não pôde explicar o fato de ter tirado os sapatos e as meias. nunca mais o vi de novo. talvez tenha terminado o serviço àquela noite. você nunca pode dizer o que está incomodando um homem. até coisas mais triviais podem se tornar terríveis quando você entra num certo estado mental. e o pior de todas as fadigas e tormentos produzidos pelo medo e pela agonia é aquele que você não consegue explicar ou compreender ou até mesmo pensar. apenas se lança sobre você como uma chapa de metal e não tem como sair dela. nem mesmo por $ 25 a hora. eu sei. suicídio? o suicídio parece incompreensível, a não ser que você mesmo esteja pensando nele. você não precisa pertencer à União dos Poetas para entrar no clube. eu estava morando nesse hotel barato quando era mais jovem e meu amigo era um sujeito mais velho, um ex-presidiário, que tinha um emprego limpando a parte de dentro de máquinas de fazer doces. não parece ser coisa em razão da qual se viveria, não é mesmo? de qualquer maneira bebemos juntos algumas noites e ele parecia ser um tipo legal, uma espécie de garotão de 45 anos de idade, solto e tranquilo, um cara sem malícia, gente fina mesmo. Lou era o seu nome. ex-mineiro. nariz parecido com o de um falcão. mãos grandes e maltratadas, sapatos esfolados, cabelo despenteado, não tão bom com as mulheres quanto eu era – naquela época. de qualquer maneira, faltou um dia ao trabalho porque tinha bebido demais e os garotões dos doces de pedra mandaram ele caminhar. ele veio e contou-me a respeito. eu disse a ele que esquecesse – de qualquer forma um emprego não faz mais que devorar as horas realmente boas de um homem. parece que não consegui impressioná-lo muito com o meu papo feito em casa e ele partiu. desci até a sua porta algumas horas mais tarde pra mendigar um pouco de fumo. ele não respondeu à minha batida, portanto calculei que ele devia estar lá dentro bêbado. experimentei a porta e ela abriu. lá estava ele em cima da cama com as bocas de gás abertas. eu acho que a Cia. de Gás do Sul da Califórnia simplesmente não imagina a quantas pessoas eles servem. de qualquer forma, abri as janelas e desliguei o fogareiro e o aquecedor a gás. ele não tinha fogão. apenas um ex-presidiário que perdera o seu emprego de limpador de máquina de fazer doce porque havia faltado um dia ao trabalho. "o chefe me disse que eu sou o melhor trabalhador que ele jamais teve. o negócio é que eu faltei muitos dias – dois no mês passado. ele me disse que se eu faltasse mais um tava liquidado."

caminhei até sua cama e o sacudi. "seu fodido de merda!"

"quê?"

"seu fodido de merda, faz isso de novo que eu vou chutar a tua bunda por toda essa cidade de merda!"

"ei, Ski, você SALVOU A MINHA VIDA! EU LHE DEVO A MINHA VIDA! VOCÊ SALVOU A MINHA VIDA!"

ele continuou com esse "você-salvou-a-minha-vida" durante algumas semanas de porres. ele se debruçava sobre a minha namorada com aquele nariz de falcão, colocava sua mão grande e maltratada sobre a mão dela ou, pior, sobre o joelho dela, e dizia, "Ei, seu fodido dum filha da mãe, tu me salvou a VIDA! TU SABIA DISSO?"

"você já me disse isso várias vezes, Lou."

"É, ELE SALVOU A MINHA VIDA!"

alguns dias depois ele partiu, com duas semanas de aluguel nas costas. nunca mais o vi de novo.

isso foi de certa forma um porre, mas falar sobre suicídio vence a vontade de fazê-lo. ou será que não? ou será o contrário? estou quase na minha última cerveja e o meu rádio no chão toca música do Japão. o telefone acabou de tocar. algum bêbado. de Nova Iorque. "escuta cara, desde que eles apresentem um Bukowski a cada cinquenta anos, vou conseguir aguentar." eu me permito apreciar isso, a manipular a coisa a meu favor porque eu tenho a febre da faca amolada, dos céus azuis e profundos. "se lembra daqueles foguetes que a gente costumava tomar, cara?", pergunta. "sim, eu me lembro." "o que que tu tá fazendo agora, ainda tá escrevendo?" "tô, agora mesmo eu tô escrevendo sobre suicídio." "suicídio?" "é, eu tenho essa coluna, um tipo de, num jornal que tá começando, OPEN CITY." "eles vão publicar essa coisa do suicídio?" "sei lá." falamos por mais um tempo e então ele desliga. alguma ressaca. alguma coluna. eu me lembro quando eu era garoto, eles tinham uma música chamada BLUE MONDAY. eles a tocavam na Hungria, eu acho. e toda a vez que eles tocavam BLUE MONDAY alguém tomava o caminho do suicídio. eles finalmente proibiram que a música fosse tocada. mas eles estão tocando alguma coisa no chão do meu rádio que soa tão ruim quanto. se você não enxergar essa coluna na próxima semana pode ser que não seja por causa do assunto em questão. enquanto isso eu não sei se eu ponho o Coates ou o Weinstock fora do negócio.

●

foi na manhã de segunda-feira passada. eu trabalhara o domingo inteiro até a meia-noite e depois fui de carro pra esse lugar com as luzes acesas. eu trazia um pacote de seis e pensava que isso daria para começar. alguém saiu e trouxe mais algumas.

"você devia ter visto o Bukowski semana passada", disse um sujeito. "ele tava dançando com a tábua de passar roupa. aí ele disse que ia foder com a tábua de passar roupa."

"é mesmo?"

"é. depois ele leu os poemas dele pra nós. tivemos que sequestrar o livro das suas mãos ou ele nos teria lido seus poemas a noite inteira."

eu lhes disse que tinha uma mulher com olhar de virgem sentada lá olhando para mim – que mulher, diabo, que mina, que gata ela era e tava difícil de me controlar.

"deixa eu ver", disse a eles, "nós já estamos na metade de julho e eu ainda não dei nenhuma trepada esse ano."

eles riram. acharam que era divertido. quem tá sempre descolando xoxota acha muito engraçado quando alguém não tá.

depois falaram desse jovem deus loiro que agora estava morando com três gatinhas ao mesmo tempo. alertei-os que quando esse cara chegasse aos 33 teria que arranjar um trabalho pra ele. isso pareceu como uma advertência banal e vingativa. nada que eu pudesse fazer a não ser drenar a lata de cerveja e esperar a bomba cair.

peguei um pedaço de papel em algum lugar e quando ninguém estava olhando escrevi:

o amor é um caminho com algum significado; o sexo já é significado suficiente.

logo todos os jovens ficaram cansados e tiveram que ir dormir. fui deixado com uma figura da velha guarda, um homem mais ou menos da minha idade. fomos preparados pra seguir a noite toda – bebendo, é isso. depois que a cerveja se foi, encontramos um quinto de uma garrafa de uísque. ele era um velho homem de imprensa, agora editor de algum grande diário em alguma cidade do leste. a conversa estava agradável – dois velhos canalhas concordando em quase tudo. a manhã chegou depressa. por volta da 6:15 eu disse que tinha que ir embora. decidi não ir dirigindo meu carro. a caminhada era de uns 8 quarteirões. o sujeito da velha guarda caminhou comigo até Hollywood Blvd. perto da cancha de boliche. depois um aperto de mão à moda antiga e nos separamos.

Quando eu estava a uns dois quarteirões da minha casa, vislumbrei uma mulher dentro de um carro tentando fazer com que ele pegasse, tentando tirá-lo da calçada. ela estava tendo os seus problemas. ele dava uns solavancos para a frente, então afogava. ela virava o arranque imediatamente no que eu imaginava ser uma maneira bastante equivocada e cheia de pânico. era um modelo antigo, fiquei na esquina observando. logo o carro afogou bem perto de mim, bem ali na calçada onde eu me encontrava parado. olhei para dentro. ali estava sentada essa mulher. estava com sapatos de salto alto, meias longas e escuras, blusa, brincos, anel de casamento e calcinha. sem saia, apenas essa calcinha cor-de-rosa clara. inalei o ar da manhã. ela tinha essa cara de mulher velha e essas coxas grandes e lisas de menina.

o carro deu um pulo para a frente de novo e afogou de novo. caminhei na sua direção e enfiei minha cabeça pela janela:

"madame, é melhor a senhora estacionar essa coisa. a polícia está bastante ativa nessa hora da manhã. a senhora pode se dar mal."

"tá legal."

ela o manobrou na calçada, depois desceu. sob a blusa também havia seios jovens de menina. ali ficou ela com sua calcinha cor-de-rosa e longas meias escuras e salto alto às 6:25 da manhã em Los Angeles. uma cara de 55 anos de idade com um corpo de 18.

“você tem certeza que tá tudo bem?”, disse.

“é claro que tá tudo bem”, disse ela.

“você tem *realmente* certeza?”, perguntei.

“é claro que eu tenho certeza”, disse ela. então ela se virou e saiu caminhando para longe de mim. eu fiquei ali olhando aquelas nádegas sob aquela luminosidade rosa e justa. estava caminhando para longe de mim, pela rua abaixo entre séries de casas, e ninguém por perto, nem polícia, nem humanos, nem mesmo um pássaro. apenas aquelas jovens nádegas cor-de-rosa balouçantes caminhando para longe de mim. eu estava alto demais para gemer; apenas senti a tristeza devoradora e selvagem de uma outra coisa boa perdida para sempre. não havia pronunciado as palavras certas. não havia pronunciado a combinação correta das palavras, não havia nem mesmo tentado. eu merecia uma tábua de passar roupa, portanto, que diabo, apenas alguma louca andando por aí de calcinha cor-de-rosa às 6 horas da manhã.

fiquei ali observando ela se afastar. os rapazes nunca iriam acreditar nessa – a que foi embora. aí, enquanto eu ainda a olhava virou-se e caminhou de volta na minha direção. também parecia muito boa de frente. na realidade, quanto mais perto ela chegava melhor parecia – tirando a cara. mas você também teria que deixar de lado a minha cara. a cara é a primeira coisa que você deixa de lado quando a maré não tá boa. a decadência remanescente se segue numa ordem mais lenta.

ela chegou exatamente até onde eu me encontrava. ainda não havia ninguém por perto. há momentos em que a insanidade se torna tão real que não é mais insanidade. ali estava a calcinha cor-de-rosa respirando na minha frente, e nenhum carro de polícia em lugar algum, e ninguém em nenhum lugar entre a VENEZA da Itália e a VENEZA da Califórnia, entre os quintos do inferno e o último terreno baldio em Palos Verdes.

“que bom que você voltou”, eu disse.

“eu só queria ver se a traseira do carro tinha ficado de fora na rua.”

aí ela se inclinou. eu não consegui mais me aguentar. agarrei o seu braço.

"vem cá, vamos pra minha casa. é logo ali virando a esquina. vamos beber alguma coisa e sair da rua."

ela olhou para mim com aquela cara despedaçada. eu ainda não conseguia situar aquela cabeça em cima daquele corpo. eu vibrava como uma fera fedorenta. então ela disse, "tá legal, vamos."

aí nós demos a volta na esquina. não toquei nela. lhe ofereci um cigarro que encontrei no bolso da minha camisa. estávamos defronte a uma igreja enquanto eu acendia para ela, eu esperava, a qualquer momento, uma voz de uma das casas vizinhas: "Ô MULHER, SE MANDA LOGO DAQUI COM AS SUAS MALDITAS CALCINHAS OU EU VOU CHAMAR A POLÍCIA!" talvez ela pagasse pra viver nos subúrbios de Hollywood. havia provavelmente três ou quatro caras espiando através das cortinas enquanto a mulher preparava o café da manhã, e se ocupando nesse meio tempo com estúpidos trabalhos manuais.

entramos e eu fiz um canto pra ela e peguei meio garrafão de um vinho tinto das montanhas que um hippy havia deixado. bebemos calmamente em silêncio. ela parecia mais sensível que a maioria. não puxou as fotos da sua família da bolsa – as crianças, quero dizer. naturalmente, o marido sempre aparecia.

"o Frank me deixa doente. o Frank não quer que eu tenha o mínimo divertimento."

"é?"

"ele me mantém trancada. esconde todas as minha saias, todos os meus vestidos. sempre faz isso quando bebo. quando nós bebemos."

"é?"

"ele quer me manter como uma espécie de escrava. você acha que uma mulher deve ser escrava de um homem?"

"oh não, por deus que não!"

"portanto eu tava de meias e saltos e de calcinha e blusa mas nenhuma saia e quando Frank *bodeou,* eu fugi!"

"o Frank provavelmente é um bom sujeito, apesar de tudo", disse, "não culpe tanto o Frank, você sabe o que eu quero dizer?"

essa é uma velha tática profi. sempre fingir que você está compreendendo, mesmo quando você não está. as mulheres nunca querem sensibilidade, tudo que elas querem é uma espécie de vingança emocional em relação a alguém por quem elas têm uma afeição muito grande. as mulheres são basicamente animais estúpidos mas elas se concentram tanto e completamente sobre o macho que geralmente o acabam frustrando enquanto ele está pensando em outras coisas.

"eu acho que Frank é um bastardo. mas você está contente que eu esteja aqui?"

certamente ganham de tábuas de passar roupa. terminei o meu drinque, me estiquei ao redor e agarrei aquela cara velha e, pensando o tempo todo no corpo, a beijei, meti a língua lá dentro, a língua dela finalmente agarrando a minha língua redonda e chupando ela, chupando, enquanto eu brincava com aquelas jovens pernas de náilon e aqueles peitos de mamãe-milagre. Frank era um bom sujeito, especialmente quando roncava.

fizemos uma pausa e tomamos outro drinque. "o que é que você faz?", perguntou.

"eu sou decorador de interiores", disse.

"não seja asqueroso", disse.

"ei, você é bem afiada."

"estive na universidade."

não lhe perguntei onde. os velhos profis sabem como a coisa funciona.

"você esteve na universidade?"

"não por muito tempo."

"você tem mãos bonitas. as suas mãos são parecidas com as de uma mulher."

"já ouvi isso que chegue. você diz isso mais uma vez e eu te arranco esses dentes."

"o que que você é, alguma espécie de artista ou pintor ou o quê? você parece meio confuso. e notei que você não gosta de olhar uma pessoa nos OLHOS. eu não gosto de gente que NÃO CONSEGUE ME ENCARAR NOS OLHOS. você é um covarde?"

"sou. mas os olhos são diferentes. eu não gosto dos olhos das pessoas."

"eu gosto de você."

ela esticou-se ao meu redor e me agarrou de frente. eu não estava esperando por isso; estava prestes a mandá-la de volta para o carro. ou pior, apenas deixar que ela fosse caminhando sozinha.

foi bom. quer dizer, ela me segurando. esquecendo as palavras.

bebemos ainda algumas boas e rápidas e então fiz com que as coisas se encaminhassem na direção do quarto, ou ela me encaminhou na sua direção. não tinha importância. nada é como na primeira vez. não me interessa o que alguém possa dizer. fiz ela se livrar das meias e dos saltos altos. eu sou muito louco. não posso suportar o ser humano do jeito em que se encontra, devo estar enganado. os psiquiatras devem ter uma palavra para isso, e eu tenho uma palavra para os psiquiatras.

é que nem andar de bicicleta: sempre que você volta a sentar nela o balanço e o encantamento estão lá novamente.

foi bom. depois de nos aprontarmos no banheiro fomos pra sala da frente e matamos o garrafão. não me recordo de ter voltado pra cama mas acordei com essa cara de 55 anos me olhando de esguelha, um olhar realmente de demência. os olhos eram insanos. tive que rir. ela tinha se avançado na minha cobra enquanto eu dormia. a mesma coisa me aconteceu uma vez com uma jovem negra carnuda na rua Irolo.

fui pra cima e pra dentro e abri aquelas bochechas o quanto pude. aquela cara de 55 anos desceu e me beijou. era horrível, mas o corpo de 18 tinha os peitinhos mais firmes, arrebitados, ondulados; parecia uma cobra de tão louca, como se o papel de paredes de repente ficasse vivo. chegamos lá.

aí realmente dormi. fui acordado por alguma coisa. levantei os olhos e a calcinha cor-de-rosa estava de calcinha cor-de-rosa novamente e estava dando um jeito de entrar numa das minhas velhas e esfarrapadas calças. era triste – ver a sua bunda não adequadamente ajustada dentro das minhas calças espojadas. era triste e ridículo e vil, mas o velho profi estreitou os seus olhos, fingindo estar dormindo.

Frankie, aí vai o seu AMOR!

quando ela puder.

enxerguei ela olhar dentro de um maço vazio de cigarros, enxerguei ela baixar os olhos na minha direção – pode ser um terrível ego, mas senti que ela me admirava. que se foda, eu tinha os meus próprios problemas, mesmo assim realmente me senti muito mal quando a enxerguei – ela, que havia me dado algo, sair caminhando pela porta do meu quarto com um par das minhas calças rasgadas e nojentas de trabalhador. mas os profis podem prever um futuro pré-supostamente mecânico baseado no acaso vs. a coisa real que nunca se mostra – exceto na forma de uma tábua de passar roupa. ela caminhou para fora do quarto. eu as deixo ir; elas me deixam ir. tudo é realmente horrível, e eu ainda acrescento a isso. eles nunca nos deixarão dormir até que estejamos mortos e então eles pensarão em algum novo truque. bolas, sim, eu quase chorei, mas então, orientado por séculos, Cristo se fodeu, cada coisa triste e destruída, estúpida, dou um salto pra dar uma checada nas minhas únicas calças que ainda não estavam rasgadas de cair no chão de joelhos quando bêbado. eu procuro pela carteira, eu procuro por $ $ $ $ e, encontrando $ 7, calculei que não havia sido roubado. e dando um pequeno e envergonhado sorriso no espelho caí de volta sobre a ex-cama do amor e... dormi.

●

"os cavaleiros foram lá na minha casa."

"é mesmo?"

"é."

"cavalheiros?"*
"*cavaleiros*!"
"e eles eram muitos?"
"eram muitos."
"o que que aconteceu?"
"eles falaram comigo."
"o que que eles disseram?"
"eles perguntaram se eu tava a fim..."
"o que que eles disseram?"
"eles perguntaram se eu tava a fim de uma dose."
"quê? que que você disse?"
"eu *disse* – 'eles perguntaram se eu tava a fim de uma dose'."
"e o que que *você* disse?"
"eu disse 'não'."
"e o que os cavaleiros disseram?"
"eles disseram, 'ENTÃO TÁ, TUDO BEM!'"

●●●

"mami viu Bill, mami viu Gene, mami viu Danny."
"viu mesmo?"
"viiiuu."

●●●

"posso pegar na tua coisa?"
"não."
"eu tenho tetas. tu tem tetas."
"é verdade."
"olha! eu posso fazer o teu umbigo desaparecer. dói quando eu faço o teu umbigo desaparecer?"
"não, isso é gordura."

---

* tradução livre do jogo entre as palavras squirs, talvez, cavalheiro, proprietário rural (squire) e squirrels, esquilos.

"o que que é gordura?"
"muito eu onde eu não deveria estar."
"oh."

●●●

"que horas são?
"são 5:25."
"que horas são agora?"
"ainda são 5:25."
"agora que horas são?"
"escuta, o tempo não muda assim tão rápido. ainda são 5:25."
"que horas são AGORA?"
"eu te disse – 'são 5:25'."
"agora que horas são?"
"5:25 e 20 segundos."
"eu vou jogar a minha bola pra você."
"legal."

●●●

"o que que você tá *fazendo*?"
"eu tô *subindo*!"
"não cai! se tu cair daí deu pra ti!"
"*eu* não vou cair!"
"não caia."
"eu não vou! eu vão vou! olha pra mim *agora*!"
"ó, jesus!"
"eu vou descer! agora eu vou descer!"
"tá legal, agora você vai *ficar* aí embaixo!"
"*UAUAU*".
"o que que você disse?"
"eu disse '*UAUAU*!'"
"foi o que eu pensei que você tinha dito."
"mami viu o Nick, mami viu o Andy, mami viu o Rueben."

"viu mesmo?"
"viiiuu!"
"você vai trabalhar?"
"vou."
"mas eu *não gosto* de você ir trabalhar!"
"eu também não gosto de ir."
"então não vai."
"é o único jeito que eu consigo ganhar dinheiro."
"ah."
"é mesmo."
"pegou a sua caneta?"
"peguei."
"pegou o seu distintivo?"
"peguei."
"vai trabalhar, vai trabalhar, vai trabalhar, vai trabalhar, vai trabalhar..."

●●●

"nós fomos à oficina na noite passada?"
"ah é?"
"é."
"o que que as pessoas fizeram?"
"elas falaram. todas as pessoas falaram e falaram. e falaram."
"e o que é que você fez?"
"eu fui dormir."

●●●

"onde é que você arranjou esses grandes e lindos olhos azuis?"
"eu mesmo fiz!"
"é!"
"tô sabendo."
"os *teus* olhos são azuis."
"não, são verdes."

"não, são *azuis*!"
"bem, talvez seja a luz. a luz não tá legal aqui dentro."
"foi você mesmo que fez os seus olhos?"
"eu acho que eu tive uma pequena ajuda."
"eu *mesma* fiz o meus olhos, e as minhas mãos e o meu nariz e os meus pés e os meus cotovelos. isso tudo."
"às vezes eu acho que você tem razão."
"e os teus olhos são *azuis*!"
"tá legal, os meus olhos são azuis."

●●●

"eu *peidei*! ha, ha, ha! eu *peidei*!"
"mesmo?"
"hã, hã!"
"quer fazer cocô?"
"NÃO!"
"há horas que você não faz xixi. tem alguma coisa errada com você?"
"não. tem alguma coisa errada com você?"
"não sei."
"por quê?"
"não sei por quê."
"que horas são?"
"são 6:35."
"agora que horas são?"
"ainda são 6:35."
"que horas são agora?"
"6:35."
"*UAUAU*!"
"o quê?"
"eu disse *UAUAU*! *UAUAU*! *UAUAU*!"
"escuta – vai lá e me traz uma cerveja."
"tudo bem..."

"mami viu Danny, mami viu Bill, mami viu Gene."

"tá legal, deixa eu beber a minha cerveja."

ela sai correndo e começa a enfiar blocos, clips de papel, elásticos, cordas de extensão, selos, envelopes, anúncios e uma pequena estátua de Boris Karloff na sua bolsa. eu sigo bebendo a minha cerveja.

●

em Philly, o último banco era meu e eu ficava ali pedindo sanduíches e outras coisas mais. Jim, o garçom da manhã, me deixava entrar às 5:30 enquanto ele esfregava o chão e eu bebia alguns drinques até que a multidão chegava às 7:00. eu fechava o bar às 2:00, o que não me deixava muito tempo para dormir. mas eu não tava fazendo muito naqueles dias – dormia, comia, ou qualquer outra coisa. o bar era velho, baleado, fedendo a urina e a morte, que quando uma puta entrava pra dar um atraque nós ficávamos particularmente lisonjeados. como eu pagava o aluguel do meu quarto ou o que estava pensando não estou bem certo. por essa época um conto meu apareceu em *PORTFOLIO III,* junto com Henry Miller, Lorca, Sartre e muitos outros. o *PORTFOLIO* era vendido por $ 10. uma coisa enorme com páginas em separado, cada uma impressa com tipos diferentes em papel fino e colorido e gravuras feitas com cuidado. Caresse Crosby, a editora, escreveu-me: "uma história incrível e maravilhosa. quem É você?" e eu respondi, "Prezada Sra. Crosby: eu não sei quem sou. sinceramente seu, Charles Bukowski". foi logo depois disso que eu desisti de escrever por dez anos. mas primeiro, uma noite na chuva com o *PORTFOLIO,* um vento fortíssimo, as páginas voando rua abaixo, pessoas correndo atrás delas, eu mesmo parado bêbado olhando; um enorme lavador de janelas que sempre comia seis ovos no café da manhã coloca um pé enorme no centro de uma das páginas: "aí! ei! peguei uma!" "foda-se, pode deixar, deixa que todas as páginas se vão!", disse a eles, e voltamos para dentro. eu ganhara uma espécie de aposta. era suficiente.

por volta das 11:00, todas as manhãs, Jim me dizia que eu já tivera o suficiente, que eu tava chumbado, que fosse dar uma volta. eu dava uma volta até os fundos do bar e me deitava num beco que havia por lá. gostava de fazer isso porque caminhões subiam e desciam aquele beco e eu sentia que qualquer momento poderia ser o meu. mas eu não tava com muita sorte. e todos os dias essas criancinhas negras vinham me espetar as costas, e então eu ouvia a voz da mãe, "agora já chega, já chega, deixem esse homem em paz!" passava um tempo e eu me levantava, voltava pra dentro e continuava bebendo. o limo no beco é que era o problema. alguém sempre escovava o limo de mim e já fazia muito.

eu tava sentado lá um dia quando perguntei a alguém, "por que ninguém nunca vai naquele bar no fim da rua?" e me disseram, "aquilo lá é bar de bandido. entrou lá, tá morto". terminei o meu drinque, me levantei e fui caminhando até lá.

era bem mais limpo naquele bar. cheio de garotões sentados por ali, meio mal-encarados. fez-se um grande silêncio. "vou querer um scotch com água", disse ao garçom.

ele fingiu não ter escutado.

levantei um pouco o volume: "garçom, eu disse que queria um scotch com água!"

ele esperou durante um longo tempo, aí então virou-se, aproximou-se com uma garrafa e me serviu. virei de uma só vez.

percebi uma jovem sentada sozinha. parecia estar só. parecia gostosa, gostosa e sozinha. eu tinha algum dinheiro. não me lembro onde arranjei o dinheiro. peguei o meu drinque e fui até lá e me sentei ao seu lado.

"o que que você gostaria de ouvir na juke-box?"

"qualquer coisa. o que você estiver a fim."

liguei a coisa. eu não sabia quem eu era mas podia operar uma juke-box. ela parecia gostosa. como é que podia parecer tão gostosa e estar sentada sozinha?

"garçom! garçom! mais dois drinques! um pra moça e outro pra mim!"

eu podia sentir o cheiro de morte no ar. e agora que o senti não estava tão certo se estava cheirando bem ou não.

"o que que cê tem doçura? fala pro homem!"

ficamos bebendo por mais ou menos uma meia hora quando um dos dois garotões sentados no fundo do bar levantou-se e caminhou lentamente até onde eu me encontrava. ele se parou de costas e inclinou-se. ela tinha ido ao banheiro. "escuta, faixa, eu quero te DIZER uma coisa."

"vai em frente. é um prazer."

"essa é a garota do chefe. continua mexendo com ela e você vai acabar morto."

foi o que ele disse: "morto". era exatamente como no cinema. ele voltou-se e sentou-se. ela saiu do banheiro e sentou-se perto de mim.

"garçom", disse, "mais dois drinques."

continuei tocando ficha na juke-box e conversando. aí eu tive que ir ao banheiro. eu fui aonde dizia HOMENS e notei que havia uma longa escada para baixo. eles tinham o banheiro dos homens lá embaixo. que estranho. desci os primeiros degraus e então percebi que estava sendo seguido pelos dois garotões que estavam no fundo do bar. não foi tanto o medo da coisa quanto a sua estranheza. não havia nada que eu pudesse fazer a não ser continuar descendo os degraus. caminhei até o mictório, abri o fecho e comecei a mijar. vagamente bêbado, enxerguei o canecão descendo. movimentei a cabeça levemente para o lado e ao invés de recebê-lo do lado da orelha recebi-o na parte de trás da cabeça. as luzes começaram a brilhar e a girar mas não foi tão ruim. terminei de mijar, coloquei ele de volta e fechei o zíper. dei meia volta. eles estavam parados ali, esperando que eu caísse. "me desculpem", disse e em seguida passei entre eles e subi os degraus e me sentei. tinha esquecido de lavar as mãos.

"garçom", disse, "mais dois drinques."

o sangue estava escorrendo. peguei o meu lenço e fiquei segurando ele atrás da minha cabeça. aí os dois garotões saíram do banheiro e se sentaram.

"garçom", fiz um sinal com a cabeça na direção deles, "dois drinques para os cavalheiros lá."

mais caixa de música, mais conversa. a garota não se afastara de perto de mim. eu não entendia a maioria das coisas que ela estava dizendo. aí então tive que mijar de novo. levantei-me e fui no reservado dos HOMENS novamente. um dos garotões disse para o outro enquanto eu passava, "você não pode matar um filho da puta desses. ele é maluco."

eles não desceram de novo, mas quando subi de volta não me sentei novamente do lado da garota. eu já tinha provado alguma espécie de questão e não estava mais interessado. bebi ali o resto da noite e quando o bar fechou todos nós fomos pra fora e falamos e rimos e cantamos. fiquei bebendo com um garoto de cabelo preto nas últimas horas. ele veio até mim: "escuta, nós queremos tu na gangue. tu tem culhão. nós precisamos de um cara como tu."

"obrigado, companheiro. aprecio muito o seu convite mas não posso. obrigado de qualquer forma."

em seguida me afastei. sempre o velho senso dramático.

gritei prum carro de polícia alguns quarteirões abaixo, contei a eles que tinha sido agredido com um canecão de cerveja e assaltado por dois marinheiros. eles me levaram para a emergência e me sentei sob uma luz elétrica brilhante com um doutor e uma enfermeira. "agora isso vai doer", ele me disse. a agulha começou a trabalhar. eu não podia sentir coisa alguma. me sentia como se todos inclusive eu estivessem sob o meu controle. estavam colocando alguma espécie de atadura em mim quando me estiquei e agarrei a perna da enfermeira. apertei o joelho dela com força. isso fez bem pra mim.

"ei! que diabo está acontecendo com você?"

"nada! tava só brincando", disse pro doutor.

"o senhor quer que a gente prenda esse sujeito?", perguntou um dos tiras.

"não, levem ele pra casa. ele teve uma noite difícil."

os tiras me levaram pra casa. foi um bom serviço. se fosse em

L. A. eu teria sido engaiolado. quando cheguei no meu quarto bebi uma garrafa de vinho e fui dormir.

não consegui cumprir o horário das 5:30 da manhã. abrindo no velho bar. eu às vezes fazia isso. às vezes ficava na cama o dia inteiro. por volta das duas da manhã escutei algumas mulheres falando do lado de fora da janela. "não sei não sobre aquele novo inquilino. às vezes só fica no quarto o dia inteiro com as persianas abaixadas, só ouvindo rádio. isso é tudo o que faz."

"eu já vi ele", disse a outra, "bêbado a maior parte do tempo, um homem horrível."

"acho que eu vou ter que pedir pra ele sair", disse a primeira.

ah, merda, pensei. ah, merda, merda merda merda merda.

desliguei o Strawinski, vesti a roupa e caminhei até o bar lá embaixo. entrei.

"ei, olha quem tá aí!!!"

"pensamos que tinham matado você!"

"você chegou a ir naquele bar de bandido?"

"só."

"então conta pra gente como é que ele é."

"preciso de um trago primeiro."

"claro, claro."

o scotch e a água chegaram. sentei-me no último banco. o brilho sujo do sol entre a 16ª e a Fairmount deu um jeito de entrar. meu dia havia começado.

"os rumores", comecei, "sobre ele ser uma boca muito pesada são definitivamente verdadeiros..." então contei a eles grosso modo a mesma coisa que contei pra vocês.

o resto da história é que não pude pentear o cabelo por dois meses, retornei ao bar dos bandidos uma ou duas vezes mais, fui bem tratado e deixei Philly não muito tempo depois procurando por mais encrenca ou seja lá o que eu estava procurando. encrenca eu encontrei, mas o restante do que estava procurando, ainda não encontrei. talvez nós encontremos quando morremos. talvez não. vocês têm seus livros de filosofia, seu padre, seu pregador, seu cientista, portanto não me perguntem. e fiquem longe de bares com o banheiro dos HOMENS no final da escada.

●

quando a mãe de Henry morreu não foi tão ruim. bom funeral católico. o padre balançou uns incensos para fumegar e estava tudo acabado. o caixão permaneceu fechado. Henry saiu direto daquele funeral pras pistas de corrida. teve um dia bom. encontrou uma jovem com um toque levemente oriental por lá e eles foram para o seu apartamento. ela fritou bifes e eles foram pras cabeças. quando seu pai morreu foi mais complicado. eles deixaram o caixão aberto e foi ele o último a olhar. antes disso, a namorada do velho, alguém que ele nunca encontrara antes, uma Shirley, essa Shirley debruçou-se sobre o caixão, gemendo e chorando e agarrou aquela cabeça morta e a beijou. eles tiveram que arrancá-la de lá. aí, quando o Henry desceu os degraus a tal de Shirley o agarrou e começou a beijá-lo. "oh, se parece exatamente como o seu pai!" ele ficou excitado enquanto ela o beijava e quando ele a empurrou para afastá-la alguma coisa despontava em suas calças. ele esperava que as pessoas não tivessem notado. deu uma espiada pra checar se a Shirley tinha realmente partido. ela não era muito mais velha do que ele. ele saiu do funeral para as pistas de corrida, mas dessa vez nenhuma oriental esguia. e também perdeu algum dinheiro. o velho deixara o seu estigma sobre ele.

o advogado disse que não havia nenhum testamento. não havia nenhum dinheiro mas havia uma casa e um carro. Henry não estava trabalhando, portanto mudou-se imediatamente para lá. e bebia. bebia com Maggy, sua velha namorada. levantava-se por volta do meio-dia e molhava a maldita grama. e as flores. ficava lá de ressaca, lembrando-se de como o velho o odiava porque Henry não gostava de trabalhar. só queria saber de beber e levar as mulheres pra cama. agora ele tinha a maldita casa e o carro e o velho estava lá embaixo na imundice. acabou conhecendo os vizinhos especialmente o sujeito ao norte. um cara que era gerente de uma lavanderia. Harry. Harry tinha um quintal repleto de pássaros. 5.000 dólares em pássaros. todas as espécies. todos os lugares. tinham uma coloração estranha e umas formas estranhas e alguns deles falavam. um deles ficava sempre dizendo, "vá pro inferno vá pro inferno". Henry esguichava água na coisa mas não tinha jeito, a ave continuava dizendo "tem um fósforo" e em seguida dizia "vá pro inferno" cinco ou seis vezes, bem ligeiro. o pátio inteiro estava cheio dessas gaiolas de arame. Harry vivia para os pássaros. Henry vivia pro trago, e pra boca. talvez ele experimentasse uma daquelas aves. como é que se fode uma ave?

Maggy era boa de coxas mas era indiana-irlandesa e tinha um diacho dum temperamento quando bebia. vez em quando ele tinha que bater nela. ele ligou pra Shirley e disse pra ela aparecer. ela começou a beijá-lo de novo, dizendo que se parecia exatamente como o seu pai. ele deixou e devolveu o beijo. não transou aquela noite, preferindo esperar e fazer a coisa direito. ele não queria assustá-la.

Harry visitava-o quase todas as noites com a sua esposa e eles bebiam. Harry falava sobre a lavanderia e os pássaros. os pássaros odiavam a mulher de Harry. a mulher de Harry cruzava as pernas realmente alto enquanto falava sobre como ela odiava os pássaros e Henry sentiu algo trabalhando sob suas calças. malditas mulheres sempre o incomodando. aí Shirley começou a aparecer e todos eles bebiam juntos. Maggy não gostava de Shirley lá e Henry ficava olhando de Shirley pra mulher de Harry e imaginando qual das duas era a melhor. portanto tudo aconteceu na mesma noite. a mulher de Harry ficou bêbada e deixou todos os pássaros fugirem. 5.000 dólares em pássaros, e Harry sentado em choque, bêbado, e então ele começou a gritar e a bater na mulher. cada vez que ele batia na mulher dele ela caía no chão e Henry espiava o seu vestido levantado. ele viu a calcinha dela várias vezes. começou a ficar com um puta tesão. Maggy correu para fora tentando capturar os pássaros e colocá-los nas gaiolas, mas ela não parecia estar conseguindo. eles estavam correndo pra cima e pra baixo da rua, pousando nas árvores, em cima dos telhados. 5.000 dólares em pássaros malucos, as mais diversas formas e cores, experimentando a confusão da liberdade. Henry não conseguiu mais aguentar e agarrou a Shirley e levou ela pro quarto. tirou a roupa dela e foi por cima. ele estava quase bêbado demais para operar. cada vez que Harry batia na esposa, a esposa gritava e ele lhe dava mais uma pequena bofetada de lambuja. aí Maggy entrou com um pássaro, um pássaro com um penacho laranja na cabeça e um penacho laranja no peito e dois penachos laranja em cima dos pés. o restante do pássaro era pele cinza e estúpida. ele custou $ 300 a Harry. Maggy berrava, "peguei um pássaro!" e quando ela não enxergou o Henry entrou no quarto e quando viu o que estava acontecendo apenas se sentou numa cadeira com o pássaro no colo, assistindo e berrando, e Harry continuava batendo na esposa e ela continuava gritando, e quando a polícia chegou era desse jeito que as coisas estavam. dois jovens tiras. os tiras arrancaram o Henry de cima, fizeram todo mundo vestir suas roupas e levaram eles para a delegacia. outro carro de polícia chegou com outros dois jovens tiras. Maggy ficou uma arara e bateu num dos tiras e eles a levaram junto em um dos carros patrulha. o tira dirigiu o carro pra cima dos morros e os dois foderam a Maggy no banco de trás. eles tiveram que algemá-la. o outro tira levou Henry, Harry, Shirley, a mulher de Harry até a delegacia, fichou-os e prendeu-os, e os pássaros todos voaram rua acima e rua abaixo.

naquele domingo o pastor falou dos "alcoólatras sanguessugas que trazem o pecado e vergonha para a nossa comunidade". Maggy era a única que estava fora da prisão, ela era muito religiosa. sentava na primeira fila com as pernas cruzadas no alto. do púlpito o pastor podia olhar diretamente para as pernas dela. podia quase ver a sua calcinha. ele começou a ter alguma coisa debaixo das suas calças, o púlpito, por sorte, escondia essa seção dele de vista. ele teve que olhar para fora da janela e continuar falando até que a coisa sob as suas calças desaparecesse.

Harry perdeu o trabalho. Henry vendeu a casa. o pastor transou com a Maggy. Shirley casou com um reparador de tv. Harry sentava-se por ali olhando pras gaiolas vazias e os pássaros morriam de fome nas ruas. toda vez que ele via outro pássaro morto nas ruas batia na esposa novamente. Henry jogou e bebeu o dinheiro em seis meses.

meu nome é Henry. Charles é o meu nome do meio. quando a minha mãe morreu não foi ruim. bom funeral católico. incensos fumegantes. caixão fechado. quando o meu pai morreu foi mais complicado. eles deixaram o caixão aberto e a namorada do velho se enfiou dentro do caixão... beijou aquela cabeça morta, e aquilo começou a coisa toda.

P. S. – você não pode foder um pássaro se você não pegar um.

●

a melhor coisa em relação a um moderno secador a gás, naturalmente, é a maneira como ele trata as roupas, o Rei tinha me chutado a bunda cinco vezes, uma duas três quatro cinco, e lá estava eu em Atlanta, bem pior do que em Nova Iorque, mais quebrado, mais louco, mais doente, mais magro; com chances iguais a uma puta de 53 anos ou uma aranha numa floresta em chamas, de qualquer forma, saí caminhando rua abaixo, era noite e fazia frio, e Deus não se importava, e as mulheres não se importavam, e o imbecil do editor não se importava. as aranhas não se importavam, não podiam cantar, não sabiam o meu nome, mas o frio sabia, sim, e as ruas lambiam a minha barriga fria e vazia, haha, as ruas sabiam muito, e eu seguia perambulando numa camisa branca californiana velha e fazia um frio do caralho e eu bati numa porta, era umas nove da noite, quase dois mil anos que Cristo desistira, e a porta abriu e um homem sem rosto se postou na soleira da porta. eu disse, eu preciso de um quarto, vi que você tem um aviso de Quarto Para Alugar. e ele disse, você não me saca. portanto eu não quero ser incomodado.

tudo que quero é um quarto, eu disse. tá muito frio. eu vou lhe pagar. pode ser que eu não tenha o suficiente para uma semana mas eu só quero sair do frio. não é morrer que é ruim, é estar perdido que é ruim.

vá se foder, disse ele. a porta fechou.

perambulei por ruas cujo nome eu não conhecia. não sabia pra que lado andar. a tristeza era que alguma coisa estava errada. e eu não podia formulá-la. suspensa na minha cabeça como uma bíblia. que merda sem sentido. que jeito de se estrepar. nenhum mapa. nenhuma pessoa. nenhum ruído, apenas vespas. pedras. muros. vento, meu pau e minhas bolas balançando sem sentimento. eu podia berrar qualquer coisa na rua e ninguém ouviria, ninguém daria a mínima. não que eles devessem. eu não estava pedindo por amor. mas tinha alguma coisa muito estranha. os livros nunca falaram sobre isso. mas as aranhas sabiam. foda-se.

percebi pela primeira vez que qualquer coisa POSSUÍDA POR QUALQUER PESSOA tinha uma TRANCA. tudo era trancado. uma lição para ladrões e vagabundos e loucos. América, a maravilhosa.

aí eu enxerguei uma igreja. eu particularmente não gostava de igrejas, especialmente quando elas estavam cheias de gente. mas eu não imaginava que ela estaria desse jeito às nove da noite. subi os degraus.

ei, ei, mulher, vem ver o que restou do teu homem.

eu podia sentar por um tempo e respirar no fedor, talvez fazendo alguma coisa a partir de Deus, talvez dando uma chance pra ele. puxei a porta.

a filha da puta tava trancada.

desci de volta os degraus.

continuei caminhando pelas ruas, virando esquinas sem razão, continuei caminhando. agora tava em cima de mim. o muro. era isso que os homens temiam. não apenas serem barrados para sempre. mas também não ter um amigo. portanto, não se surpreendam, pensei, isso PODE afugentar a merda pra longe de você. pode MATAR você. o seu truque barato é entrar e prender. tenha todo o tipo de documentos na sua carteira. dinheiro. seguro. automóvel. cama. janela. toalete. gato. cachorro. planta. instrumento musical. certidão de nascimento. coisas pra se irritar. inimigos, financiadores. sacos de aveia. palitos. cus saudáveis. banheira. câmera. desinfetante bucal. oh meu deus, ooooh. trancas (mergulhe nelas, nade nelas, esfregue as suas costas) (tudo que você tem – enfie dentro de você como um par de nadadeiras, asas de borracha, um pau sobressalente num consultório médico.)

passei por cima de uma pontezinha e então enxerguei um outro aviso: QUARTO PARA ALUGAR. caminhei até a casa. bati. é claro que bati. o que é que você acha que eu deveria fazer? sapatear com aquela minha camisa branca californiana e com a minha bunda fria gelada??

sim, a porta abriu. uma velha, estava frio demais para perceber se ela tinha um rosto ou não. acho que não tinha. trabalhei nas percentagens. que puta matemático de bunda gelada. esfreguei os meus lábios por um instante e então falei.

vejo que a sra. tem um quarto pra alugar.

tudo bem. e daí?

eu tenho tudo para acreditar que eu posso precisar de um quarto.

vai precisar de um dólar e meio.

pela noite?

pela semana.

pela semana?

isso.

jesus.

busquei o dólar e meio. aquilo me deixou com dois ou três paus. olhei pra dentro da casa. jesus. eles tinham um puta fogo lá dentro. metro e meio de largura por um de altura. não estou querendo dizer que a casa estava em chamas, quero dizer que eles o mantinham aceso onde devia. uma lareira fantástica. você podia recuperar sua vida de volta só olhando pra aquele fogo. pude vê-lo banhado na glória escarlate da sombra irradiada pelo fogo. mãe do céu. sua boca pendia aberta. ele não parecia saber onde estava. ele tremia todo. não conseguia parar de tremer. o pobre-diabo. pobre e velho diabo. dei um passo pra dentro da sala.

vá se foder, disse a velha

o que que há? eu paguei o aluguel. uma SEMANA inteira.

certo. o seu quarto é lá fora. siga-me.

a velha fechou a porta naquele pobre-diabo lá dentro e eu a segui pelo caminho em direção à frente. caminhei um caralho. todo o jardim da frente tava que era só lixo. lixo duro e gelado. eu não tinha notado mas tinha um barraco de papelão no pátio da frente. meu poder de observação sempre foi fodido. ela deu um empurrão e abriu a porta de papelão que estava pendurada numa dobradiça.

não tem tranca. mas ninguém irá lhe incomodar aí dentro.

tenho todo o motivo do mundo para acreditar que a sra. está certa.

ela partiu. eu estava com a razão. tinha visto o rosto dela, ela não tinha um rosto. apenas pele dependurada no osso como carne enrugada nas costas de uma galinha.

não havia nenhuma luz. apenas uma corda dependurada lá em cima no teto. o chão estava sujo. mas havia jornais no chão. algo semelhante a um tapete, uma cama, sem lençóis. um cobertor fino. um, cobertor fino. aí eu encontrei um lampião a querosene! uma dádiva dos deuses! que sorte! maravilha!! eu tinha um fósforo e acendi a coisa. UMA CHAMA APARECEU!

era um belo fogo, tinha alma, as encostas de montanhas ensolaradas, córregos escaldantes de peixes sorridentes, meias quentes com um cheirinho parecido com torrada. sustentei a minha mão sobre aquela pequena chama. eu tinha lindas mãos. ao menos isso eu tinha. eu tinha lindas mãos.

a pequena chama se apagou.

eu mexi no lampião de querosene mas, tendo nascido no século 20, eu não sabia muito a seu respeito. custou toda uma vida para descobrir que eu precisava de mais líquido, combustível, querosene, seja lá como você chame isso.

empurrei para abrir a minha porta de papelão e saí para dentro da noite iluminada pelas estrelas de Deus. bati na porta da casa com minhas lindas mãos.

a porta abriu. a velha se postou parada. quem mais poderia ser? Mickey Rooney? aproveitei para dar uma outra espiada no pobre--diabo do velho tremendo junto do glorioso fogo. maldito imbecil.

que que é? a velha perguntou da sua cabeça de dorso de galinha.

bem, eu não queria incomodar a senhora, mas a sra. sabe aquele lampiãozinho a querosene?

sei.

bem, ele apagou.

é?

é. fiquei pensando se a sra. podia me emprestar um pouquinho de combustível?

tá maluco, rapaz, essa merda custa DINHEIRO!

ela não fechou a porta com violência. ela tinha a tranquilidade dos antigos. ela fechou-a com uma certa finesse irrefletidamente descuidada. treinamento de séculos. bons ancestrais. todos com cara de pele enrugada de galinha. as caras de pele enrugada de galinha serão as herdeiras da terra.

voltei pro meu quarto (?) e me sentei na cama. aí uma coisa muito embaraçosa aconteceu: apesar de fazer um bom tempo desde a última vez que comera, de repente eu tinha que cagar. tive que me levantar e caminhar para dentro do mundo de deus de novo e bater naquela porta de novo. também não era o Mickey Rooney dessa vez.

quié?

desculpe incomodar a senhora de novo. mas não tem toalete no meu quarto. será que tem um toalete em algum lugar?

bem ali! ela apontou.

ali??

ALI! e ouça...

quê?

vá se foder, rapaz. todos vocês vêm bater aqui com suas cabeças de louco. você deixou todo esse AR FRIO aí FORA entrar aqui DENTRO!

desculpa.

dessa vez ela estatelou a porta. pude sentir o ar quente passar pelas minhas orelhas, entre as bolas por um instante. foi doce. aí eu me fui em direção à estrutura que servia como cagador.

o toalete não tinha teto.

olhei pra baixo pra dentro da privada. parecia ir quilômetros pra dentro da terra. e fedia como nenhuma privada jamais fedeu, e isso já era uma afirmação. à luz do luar pude ver uma aranha sentada no meio da sua teia. uma aranha negra, gorda. muito sabida. a teia fora tecida ao longo da boca da privada. subitamente toda a vontade de cagar desapareceu.

caminhei de volta pro meu quarto. me sentei na cama e balancei minha linda mão o mais próximo que pude daquele fio elétrico dependurado. eu podia chegar mais perto. fiquei lá sentado meio biruta, cheio de merda seca, me balançando pra pegar aquele fio. aí me levantei e caminhei pra fora. caminhei mais ou menos um quarteirão e parei debaixo de uma árvore gelada. uma grande árvore gelada. com toda aquela merda seca dentro de mim. parei do lado de fora de uma mercearia. tinha uma mulher gorda parada lá dentro falando com o balconista. eles só estavam ali debaixo daquela luz amarela, falando. e toda aquela COMIDA lá dentro. eles não davam a mínima pras artes, ou pra histórias sutis, ou pra Platão, ou mesmo pro Capitão Kidd. eles se interessavam pelo Mickey Rooney. eles estavam mortos mas de uma maneira que tinha mais sentido do que eu. o insensível sentido dos insetos e dos cães ferozes. eu não era merda. eu não podia. mesmo se quisesse.

caminhei de volta pro meu quarto. de manhã escrevi uma longa carta pro meu pai nas beiradas dos jornais. comprei um envelope e um selo e botei a coisa no correio. eu disse a ele que estava morrendo de fome e gostaria de uma passagem de ônibus para L. A., e pelo menos no que me dizia respeito o conto que fosse pro inferno. veja o De Mass, escrevi, pegou sífilis e enlouqueceu remando um barco a remo. manda dinheiro.

não me lembro se cheguei alguma vez a cagar enquanto esperava. mas a resposta veio. estraçalhei o envelope todo para abri-lo. sacudi as páginas. havia dez ou doze páginas escritas, dos dois lados, mas nenhum dinheiro. as primeiras palavras diziam: ACABOU A ROUBALHEIRA!

...você me deve DEZ DÓLARES os quais você ainda não ME PAGOU! eu trabalho duro pelo meu dinheiro. eu não tenho como sustentar você enquanto você escreve seus contos estúpidos. se você tivesse pelo menos UMA VEZ vendido algum conto ou tivesse algum TREINAMENTO seria diferente, mas eu li os seus contos, eles são um HORROR. as pessoas não gostam de ler coisas horrorosas. você devia escrever como Mark Twain. ele foi um grande homem. podia fazer as pessoas rirem. em todos os seus contos as pessoas se matam ou ficam loucas ou assassinam alguém. a maior parte da vida não é do modo como você a imagina. arranje um bom emprego, FAÇA alguma coisa de você mesmo...

e a carta continuava e continuava. não pude terminá-la. tudo que eu queria era dinheiro. sacudi as páginas de novo. eu estava doente demais para sentir o frio. mais tarde naquele dia enquanto caminhava enxerguei um aviso – precisa-se de Ajuda. e de fato, eles precisavam de um homem para uma turma pra trabalhar na linha férrea em algum lugar a oeste de Sacramento. assinei o contrato. tive alguns problemas lá e com a turma da ferrovia. eu não era popular entre os rapazes, o trem tinha cem anos de idade e cheio de pó. um deles se meteu debaixo do meu banco enquanto os outros davam risadas. MERDAS: bom, era melhor que Atlanta. finalmente me aborreci e me levantei. o sujeito saiu de baixo e caminhou até onde estava a sua turma e ficou ali parado.

aquele sujeito é biruta, disse ele. se ele vier até aqui eu quero que vocês rapazes me deem uma mão.

não fui até lá. Mark Twain provavelmente poderia ter espremido algumas risadas da coisa, ele provavelmente estaria de pé lá com eles bebendo de uma garrafa com os merdas e cantarolando canções. um homem de verdade. Sam Clem. eu não era muito, mas estava fora de Atlanta, não totalmente morto ainda, tinha lindas mãos e um caminho a percorrer.

o trem continuava sem parar.

●

não sei se foram os caracóis chineses com aqueles cuzinhos redondos ou se foi o Babaca do alfinete de gravata roxa ou se foi simplesmente que eu tinha que ir pra cama com ela sete ou oito ou nove ou onze vezes por semana, ou quem sabe alguma coisa a mais e mais alguma coisa e outra, mas eu estive uma vez casado com uma mulher, uma garota, que estava pra receber um milhão de dólares, tudo que alguém tinha que fazer era morrer, mas não tem nenhuma poluição naquela parte do Texas e eles comem bem, bebem as bebidas mais finas e vão ao médico por causa de um arranhão ou de um espirro. ela era uma ninfo, havia algo de errado com o pescoço dela, e pra fazer com que ele se abaixasse bem rápido, eram os meus poemas, ela pensava que os meus poemas eram a maior coisa desde Black, quer dizer Blake – Blake. alguns deles são. ou alguma outra coisa. ela continuava escrevendo. eu não sabia que ela tinha um milhão. estou apenas sentado numa sala no Dr. N. Kingsley, fora do hospital com hemorragias no estômago e no cu, e eles me dizendo depois de nove garrafas de sangue e nove de glicose, "mais um drinque e você está morto". isso não é jeito de falar com uma cabeça suicida. eu me sentava no quarto todas as noites cercado de latas de cerveja cheias e vazias, escrevendo poemas, fumando charutos baratos, muito branco e fraco, esperando que o último muro caísse.

enquanto isso, cartas. eu as respondia. depois de me dizer como eram incríveis os meus poemas ela incluía alguns dela (não tão ruins) e depois vinha sempre a mesma coisa. "nenhum homem jamais casará comigo. é o meu pescoço. eu não posso virá-lo." eu continuava ouvindo isso: "nenhum homem jamais casará comigo, nenhum homem jamais casará comigo, nenhum homem jamais casará comigo". então, bêbado, disse uma certa noite: "pelo amor de Deus, eu caso com você! relaxa". enviei a carta e esqueci, mas ela não. ficava mandando fotos que pareciam muito boas, aí depois que eu disse a coisa pra ela, chegaram uma fotos realmente horríveis. eu olhava pra essas fotos e eu REALMENTE ficava bêbado com elas. caía de joelhos no centro do tapete, eu estava horrorizado, dizia, “vou me sacrificar. se o homem pode fazer apenas uma pessoa feliz durante toda uma vida, então sua vida foi justificada.” diabo, eu tinha que arranjar alguma espécie de bálsamo. olhava para uma daquelas fotografias e toda a minha alma tremia e gritava e mandava ver o valor de toda uma lata de cerveja.

ou talvez não foram aqueles caracóis chineses com os cuzinhos redondos, talvez foram as aulas de Arte. onde é que eu estou?

bem, ela desceu de um ônibus, a mami não sabia, o papi não sabia, o vovô não sabia, eles estavam de férias em algum lugar e ela só tinha alguns trocados. encontrei com ela na estação de ônibus, quer dizer, fiquei lá sentado bêbado esperando por uma mulher que eu nunca tinha visto saltar do ônibus, esperando por uma mulher com quem eu nunca tinha falado, pra me casar. eu era insano. eu não pertencia às ruas. veio a chamada. era o ônibus dela. observei as pessoas oscilarem através da porta. e aí vem essa loira sexy e atraente de salto alto, só bunda e balanço e jovem, jovem, 23 aninhos e o pescoço não era nada mal. será que era essa? talvez ela tivesse perdido o ônibus? caminhei na direção dela.

“você é a Barbara?”, perguntei.

“sou”, disse ela, “imagino que você seja o Bukowski?”

“é, acho que sou. vamos?”

“tá legal, vamos.”

entramos no velho carro e fomos pro meu apartamento.

“quase desci do ônibus e voltei.”

“não culpo você.”

entramos e bebi mais um pouco mas ela disse que não iria pra cama comigo até que nos casássemos. portanto dormimos um pouco e eu dirigi todo o trajeto de ida e volta até Vegas sem descanso, e então fomos pra cama e valeu... a PRIMEIRA vez. ela tinha me dito que era ninfo mas eu não acreditara. depois do terceiro ou quarto round comecei a acreditar. percebi que estava com problemas. todo homem acredita que pode domar uma ninfo mas isso só tem como resultado a sepultura – a do homem.

me demiti do meu emprego de encarregado da expedição de mercadorias e fomos de ônibus pro Texas. foi então que descobri que ela era milionária, mas o fato particularmente não me entusiasmou. sempre fui um pouco doido. era uma cidade muito pequena, tida pelos especialistas como a última cidade onde ninguém se importava com a bomba atômica e os especialistas estavam certos. quando eu dava as minhas pequenas caminhadas entre minhas viagens para o quarto, debilitado, pálido, entediado, as pessoas todas olhavam, naturalmente. eu era o espertalhão da cidade que havia fisgado a moça rica. eu DEVO ter alguma coisa, certamente. e tinha: um pau muito cansado e uma mala cheia de poemas. ela tinha um trabalho fácil na prefeitura, uma escrivaninha e nada pra fazer, e eu me sentava junto à janela ao sol e ficava espantando as moscas. o papi odiava o meu atrevimento mas o vovô parecia gostar de mim mas o papi tinha a maior parte do dinheiro. eu ficava sentado espantando moscas. um enorme caubói entrou. botas. chapéu alto de caubói. equipamento completo. "Com o diabo, Barbara", disse e em seguida olhou para mim...

"me diz uma coisa", perguntou-me, "o que é que você faz?"

"FAÇO?"

"é, APENAS O QUE É QUE VOCÊ FAZ?"

deixei passar um longo tempo. olhei pela janela. espantei uma mosca. então eu me voltei para ele. ele estava encostado e se apoiava contra o balcão, com todo o seu metro e 95 de altura, o rosto avermelhado de herói americano do Texas. macho.

"Eu? ah, eu só meio que... bem, eu fico ANDANDO por aí tentando a sorte." ele jogou a cabeça violentamente para trás, contornou o balcão, contornou a esquina e desapareceu.

"você sabe quem era aquele?", perguntou ela.

"não."

"aquele era o valentão da cidade. ele bate nas pessoas. ele é meu primo."

“bem ele não FEZ nada, FEZ?”, falei arrastadamente.

ela olhou para mim de uma maneira estranha pela primeira vez. ela enxergou a criatura bestial e imunda. a coisa do poeta sensível foi apenas uma rosa em minha boca na época do Natal. na época do blue jeans eu vestia meu único terno e caminhava pra cima e pra baixo pela cidade o dia inteiro. era como um filme de Hollywood. qualquer pessoa que não estivesse vestindo blue jeans deveria ser supostamente jogada no lago, mas não foi tão fácil quanto eu imaginava. eu tomava uns tragos enquanto caminhava, mas nunca enxerguei o lago. a cidade era minha. o médico da cidade queria ir caçar e pescar comigo. seus pais se chegavam e ficavam me observando enquanto eu atirava latas de cerveja na cesta de lixo e contava piada, eles tomavam o meu relaxamento suicida por bravura. a piada foi minha.

mas ela queria ir pra Los Angeles. ela jamais morara numa cidade grande. tentei convencê-la do contrário. eu gostava de ficar vadiando pela cidade, mas não, ela tinha que ir, portanto vovô e vovó fizeram um belo cheque para nós, e voltamos pro ônibus e fomos diretos pra L. A., potenciais milionários bancando os miseráveis num ônibus da greyhound. pior, ela insistia que nós sustentássemos a nós mesmos. portanto arranjei um ou outro emprego como expedidor de mercadorias, e ela se sentava por perto pensando que ELA poderia conseguir um emprego. eu me embebedava todas as noites depois do trabalho. “bom deus”, dizia, “veja o que eu fiz. casei com uma verdadeira caipira.” isso deixava ela terrivelmente puta da cara. eu não ia beijar aquela bunda só por causa de uma milha. não tava em mim. morávamos numa casa no topo de uma colina, uma casa pequena, alugada, e a grama crescia alta no fundo do quintal e as moscas se escondiam na grama alta e depois saíam e elas tomavam conta do quintal inteiro, 40.000 moscas, me deixando maluco. eu saía com um latão de spray e matava mil num dia mas elas fodiam rápido demais, e nós também. os malucos da frente que já tinham morado lá colocaram esses protetores ao redor da cama e em cima desses protetores havia vasos e vasos de gerânios. vasos grandes, vasos pequenos. todos gerânios. quando nós fodíamos a cama trepidava as paredes e as paredes trepidavam as prateleiras, e então eu ouvia o ruído lento do vulcão de prateleiras desmoronando e então eu parava. "não NÃO, NÃO Para, OH JESUS, NÃO Para!" e eu pegava o ritmo de novo e lá vinham aquelas prateleiras por cima das minhas costas da bunda da cabeça das pernas e dos braços, e ela ria e gritava e CHEGAVA LÁ. ela adorava aqueles vasos. "vou arrancar essas estantes da parede", eu dizia pra ela. "oh, não", dizia ela. "OH, POR FAVOR, NÃO!", dizia ela, com um jeito que eu não conseguia. portanto eu pregava as estantes de volta, colocava novamente os vasos em cima e esperávamos pela próxima vez.

ela comprou um cãozinho preto e débil mental e o chamou de Bruegel. Peter Bruegel era um pintor, costumava ser ou coisa parecida. mas depois de alguns dias ela não estava mais interessada. chutava o cachorro quando ele ficava no caminho, forte, com aquele dedo pontudo, berrando "sai do caminho, ô puto!" então o Bruegel e eu rolávamos no chão e lutávamos quando eu bebia a minha cerveja. isso era tudo que ele podia fazer – lutar, e os dentes dele eram melhores que os meus. de alguma forma eu sentia o milhão indo embora, e não me importava.

ela comprou um carro novo pra nós, um Plymouth '57 que eu ainda continuo dirigindo, e eu disse a ela que ela podia continuar com o emprego de funcionária pública. ela fez um exame e foi trabalhar no Departamento de Polícia. disse a ela que havia sido despedido do meu emprego de expedidor de mercadorias e costumava lavar o carro todos os dias e então descia pra buscá-la depois do serviço. um certo dia, enquanto dirigíamos pra fora dali, todos esses garotos de camisas coloridas, camisetas, caras gordurosas, ombros caídos, sorrisos idiotas e passos de ginasiano saíram do prédio dela.

"quem são esses inúteis?", perguntei-lhe.

"eles são oficiais de polícia", disse ela no seu tom de putinha arrogante.

"ah, dá um tempo! eles mais se parecem com uns débeis mentais! esses caras aí não são tiras! o quê? dá um tempo, AQUELES ali não são tiras!"

"aqueles ali são oficiais de polícia e eles são todos gente MUITO fina."

"AH NÃO FODE!", eu disse.

ela ficou muito brava. só fodemos uma vez aquela noite. no dia seguinte foi outra coisa.

"lá vai o José", disse ela, "ele é espanhol."

"espanhol?"

"é, ele nasceu na Espanha."

"metade dos mexicanos com que eu trabalhei nas fábricas afirmavam que haviam nascido na Espanha. é de lei; a Espanha é o pai, o ás das touradas, o Grande Sonho da velhice."

"José nasceu na Espanha, eu sei que ele nasceu."

"como é que você sabe?"

"ele me contou."

"AH NÃO FODE!"

aí então ela decidiu frequentar aulas de arte à noite. ela pintava o tempo todo. era o gênio da sua cidade. talvez do seu estado. talvez não.

"eu irei à aula com você", disse a ela.

"VOCÊ? pra QUÊ?"

"pra você ter com quem conversar nas suas pausas pro café, e eu posso levar e trazer você de carro pras aulas."

"então tá, tudo bem"

ficamos na mesma aula e depois de três ou quatro sessões ela começou a ficar muito brava, rasgando papel e atirando-o no chão. eu ficava apenas sentado lá e tentava não observá-la. eles estavam todos muito ocupados, imersos, inclusive rindo às escondidas como se aquilo fosse uma grande piada ou como se eles se sentissem com vergonha de pintar.

o instrutor de Artes reaparecia. "escuta, Bukowski, você está aqui para pintar alguma coisa. por que é que você só fica sentado aí olhando para o papel?"

"eu esqueci de comprar os pincéis."

"muito bem. eu vou lhe emprestar um pincel, sr. Bukowski, mas por favor devolva-o no final da aula."

"tá legal."

"agora, você pode pintar aquele vaso com as flores."

eu decidi terminá-lo de uma vez. trabalhei ligeiro e terminei, mas todos os demais ainda continuavam, sustentando os seus dedos no ar, experimentado alguns sombreamentos ou um efeito de distância ou qualquer droga parecida. saí e peguei um café, fumei um cigarro. quando voltei pra lá havia uma grande multidão ao redor da minha escrivaninha. uma loira com mais nada além de peitos (bem, vocês sabem) voltou-se pra mim e ergueu aqueles peitos bem na minha frente e disse, "ah, você já pintava ANTES, não é mesmo?" "não, esse é o meu primeiro trabalho." ela sacudiu os peitos e avançou com eles na minha direção e quase que ia enfiando eles dentro de mim, "ah, você tá BRINCANDO!" "ummmmmmm", foi tudo o que eu pude dizer.

o profe pegou a pintura e pendurou-a na frente. "agora ISSO é o que eu QUERO!", disse, "percebam o FEELING, como ela FLUI, a NATURALIDADE!"

oh, senhor, pensei.

ela levantou-se furiosa e levou suas coisas pra salinha onde eles cortavam papel e entrou lá dentro e rasgou papel e espalhou tinta por tudo quanto foi canto. chegou até a rasgar uma colagem que um pobre idiota havia criado.

"sr. Bukowski", o profe veio até mim, "aquela mulher é sua... esposa?"

"ah, sim."

"bem, nós não toleramos essas primas-donas por aqui. o senhor bem que poderia dizer a ela. e nós poderíamos utilizar o seu trabalho na Mostra de Arte?"

"certamente."

"ah, obrigado, obrigado, obrigado!"

o profe era doido. tudo o que eu fazia ele queria para a Mostra de Arte. eu nem mesmo sabia como misturar as tintas. eu não conseguia fazer um círculo de cor. eu misturava roxo com laranja, marrom com preto, branco com preto, onde quer que o pincel caísse. a maioria das coisas parecia como um enorme borrão lambuzado de merda de cachorro mas o profe achava que eu era... a imagem viva do pau de Deus. bem. ela desistiu das aulas. portanto eu desisti das aulas e deixei as pinturas lá.

aí ela começou a chegar em casa do trabalho me dizendo como era cavalheiro aquele babaca, "um alfinete de gravata roxo, ele usa um alfinete de gravata roxo, e hoje ele me deu um beijo na testa, de uma maneira tão terna e disse que eu era LINDA".

"escuta, doçura, você tem que aprender que essas coisas se passam o tempo todo nos escritórios da América. às vezes algumas coisas acontecem. mas na maioria das vezes nada acontece. a maior parte desses caras bate punheta no banheiro e assiste a muitos filmes de Charles Boyer. os caras que tão realmente a fim são muito discretos em relação a isso, não ficam se lançando assim. eu aposto cem por um com você que o seu garoto tem assistido a filmes demais. agarra as bolas dele e ele dá no pé."

"pelo MENOS, ele é um CAVALHEIRO! e ele está TÃO cansado! eu sinto muita pena dele."

"cansado de QUÊ? de trabalhar para o município de L. A.?"

"ele é dono de um drive-in e trabalha lá de noite. ele não tem o necessário descanso."

"bem, e eu sou um cu de porco!", disse.

"certamente que é", disse ela docemente. mas àquela noite os vasos caíram mais duas vezes.

aí chegou a noite do jantar dos caracóis chineses. ou poderiam ter sido caracóis japoneses. de qualquer forma, eu tinha ido ao mercado e pela primeira vez enxerguei essa estante especial. comprei a estante inteira:

pequenos polvos, caracóis, cobras, lagartos, lesmas, pequenos insetos, gafanhotos... cozinhei os caracóis primeiro. coloquei-os sobre a mesa.

"cozinhei eles na manteiga", disse pra ela. "enfia eles goela abaixo. isso é o que os pobres merdas comem, por falar nisso", indaguei, socando dois ou três caracóis na minha boca, "como é que estava o velho ALFINETE DE GRAVATA ROXO hoje?"

"eles tem gosto de borracha..."

"borracha, sem graxa... COME!"

"eles têm esses cuzinhos... tô vendo os cuzinhos deles... oh..."

"tudo que você come tem um cu. você tem um cu, eu tenho um cu, todos nós temos cu. o Alfinete Roxo tem um cu..."

"oooooh..."

ela levantou-se da mesa e correu para o banheiro e começou a vomitar.

"esses cuzinhos...ooooh..."

eu ria, chorava me contorcendo e socava aqueles cuzinhos pra dentro da minha boca e emborcava eles com cerveja e ria.

não fiquei muito surpreso certa manhã alguns dias depois, quando alguém bateu na minha porta, na porta dela, e me entregou formalmente um pedido de divórcio.

"baby, o que é isso?", mostrei-lhe o papel. "você não me ama, baby?"

ela começou a chorar. ela chorou e chorou e chorou e chorou.

"tudo bem, tudo bem, não fica assim, talvez o Alfinete Roxo seja o cara. eu não acho que ele bata punheta no banheiro. é bem capaz dele ser o cara."

"ooooooh, ooooooh, ooooooh."

"ele provavelmente se masturba na banheira."

"oh, seu podre de merda!"

ela parou de chorar. aí nós fizemos os vasos de flores caírem pela última e ótima vez. ela foi pro banheiro e começou a cantarolar, se aprontando para o trabalho. aquela noite eu lhe ajudei a procurar uma outra casa e a fazer as malas, e fiz a mudança dela. ela disse que não queria ficar na antiga casa, partiria o seu coração. pobre buceta. arranjei um jornal no caminho de volta e abri nos classificados procurando por: expedidor de mercadorias, encarregado do almoxarifado, zelador, porteiro, encarregado do depósito, ajudante de inválidos, entregador de guia telefônico. em seguida joguei o jornal no chão e bebi meu adeus milionário. eu a vi uma ou duas vezes – casualmente, sem vasos de flores – e ela disse que só transara uma vez com o Alfinete Roxo e então pedira demissão do emprego. ela disse que iria começar a pintar e a escrever "seriamente".

depois ela foi para o Alaska e casou com um esquimó, um pescador japonês, e o meu divertimento é quando estou bêbado, de vez em quando contar a alguém: "eu perdi um milhão de dólares prum pescador japonês".

"ah, dá um tempo, você nunca TEVE um milhão de dólares."

e eu acho que eles estavam com a razão: eu nunca os tive realmente. eu recebo uma ou duas vezes por ano uma longa carta, uma geralmente antes do Natal. "escreve", diz ela. existem agora duas ou três crianças com nomes de esquimó. e ela dizia que escreveu um livro, está nas prateleiras lá em cima, é um livro infantil mas ela se sente "orgulhosa" e agora ela vai escrever DUAS NOVELAS SOBRE A DESINTEGRAÇÃO DE CARÁTER. ah, eu penso, uma é sobre mim. e a outra é sobre o esquimó, que por essas horas deve estar fodido. ou se fodendo. ou talvez a outra seja sobre o Alfinete Roxo?

talvez eu devesse ter ido atrás daquela loira peituda da aula de Arte. mas é difícil satisfazer uma mulher. e ela poderia também não ter gostado dos cuzinhos. mas vocês têm que provar o polvo. como dedos de bebê em manteiga derretida. as aranhas-do-mar, ratos imundos. e enquanto você fica chupando aqueles dedos você se vinga, se despede de um milhão, mata uma cerveja, e pro inferno com a cia. de luz, com a Fuller Brush, com máquinas receptoras de mensagens telegráficas e com o baixo ventre do Texas e suas mulheres malucas com cicatrizes que não irão desaparecer que choram e te fodem, te abandonam, escrevem cartas familiares todo natal, apesar de você ser agora um estranho, não vai te deixar esquecer, Bruegel, as moscas, o Plymouth '57 lá fora defronte à sua janela, a perda e o terror, a tristeza e o fracasso, o teatro, a grosseria, todas as nossas vidas desmoronando, se reerguendo, fingindo que tá tudo bem, arreganhando os dentes, soluçando. nós limpamos os nossos cuzinhos e os da outra espécie.

●

Ao Funky Bukowski

eu te chamo funky Bukowski, porque
te acho obsceno
não fique bravo, pois, gosto da tua
obscenidade – me enche de tesão quando te
leio; tu olhando as saias das mulheres
ou batendo punheta nos elevadores ou cheirando
ceroulas – pra ficar alto;
agora sei que deves estar imaginando
quem é essa que te escreve. Bem, vou te dizer
quem sou, clara e distintamente,
pra que não possa haver erro
na minha identificação. Sou a buceta
limpa e suave que você fica pensando
quando fode essas xoxotas xexelentas e
enrugadas, sou a dama que se senta
lá embaixo numa poltrona longe de você nos cinemas
da noite, e te observa indo e vindo
no bolso da tua jaqueta, e eu vagarosamente suspendo
a minha saia para cima, esperando que você olhe pras minhas
coxas enquanto você levanta pra ir limpar as suas mãos, chamo
isso de sexo a longa distância mas eu amo isso
amo a sensação da tua respiração pesada
atrás do meu pescoço enquanto você tenta enfiar os
dedos no meu cu pela rachadura
da poltrona; agora você está pensando, (parece
bom, mas não me lembro de você.) mas daqui

pra frente você vai pensar em mim e afinal de contas –
era isso o que eu queria de qualquer maneira. meu obsceno
homem –

sem assinatura

o público retira de um escritor, ou de um texto escrito, o que ele precisa e deixa o restante passar. mas o que eles retiram é geralmente o que eles precisam menos e o que eles deixam passar é o que eles mais precisam. entretanto, isso me permite que eu execute sossegado meus pequenos e sagrados giros, pouco me importando se eles entenderam, do contrário não existiriam mais criadores, todos estaríamos dentro do mesmo vaso de merda. assim como está agora, eu estou no meu vaso de merda e eles estão nos deles, e acho que o meu fede menos.

sexo é interessante mas não é totalmente importante. quero dizer, não chega nem mesmo a ser tão importante (fisicamente) quanto a excreção. um homem pode chegar aos 70 anos sem uma buceta mas pode morrer numa semana sem um movimento dos intestinos.

aqui nos Estados Unidos, especialmente, o sexo é inflado muito além da sua mais simples importância. uma mulher com um corpo sexy imediatamente o transforma numa arma para a ascensão MATERIAL. e não estou falando da puta de puteiro. estou falando da sua mãe e da sua irmã e da sua esposa e da sua filha. e o macho americano é o chupador (termo ruim, certo) que perpetua ao extremo a mistificação. mas o macho americano teve seu cérebro vencido pela educação formal e pelo progenitor americano previamente insensibilizado e pelo monstro Americano Anunciado muito antes dele ter completado doze anos de idade. ele está preparado e a fêmea está preparada para fazê-lo mendigar e levantar o $ $ $. é por isso que uma puta profissional com uma toalha debaixo das coxas é tão odiada pela lei e pela sua réplica balconista não menos puta nem menos profissional (praticamente o restante do sexo feminino; existem umas POUCAS mulheres boas, agradeço ao Senhor!). a puta abertamente profissional representa uma ameaça de colapso capaz de levar toda a sociedade americana de Desempenho e Dinamismo direto para o cemitério. ela desvaloriza a buceta.

sim, o sexo ultrapassou completamente o seu valor. observe às vezes, no seu jornal (você não vai encontrar isso aqui no "Open City", a não ser como gozação), um grupo de calouras em roupas de banho posando para uma foto para algum concurso de beleza, para rainha disso ou daquilo, ou coisa parecida. vê aquelas pernas, aquelas curvas, os peitos – alguma magia aqui e ali, deveras. e essas mocinhas sabem disso, mais o preço de barganha fixado. DEPOIS olhe para os oito ou dez rostos sorrindo. os sorrisos não estão sorrindo, eles estão impressos sobre rostos de papel, sobre carbonos da morte. os narizes e orelhas e bocas e queixos estão adequadamente moldados dentro dos nossos conceitos, mas as caras são tão horrorosas que jazem além de toda a essência da brutalidade. não há ali nenhuma força, nenhuma densidade. nenhuma ternura... nada, nada. insípidas ostentações de pele assassinada. sem olhos. mas mostre essas caras de horror para o macho americano médio e ele dirá, "é, essas aí têm CLASSE, não tenho como avaliá-las".

a gente vê essas mesmas vencedoras de concursos de belezas, anos mais tarde, ficarem velhas, nos supermercados; elas estão nervosas, dementes, amargas, humilhadas – elas aplicaram seus valores numa coisa não duradoura, elas foram ludibriadas; cuidado com as facas afiadas dos seus carrinhos de supermercado – elas são as loucas do Universo.

portanto, para alguns escritores, incluindo o glorioso e impertinente Bukowski, sexo é obviamente a tragicomédia. não escrevo sobre ele como instrumento de uma obsessão. escrevo sobre ele como uma peça de teatro engraçada da qual você tem que chorar, um pouco, entre um ato e outro. Giovanni Boccaccio escreveu muito melhor sobre ele. ele tinha a distância e o estilo. eu ainda estou próximo demais do alvo para produzir o efeito de graça total. as pessoas simplesmente pensam que sou sujo. se você não leu Boccaccio, leia. pode começar com "Decameron."

apesar de tudo, ainda mantenho um certo distanciamento e depois de 2.000 trepadas, a maioria delas não muito boas, ainda sou capaz de rir de mim mesmo e da minha armadilha.

recordo que certa vez no depósito da loja de roupas de uma mulher, eu era o lacaio encarregado da expedição das mercadorias, e o meu chefe (o chefe da seção, quer dizer) era um sujeito relativamente jovem mas meio careca e insignificante, e esse sujeitinho meio insignificante estava sendo convocado para a II Guerra Mundial. será que ele se preocupava com a possibilidade de ser morto? o sentido da guerra? o sem sentido da guerra? o que significava ser desfeito em pedaços por uma bala de morteiro?

ele confiava em mim. ele pensava que eu era um bom sujeito. nós éramos os dois sozinhos nesse enorme porão – os outros empacotadores ficavam suando um andar acima –, ficávamos embaixo, nesse subporão, úmido e poeirento lá, e escalávamos paredes de papelão empacotando caixas que tinham um metro e oitenta de comprimento. procurávamos um número, um determinado tipo de tecido ou vestido para ser despachado, e havia apenas três ou quatro pequenas lâmpadas elétricas para iluminar toda a área do porão, e ficávamos saltando às cegas feito macaco-aranha, pulando de caixa em caixa, procurando por algum número mágico, um tipo especial de tecido para ser cortado num vestido de mulher.

oh, deus, piedade, eu pensava, que diabo de maneira de ganhar a vida, que diabo de maneira de sobreviver e de morrer em troca de uns poucos trocados. certamente o suicídio seria uma saída mais suave?

e o insignificantezinho gritava pra mim, "JÁ ENXERGOU O NÚMERO?"

e eu dizia, "não". mal deixando a palavra sair.

merda, eu não tava mesmo olhando. que interesse eu tinha em encontrar o número? de vez em quando ele olhava para trás, eu pulava do topo de uma caixa de papelão para outra. finalmente ele veio pulando na minha direção, sentou numa caixa perto da minha e acendeu um cigarro.

"Bukowski, você é um bom sujeito."

eu não respondi.

"estou sendo recrutado. esta é minha última semana aqui."

durante todo o tempo que estive lá como empregado fiz tudo que pude pra sacanear o cara e agora ele estava me fazendo um saco duma confidência.

"você sabe o que é que me preocupa em relação ao Exército?", perguntou ele.

"não."

"não vou poder foder a minha mulher. agora eu sei que a maioria desses caras quase não trepam. mas eu posso dizer só olhando pra tua cara que você dá as suas..."

(eu não tava conseguindo nada.)

"...daí eu digo isso pra minha mulher. eu digo, 'doçura, o que é que eu vou fazer, eu não vou ter como trepar com você'. e você sabe o que ela diz:"

"ela diz 'pelo amor de Deus, vá para o Exército e seja um Homem. estarei aqui quando você voltar', mas, diabo, eu vou sentir falta disso; a maioria desses caras não sabe o que é isso mas você e eu sabemos, e como."

(eu não lhe disse que alguém iria foder a sua mulher por ele enquanto ele estivesse fora. e no caso dele não voltar ela se ajuntaria à seguinte situação de Corpo à Venda com o que quer que ela tenha ficado.)

ele mais parecia uma espécie de toupeira de homem que suportaria um emprego ordinário ou o fardo suicida de BANZAI! Japa, ou até pior, o avanço determinado e registrado dos apáticos, Bárbaros da Neve, avançando pela brancura decadente procurando pelo SEU número. o Huno das Neves, amargo e treinado e bravo, um último tiro de loucura na Barriga, procurando pelo seu número: oh, o toupeira! ele iria SOFRER isso, quase como uma sarna ou bocejo ou uma pequena gripe, só para permanecer no lado direito da estrutura social, esperando ter sorte, para poder voltar e foder a sua mulher.

taí o seu sexo: envolve os bundas-moles e todos os movimentos das forças armadas. homens que só têm bucetas em lugar de cérebros são condecorados pelo seu Valor. bravura? a bravura de um imbecil dificilmente conta; e a bravura pensante do homem que conta – custa um pouco de trabalho e um estômago de sorte.

é você misturar sexo com o resto de nós e você se depara com algo muito difícil, e quanto mais você estuda menos você sabe. uma teoria substitui outra, e em quase todos os casos o insulto é para o ser humano. e talvez devesse ser. com todo o nosso potencial, o crescimento mais feroz está decrescente.

essa coisa de sexo chega até mesmo a confundir o grande Bukowski. lembro de uma noite sentado num bar bem a oeste desses túneis do centro. na época, eu morava num quarto dobrando a esquina num lugar na metade do morro. de qualquer maneira, estou sentado lá, numa boa, e puta que pariu me dou conta que sou jovem e forte e posso enfrentar qualquer um que esteja a fim de encrenca. inclusive sou a fim de pessoas a fim de encrenca, mas a vida, vamos dizer, aos 22, 23, ainda apresenta novidades suficientes para que eu seja alguma espécie de Romântico fodido; acho a vida vagamente interessante ao invés de realmente aterradora. mas a noite vai passando e então olho ao redor – estou misturando bebidas – quer dizer comprando doses puras, vinho, cerveja – estou tentando me derrubar mas nada dá certo e deus ainda não chegou.

aí então meio que olho ao redor e ali está um tipo triste e bonito de menina (por volta dos dezessete) sentada perto de mim. ela tem esses longos cabelos loiros (sempre fui sensível a esses tipos de cabelos compridos, quer dizer onde o cabelo desce até a bunda e você continua agarrando cabelos, fios e mais fios enquanto você trabalha, e faz a coisa ficar muito sinfônica ao invés da mesma chatice de sempre) e ela está quieta, muito quieta, quase divina, oh, mas ela é uma PUTA, e junto dela está o protetor, a madame-lésbica, e elas prefeririam NÃO, você sabe, mas elas precisam do dinheiro. comecei a conversar com elas pelo lóbulo esquerdo do meu cérebro. tenho certeza que ele estava insensível a elas mas isso não tem importância, vocês sabem: elas precisam do $ $ $. eu encomendei os drinques.

o garçom deixou-os na frente da de dezessete como se ela tivesse trinta e cinco. onde estava a lei? obrigado deus, a lei fora desviada por alguma razão ou outra.

para cada drinque que elas bebiam eu bebia três. isso as encorajou. eu era o "sinal". eu tinha um "X" marcado de giz nas minhas costas. o diabo é que elas certamente não sabiam que eu havia vencido concursos de bebida pela cidade inteira com alguns dos maiores bebuns da época, trago de graça e o escambau. não sei por que custava tanto pra me derrubar. talvez fosse a minha extrema cólera ou melancolia, ou talvez uma parte do meu cérebro-alma que estivesse faltando. provavelmente as duas coisas são verdade.

de qualquer maneira, pra não chatear você com todas essas malditas observações, me perdoe; nós finalmente subimos o morro em direção ao meu quarto, juntos.

esqueci de dizer-lhes que a madame-lésbica era um pedaço gordão de merda humana com olhos de papelão e nacos insensíveis de coxas, mas uma de suas mãos estava faltando e ao invés de uma mão havia essa muito muito BRILHANTE e grossa e interessante GARRA de aço.

portanto subimos o morro.

aí entramos no meu quarto e olhei pra elas duas. minha pura e linda e esbelta e mágica e esplendorosa foda de menina com seu cabelo oscilando até embaixo na bunda, e junto dela a tragédia dos tempos: lodo e horror, a máquina enguiçou, sapos torturados por meninos e carros colidindo frontalmente e a aranha apanhando a mosca no zumbido e o cérebro panorâmico de Primo Carnera caindo sob as tolas armas do presunçoso playboy Maxie Bier – novo campeão peso-pesado da América – eu, eu corri para a Tragédia dos Séculos – aquele naco gordo de merda acumulada.

agarrei-a e tentei jogá-la sobre minha cama suja mas ela era forte demais pra mim. com um braço conseguiu se livrar de mim. ela me afastou com sua raiva puramente lésbica, e aí, vendo-se livre, começou a GIRAR AQUELE BRAÇO COM AQUELA ENORME E INTERESSANTE GARRA DE AÇO BRILHANTE.

eu não podia, como um homem, mudar o curso da história sexual, eu simplesmente não pude.

ela girava aquela GARRA em amplos e esplêndidos e rapidíssimos arcos e ao tempo em que mergulhei e levantei minha cabeça para ver onde estava a GARRA, lá vinha ela novamente. mas durante toda a tentativa da garra de ferro para me assassinar, eu, sendo um sujeito atento por instinto, tinha lançado várias e pausadas olhadas para a linda e divina e jovem puta. eu de fato penso que de nós três ela é quem mais sofria. estava estampado em seu rosto. realmente, ela não podia compreender por que eu queria aquela terrível acumulação de todas as coisas negativas e mortas em comparação com o que ela tinha. mas acho que a mama lésbica sabia a resposta, pois toda vez que ela balançava aquela coisa pra mim, ela se voltava pra sua pequena e dizia "esse cara é maluco, esse cara é maluco, esse cara é maluco". – e num desses "esse cara é maluco" que acompanhava cada golpe da garra de ferro consegui me safar por baixo e bandeei pro outro lado da sala perto da porta. apontei pra penteadeira e gritei, "O DINHEIRO TÁ NA GAVETA DE CIMA!" e mama L., sendo uma verdadeira merda, caiu nessa e se virou. quando ela se virou de novo eu já estava praticamente no alto do morro, lá no céu de Bunker Hill, olhando ao redor e respirando pesadamente, checando as minhas partes, então imaginando onde ficava a casa de bebida mais próxima.

quando voltei com a garrafa, a porta ainda estava aberta, mas elas se foram. tranquei a porta, me sentei e me servi de um drinque tranquilo. ao sexo e à loucura. depois tomei outro, fui pra cama sozinho e deixei o mundo passar.

ao meu homem obsceno
eu já lhe escrevi alguma vez
antes
ou foram três
vezes

respiro no seu ouvido
com a minha língua de fora
assim você pode sentir o que quero dizer
e você sentiu
é, baby, você gostou
você dizia, "Ei! o que é que você está fazendo,
quem é você???"
eu podia ouvir você pegando um copo
despejando uma grande, aposto.
"você me parece legal, me diz o seu nome."
você diria, então... eu respiraria fundo
e difícil, e você começava a falar mais suave
comigo, você cochicharia pra mim, então respiraria
comigo
eu ouviria o seu zíper
sendo lentamente aberto
aí então, "Flip... Flep, Pluk",
"eu te amo". você diria, "Slip, Slep".
enquanto você largava o copo para
usar ambas as mãos, "Flop, Flop, Blipp".
Mais rápido e Mais Rápido, e eu sabia que você tinha as suas
mãos nela, está seca agora mas não por
muito tempo.
AHHHHH-oh-AHHHHH, eu sussurrava
"Slip, Flep".
ele tá fazendo – eu pensaria, eu fecharia os meus olhos
tugh – AHHHHHH-OHOO!!!
"Flip-Flip" ficando molhada, "Slap, Bluup, Flap".
muito muito escorregadio; "AHHH-OHO-YEAAA!"
"assim baby". você diria. "Flip, Flap."
"diz alguma coisa!", você gritaria.
OOOOOH – BOOM DEUS eu berraria, aí então
os meus joelhos sentiriam alguma coisa – choque do suco do

amor –
fecharia minhas coxas esguias – eu fecharia minhas pernas
violentamente, sairia do ar.

não assinada

Querida Não assinada:
oh, baby, meu deus, eu quase não posso esperar!

sinceramente seu,
Charles Bukowski

•

tudo começa e termina com a caixa de correspondência, e quando eles descobrirem um meio de eliminar as caixas de correspondência, muito do nosso sofrimento terminará. agora mesmo nossa única esperança é a bomba de hidrogênio, e desanimado como pareço ser isso não parece realmente o remédio adequado.

bom, a caixa de correspondência: depois de uma noite sem dormir caminhei até aquela coisa indiferente de entranhas cinzentas com uma aranha dependurada ali embaixo dela chupando a última chance de amor de uma borboleta. bem, então ali estou eu, pensando, ah, quem sabe o Prêmio Pulitzer ou uma subvenção das humanidades ou a minha cópia da "Revista do Turfe", portanto enfio a minha mão lá dentro e lá está, uma carta na caixa de correspondência, conheço a letra, conheço o endereço, a forma de cada carta escrita à mão, o insano e feminino e oblíquo fogo cruzado da imagem confusa de uma alma ordinária:

querido bongo:

molhei as plantas hoje. minhas plantas estão morrendo. como vai você? logo chega natal. a minha amiga Lana está lecionando poesia num asilo de loucos. eles têm uma revista. será que você poderia enviar alguma coisa sua? tenho que ir agora. tenho certeza que eles ficariam contentes de imprimir alguma coisa sua. as crianças logo estarão em casa. vi seu último poema na edição de out. da *BLUE STARDUST JACKOFF (ORGASMO CÓSMICO BLUE)*. foi um encanto. você é o maior escritor vivo do mundo. as crianças logo vão estar chegando, preciso ir. preciso ir.

Carinhosamente,

meggy

meggy continua escrevendo essas cartas. nunca conheci a meggy, como eu lhes disse, mas ela persiste em enviar fotos, e ela parece uma grande e saudável foda, e também enviou alguns poemas, poemas dela, e eles estão um pouquinho do lado confortável, apesar deles falarem de agonia e de morte e de eternidade e do mar, é uma coisa tremendamente bocejante e confortável – quase como alguém que se fincou um alfinete para poder gritar e aí não conseguiu gritar, apenas mais um desapontamento feminino no processo de envelhecimento e no marido decadente; apenas mais uma fêmea entediada pela sua PRÓPRIA e cômoda venda e liquidação desde o princípio e agora vadiando no vácuo de dias mais limpos e probleminhas com o júnior que também está rapidamente trabalhando em direção do zero vezes nada.

é as suas próprias mentes que as mulheres ingerem dentro do trabalho do homem – seja propositadamente mal-interpretando a intenção ou sentindo-se vítimas cansadas sobre a cruz ensanguentada. de um jeito ou de outro elas o fodem bem direitinho. quer se trate de um mero desejo ou de uma necessidade, isso não tem a menor importância para a vítima. que é o homem, naturalmente.

se a meggy morasse perto o suficiente eu poderia ter terminado com toda essa tortura facilmente, ela na minha casa respirando o fino e ritmado brilho dos meus olhos de poeta, o pulo da pantera, as calças baixadas nos joelhos às 2:30 da manhã – me comparando com, vamos dizer, com Stephen Spender – eu me voltaria e diria num inglês não muito bem articulado:

"baby, dentro de alguns minutos eu vou arrancar essa tua maldita calcinha e te mostrar um pescoço de peru que tu vai lembrar pelo resto da vida até a sepultura. eu tenho um pênis enorme e curvado. como uma foice, e muita buceta de respeito já ficou boquiaberta e arfando sobre o meu tapete duro e seboso. primeiro deixa eu terminar esse drinque."

aí você bebe um daqueles copos compridos de água com uísque puro, espatifa o copo contra a parede, murmurando "Villon comeu peitinho frito no café da manhã", faz uma pausa pra acender um cigarro e quando você se virar os seus problemas estarão resolvidos – sairá pela porta da frente. se permanecer é porque merece o que tá levando. e você também.

mas a meggy mora num estado relativamente afastado ao norte daqui, portanto isso estava fora. mas respondi as cartas durante vários anos pensando que ela poderia aproximar-se o suficiente pra foder ou fugir de medo algum dia.

finalmente a aparentemente interminável tesão desapareceu. as cartas eram como sempre excelentemente chatas e propositadamente deprimentes, mas o fato de que eu havia decidido não respondê-las REALMENTE tirara um pouco do veneno delas. foi um grande plano, um plano que uma mente simples como a minha precisou de todo aquele tempo para ser traçado – não responda as cartas e você está livre.

houve uma pausa no correio. senti que tinha acabado; usara a última espécie de manobra: seja cruel ao cruel, seja estúpido com o estúpido. o cruel e o estúpido eram a mesma coisa: não havia nada que você pudesse fazer por eles; havia somente coisas que eles poderiam fazer, e fariam a você. eu havia vencido um problema dos séculos; a eliminação do indesejado. não é preciso uma multidão de homens e de mulheres para asfixiar e mutilar a vida de qualquer indivíduo, basta um. e geralmente é só um. mesmo quando exércitos enfrentam exércitos, formigas enfrentam formigas, do jeito que você quiser.

comecei a ver as coisas novamente com meus OLHOS. enxerguei um aviso numa lavanderia, que algum piadista colocara: O TEMPO FERE TODOS OS CALCANHARES. eu nunca teria percebido este adesivo antes. comecei, pelo menos, a ser mais livre. via quase tudo. via as coisas loucas e estranhas que costumava perceber, de cabeça para baixo, românticas, coisas explosivas que pareciam não dar nenhuma chance. isso parecia revelar forças mágicas onde antes não havia nada.

INVENTOR ASSASSINADO

Monterey, 19/nov. (UPI)

Um homem de Carmel Valley foi morto por um dispositivo que ele mesmo inventou para desenrugar ameixas secas.

isso era tudo que a mensagem dizia. perfeito. eu estava vivo de novo. aí então, uma manhã fui até a caixa de correspondência. uma carta. juntamente com as contas de gás, ameaças do dentista. uma carta de uma ex-mulher que eu mal conseguia me lembrar e um anúncio de uma leitura de poesia de poetas sem talento.

querido bongo:

esta é a ÚLTIMA carta. que deus te mande pro inferno. você não é o ÚNICO que me abandonou. verei todos vocês que me abandonaram – EU VEREI TODOS VOCÊS NO TÚMULO PRIMEIRO!

meggy

minha avó costumava falar desse jeito comigo e ela também nunca me deu buceta nenhuma.

bem, alguns dias depois, tremendo da ressaca de satisfação, fui até a caixa de correspondência. algumas cartas. abri-as. a primeira:

prezado sr. b.

sua solicitação para uma subvenção individual da Instituição Nacional de Amparo às Artes foi considerada pelo Conselho Nacional das Artes. de acordo com o parecer de uma junta independente de peritos em literatura, lamentamos informar-lhe...

outra carta:

olá bongo:

agachado no canto desse quarto de hotel fedorento e calamitoso a única coisa que quebra o silêncio é o crepitar de garrafas de vinhos nos dentes... tô encatarrado, com as pernas cobertas de feridas; 51 trunfos resultaram em nada, 52º no correio... cobri todas as esquinas você sabe? e a coisa virou num maldito e sangrento canil... despedido de plantações de limão por ter me ausentado tempo demais (casamento numa fazenda de porcos: 4 dias) e ter colhido muito pouco. voltei pra s.f. & perdi um emprego certo de natal no correio, por um dia... me sento no canto desse quarto luzes apagadas esperando pela paz e alegria da igreja batista recolher o seu letreiro de néon vermelho pra que eu possa então começar a chorar... um cão é atropelado por um ônibus que foge... quisera fosse eu o cão, pois eu mesmo não sei como fazê-lo... até isso requer decisões... onde estão os malditos cigarros... fui embora da mission essa manhã. comida indescritível atacou as entranhas da minha pança de porco. olhei ao redor na market street pra todas as meninas bonitas de cabelos claros como o brilho do sol de inverno em san frisco...bom. que diabo.

M.

e mais uma:

querido bongo:

desculpe eu encarar a coisa desse jeito. tente me amar um pouquinho. comprei um regador novo hoje. o outro estava enferrujado. tô mandando um poema da "Poetry Chicago". pensei... em mim mesma... quando eu li ele. preciso ir agora. as crianças estão a caminho de casa.

me ame
meggy

o poema incluído está cuidadosamente datilografado. nenhum erro. o espaço-dois das palavras que ela datilografou estão impressos no papel com a mesma pressão, o mesmo e calculado... amor. – é um poema horrível. ele fala do vento e de alguma pequena e confortável alegria. é do século 18. o horrível século 18.

mas ainda assim não respondo. vou pro meu emprego de lixeiro. eles me conhecem. eles são meus superiores. gosto deles. me deixam fluir. não diferenciam T. S. Eliot do Lawrence da Arábia. estou bêbado há dois ou três dias. ainda assim consigo trabalhar.

tenho um sistema especial de alarme que deve funcionar antes de atender meu telefone. não sou esnobe; simplesmente não estou interessado no que a maioria das pessoas tem pra dizer, ou no que elas desejam fazer – principalmente com o meu tempo. mas uma noite, me firmando pra conseguir ir pro meu emprego de lixeiro, o telefone tocou. uma vez que eu estaria saindo dentro de alguns minutos, calculei que não tinha muita coisa que eles poderiam fazer comigo. não era o sinal mas de todo o jeito atendi o telefone.

"bongo?"

"hein? sim?"

"aqui é... a meggy."

"ah, oi, meggy."

"escuta, eu não tô querendo me impor. apenas fiquei confusa."

"ah é. todos nós ficamos."

"só não precisa ODIAR as minhas cartas."

"bom, meggy, é um pouco isso. eu realmente não odeio as tuas cartas. elas são realmente tão confortadoras que – "

"ah, fico TÃO contente."

ela não me deixou terminar. eu queria dizer que as cartas dela eram tão confortadoras que elas me aterrorizavam com o vácuo dos meus mais limpos bocejos. mas ela nunca me deixou terminar.

"estou realmente contente."

"é", eu disse.

"mas você não mandou nenhum poema para a nossa turma na instituição."

"estou tentando encontrar algum que irá se enquadrar."

"tenho certeza que qualquer um dos seus dará."

"o torturador às vezes é bom na insinuação."

"o que que você quer dizer?"

"esquece."

"bongo, você não está mais escrevendo? lembro quando você costumava estar presente em cada edição do *"Orgasmo Cósmico Blue"*. Lilly me escreveu que faz anos que você não envia nada. você esqueceu os 'pequenos'?"

"jamais esquecerei aqueles filhos da puta."

"você é engraçado. mas o que eu quero dizer é se você não SUBMETE mais o seu TRABALHO à publicação?"

"bom, tem o *Evergreen."*

"você quer dizer que eles TE ACEITARAM?"

"uma ou duas vezes. mas o *Evergreen* não é uma revista pequena, por favor lembre-se disso. escreva pra Lilly. diga a ela que eu desertei das barricadas."

"oh bongo, eu sabia desde a primeira vez que eu li as suas coisas que você estava predestinado. eu ainda tenho a sua primeira coleção, Cristo Rasteja de Costas*. Oh, bongo, bongo."

me livrei dela dizendo que tinha que ir coletar um pouco de lixo. nesse meio tempo fiquei pensando, agora quem iria QUERER desenrugar uma ameixa seca? o gosto delas seguramente não é bom: talvez um pouco parecido com cagalhões secos e frios. o seu único charme são as PRÓPRIAS RUGAS, as rugas frias e aquele caroço gelado e escorregadio que desliza da sua língua pra cima do prato como se fosse uma coisa viva.

atravessei o quarto e abri uma cerveja. decidi que não ia dar pra trabalhar aquele dia. era bom sentar numa poltrona. sacudi a garrafa pra cima e mandei que tudo fosse pro inferno. conheci uma mina que afirmava ter dormido com o Pound em St. Liz. só consegui me livrar dela depois de uma longa correspondência ao insistir estupidamente que eu também sabia como escrever e que eu achava os "Cantos" um saco. eu tinha cartas de meggy espalhadas por todo lugar. tinha uma antiga no chão perto da máquina de escrever. eu me levantei, atravessei a sala e apanhei-a:

querido bongo:

---

* tradução livre de "Christ Creeps Backwards". (N.T.)

todos os meus poemas estão sendo devolvidos. bem, se eles não sabem o que é boa poesia, isso é uma falha deles. às vezes ainda leio o teu primeiro livro *CRISTO RASTEJA DE COSTAS.* e todos os teus outros volumes. pelo menos enquanto eu souber que posso suportar TODA a tua terrível estupidez. as crianças logo estarão em casa.

me ame
meggy

p. s. – meu marido goza de mim – "faz muito tempo que o bongo não escreve. que que aconteceu com o bongo?"

esvazio a garrafa de cerveja. atiro na cesta de lixo.

eu podia ver a coisa agora, o seu marido montando nela três vezes por semana. seu cabelo como um leque sobre o travesseiro. como os escritores de sexo gostam de dizer. ela realmente imagina que ele é bongo. ele imagina que ele é bongo.

"oh bongo! bongo!", diz ela.

"tô indo, mãe", diz ele.

abro outra cerveja e caminho até a janela. mais um daqueles dias escuros estéreis e sem sentido de Los Angeles. ainda estou vivo, num certo sentido. já faz muito tempo desde o primeiro volume de poemas; faz um longo tempo desde os distúrbios de Watts. nós desperdiçamos a nós mesmos. John Bryan quer uma coluna. eu podia lhe falar sobre meggy. mas a história de meggy não está acabada. ela estará na minha caixa de correspondência amanhã de manhã. se eu estivesse no meio cinematográfico eu saberia como fazer:

"olha, pequeno john, tem essa mina, tá sabendo? ela tá me enchendo, entende? cê sabe o que fazer. não torne as coisas mais confusas. dê a ela aquele pau de trinta e cinco centímetros e tira ela do meu pé, entendeu? cê descobre ela. ela mora nesse quarto com um olhar vazio de limpeza parecendo triste, tá entendendo? o quarto cheio de revistas de poesia, ela tá descontente. pensa que foi crucificada pela vida mas na realidade ela nem sabe o que é a vida, compreende? dá um jeito nela: dá os trinta pra ela."

"tudo bem."

"e, pequeno john..."

"ãhn."

"não faz nenhuma parada no caminho."

"tá legal."

volto pra onde estava e me sento, e sigo bebendo a minha cerveja. tenho que ficar bêbado, voar até lá, aparecer na porta dela em farrapos, bêbado, batendo na madeira, botões por toda a minha camisa rasgada: "IMPEACH JOHNSON" "STOP THE WAR" "DESENTERREM TOM MIX" qualquer coisa.

mas nada adiantará. tenho apenas que esperar e esperar. a subvenção das "Humanidades" está fora. parei de escrever poemas para o *Evergreen.* haverá apenas uma coisa naquela caixa:

querido bongo

blá blá blá blá blá blá blá. coloquei água nos vasos. as crianças logo estarão em casa. blá blá blá.

me ame
meggy

será que isso aconteceu alguma vez a Balzac ou Shakespeare ou Cervantes? espero que não. a pior invenção do homem tem três cabeças: a caixa de correspondência, o carteiro e o escritor de cartas. tenho uma lata de café azul na prateleira repleta de cartas não respondidas. tenho uma enorme caixa de papelão no armário repleta de cartas não respondidas. quando é que essas pessoas bebem, fodem, ganham dinheiro, dormem, tomam banho, cagam, comem, cortam as unhas dos pés? e meggy lidera o maço: me ame, me ame, me ame.

um pau de trinta e cinco centímetros pode me pôr fora dessa, ou dentro, ou deixar a coisa ainda pior. com o que eu tenho, já tive problemas de sobra.

•

naqueles dias quase sempre tinha alguém no meu quarto, quer eu estivesse lá ou não. você geralmente não sabia quem iria estar lá. era simplesmente alguém. grande, humano e não muito santo. sempre tinha uma festa. festa significando: um pouco mais de sorte e os meios: dois dólares e alguns trocados compravam uma sala cheia de conversa e som eletrônico para seis ou sete.

tudo bem, uma noite, as luzes todas apagadas, acordei na cama bêbado, mas vendo, você sabe, subitamente vendo as paredes sujas. a total falta de propósito, a tristeza, tudo. e me levantei num cotovelo e olhei ao redor e todos pareciam ter ido embora. apenas aquelas garrafas vazias de vinho no seu lado enluarado aguardando a manhã dura e nojenta, e eu olhei ao redor de mim na cama e ali estava aquela forma humana. alguma buceta tinha decidido ficar comigo – isso era amor, isso era bravura. merda, quem realmente podia me aguentar? qualquer um que pudesse me aguentar tinha muito perdão em sua alma. eu simplesmente tinha que RECOMPENSAR essa doce, pequena e querida gazela por possuir o culhão o discernimento e a coragem de ficar comigo.

quer melhor recompensa do que foder ela no cu?

eu andava cruzando com um tipo estranho de mulher, uma estranha linhagem de mulheres e nenhuma delas queria ele no rabo e portanto eu não consegui dessa maneira e a coisa ficou trabalhando na minha mente. costumava ser a única coisa que eu queria falar quando ficava bêbado. eu dizia pra algumas mulheres:

"vou meter no teu cuzinho, vou meter no cu da tua mãezinha, vou meter no cu da tua filha." e a resposta era sempre, "ah, não vai mesmo!" elas fariam tudo e qualquer coisa menos isso. talvez fosse apenas a época e o tempo, ou apenas uma questão matemática, porque um bom tempo depois disso não havia nada além de mulheres se chegando e dizendo, "Bukowski, por que que você não me fode em cima do fogão? eu tenho uma bundona fofa e redonda". e eu respondia "certamente que tem, querida, mas é melhor não".

mas naqueles dias eu simplesmente nunca levava desse jeito, e eu tava me sentindo meio maluco, como de costume, e tinha essa estranha ideia que uma boa foda no cu DELAS resolveria muitos dos meus problemas espirituais e mentais.

encontrei o último copo de vinho misturado com cinzas de charuto e tristeza. aí voltei pra cama, pisquei pra lua e deslizei minha pequena salsicha pra dentro daquele saliente ressonante e imaculado traseiro. um verdadeiro ladrão não dá tanto valor ao prêmio quanto ao furto. eu adoro ambos. minha pequena vara subiu ao topo da sua insanidade. meu deus, horrível e perfeito. vingança, de certa forma, sobre o jeito de todas as coisas, sobre velhos sorveteiros e seus loucos olhos de otário, sobre minha mãe morta-viva e lambuzando creme em seu imparcial e insosso rosto de ferro.

ela continua dormindo, pensei. tornava as coisas ainda melhores. é provavelmente Mitzi. talvez Betty. qual a diferença? minha vitória – triste, desempregado e faminto caralho deslizando por entre patíbulos de coisas para sempre proibidas! MAGNÍFICO! eu me sentia muito dramático realmente – a parte mais alta do DRAMA, como Jesse James sacando a pistola, como Cristo na cruz sob canhões de luz e foguetes, fui abrindo caminho.

ela gemeu e começou a AAERRG UG, HO AH... soube então que ela apenas fingia estar dormindo. tentando salvar a sua honra de bêbada de vinho que era simplesmente tão terrível e tão real quanto todas as honras. eu estava apenas socando as tripas dela pra fora com a minha glória falsa e demente.

ela está apenas FINGINDO que está dormindo e eu sou um HOMEM E NADA, NADA PODE ME DETER!

eu parecia estar com toda corda só pra variar e a glória daquilo e a fantástica violência de um cavalo mágico em mim, daquilo, de tudo, me obcecava, soquei, enterrei, enfiei e tudo ficou puro.

então, na excitação, o cobertor recuou. enxerguei mais claramente a cabeça. a parte detrás da cabeça e os ombros – era um

MACHO Careca e Americano! tudo ficou flácido. recuei num horror indecente. recuei com nojo, olhando pro teto, e nenhuma bebida no lugar. Zé Careca não se mexeu ou falou. finalmente decidi ir dormir e esperar pela manhã.

acordamos de manhã e nada foi mencionado. alguém entrou e levantamos alguma grana pro vinho.

e os dias se seguiram e eu continuava esperando ele ir embora. as garotas começaram a me olhar de um jeito estranho. ele ficou duas, três semanas.

e ele não se flagrava, como dizem eles. uma noite, após descarregar caixotes de peixe congelado dos vagões, minha mão cortada e sangrando, um pé dormente e quase quebrado por um caixote que caiu, entrei mancando numa festa dentro do meu quarto. a festa tava boa, eu nunca sacaneio se o negócio é beber vinho. mas a pia do meu ap. tava ficando ruim. comeram toda minha comida enlatada, sujaram todos os copos e pratos e talheres, e estava tudo na pia dentro d'água, a água fedendo, e a pia tava entupida e tudo bem, isso era quase normal, mas quando olhei pra dentro da pia e descobri que eles também tinham encontrado os meus pratos de papel e usado e atirado eles dentro da pia, boiando ali, isso era mau, mas aí, em cima daquilo, alguém VOMITOU dentro da pia, e quando vi aquilo, enchi bem um copo de vinho, bebi ele todinho, e espatifei o copo contra a parede e gritei, "NEGÓCIO É O SEGUINTE! TODO MUNDO PRA FORA! JÁ!"

fizeram fila pra sair, as putas e os homens, e a raquítica da Helen, eu tinha fodido ela uma vez também, cabelo branco e tudo, e pra fora eles foram solenemente, melancolicamente. todos saíram menos Zé Careca.

ele apenas sentou-se na beirada da cama dizendo, "Hank, Hank, o que que tá acontecendo? o que que tá acontecendo, Hank?"

"cala a boca ou tu vai a nocaute seu. me ajuda, cristo!"

saí e fui até o telefone do hall. descobri o número da mãe dele. ele era um desses puros e brilhantes, estúpidos bastardos de elevado QI que vive eternamente com sua mãe.

"ouça, sra. M., por favor venha buscar seu filho. aqui é o Hank."

"oh, então é aí que ele tem ESTADO! era o que eu pensava, mas não sabia onde é que você morava. nós publicamos uma nota sobre pessoa desaparecida. você é ruim pra ele, Hank. Escuta Henry, por que você não deixa o meu garoto em paz?" (o garoto dela tem 32 anos de idade.)

"vou tentar, sra. M... agora, por que que a senhora não vem apanhá-lo?"

"só não consigo compreender por que é que ele demorou TANTO dessa vez. ele geralmente gosta de voltar pra casa depois de ficar um ou dois dias fora."

dei o endereço a ela, daí fui de volta pro quarto.

"sua mãe está vindo apanhar você", disse a ele.

"não, eu não quero ir. não! ouça, Hank, ainda tem um pouco de vinho? preciso de um drinque, Hank."

servi ele de vinho e me servi também.

bebeu um pouco de vinho. "eu não quero ir", disse.

"escuta, fiquei o tempo todo pedindo pra você ir embora. você não ia. tive que escolher entre duas opções. ou te encher de porrada e te jogar no meio da rua ou telefonar pra tua mãe. telefonei pra tua mãe."

"mas eu sou HOMEM! EU SOU HOMEM, SERÁ QUE VOCÊ NÃO VÊ ISSO? ESTIVE NO TEATRO CHINÊS! COMANDEI AS TROPAS CHINESAS ATRAVÉS DOS CAMPOS! FUI PRIMEIRO TENENTE. NAS FORÇAS ARMADAS AMERICANAS EM MOMENTOS DE PERIGO!"

e era verdade. ele tinha feito isso. e havia sido honrosamente exonerado. reabasteci os nossos copos.

"ao teatro chinês", brindei.

"ao teatro chinês", disse ele.

bebemos de uma só vez.

aí recomeçou: "eu sou HOMEM! porra. será que você não enxerga que eu sou HOMEM? jesus cristo, será que não dá pra ver QUE EU SOU HOMEM?"

ela chegou 15 minutos depois, só disse uma palavra: WILLIAM! aí ela se esticou na cama e agarrou-o pela orelha. era uma mulher velha e encurvada, seguramente beirando os 60. ela pegou-o pela ORELHA e levantou-o da cama e ainda segurando sua orelha levou-o até o hall e parou e apertou o botão do elevador, ele quase dobrado em dois e chorando, chorando o tempo todo. aquelas lágrimas REALMENTE grandes caindo escorrendo pelo rosto abaixo. e ela o levou para dentro do elevador pela orelha e enquanto eles desciam eu podia ouvi-lo gritando "EU SOU HOMEM, EU SOU HOMEM, EU SOU HOMEM!" e então fui até a janela e observei enquanto eles andavam pela calçada. ela ainda o segurava pela ORELHA, essa velha mulher de 60 anos. e aí depois ela o jogou pra dentro do carro e entrou pelo outro lado e ele permaneceu deitado no banco. e então lá se foi ela com o único cuzinho que eu comi gritando "EU SOU HOMEM! EU SOU HOMEM!"

nunca mais o vi de novo nem cheguei a fazer qualquer tipo de esforço para procurá-lo.

●

a noite que a puta de 130 quilos apareceu eu estava preparado. ninguém mais estava preparado mas eu estava. por deus que ela era completa e terrivelmente gorda e não muito limpa também. donde diabos ela surgiu e o que queria e como tinha sobrevivido até agora era uma questão que você podia perguntar em relação a qualquer ser humano, e portanto nós bebemos e bebemos e rimos e eu me sentei junto dela, me apertei contra ela. fungando e rindo e arretando.

"baby, baby, eu podia te alcançar com uma coisa que iria te fazer chorar em vez de rir!"

"ah, hahahahahaha, ha!"

"caralho, aposto que quando tu caga as bochechas do teu cu encostam no chão, hein? e quando tu caga, baby, tu entope o encanamento por um mês, hein?"

"ah hahahahaha, ha!"

na hora de fechar nós saíamos juntos eu 1 metro e 80 de altura e 75 quilos e ela 1 metro e 52 e 130 quilos. o ridículo e solitário mundo caminhava junto pela calçada. finalmente eu conseguira uma foda melhor que nó de madeira.

conseguimos chegar até o lado de fora da minha casa. procurei pela minha chave.

"jesus cristo", escutei ela dizer, "o que é aquilo?"

olhei ao nosso redor. atrás de nós havia um edifício muito simples e pequeno com um letreiro bastante simples: HOSPITAL DO ESTÔMAGO.

"ha, aquilo? ri agora baby, eu gosto da tua risada, deixa eu ouvir você rir agora, baby!"

"é um cadáver, estão trazendo um cadáver pra fora!"

"um amigo meu, um velho jogador de futebol. costumava jogar na defesa do Red Grange. eu o vi essa tarde. dei a ele um maço de cigarros. eles retiram os mortos furtivamente de noite. vejo eles arrastarem um ou dois presuntos pra fora todas as noites. mau negócio fazer isso à luz do dia."

"como é que você sabe que é o seu amigo?"

"a estrutura óssea, formato da cabeça sob o lençol. uma noite quando eu tava alto quase decidi sequestrar um corpo quando eles voltavam pra dentro. não sei o que teria feito com o diabo da coisa. colocá-lo de pé num armário, eu acho."

"onde é que eles tão indo agora?"

"pegar outro corpo. como é que tá o teu estômago?"

"bem, bem!"

subimos as escadas, de alguma maneira, apesar de que uma vez ela deu um tropeção e pensei que fosse derrubar toda a parede da esquerda.

nos despimos e eu subi em cima.

"jesus cristo!", eu disse, "vê se MEXE um pouco!"

aí ela começou realmente a pular e rodopiar: ela girava muito bem, mas que giro, e em seguida pra cima e pra baixo e aí girava de novo. peguei o ritmo da rotação mas no pra cima e pra baixo fui arremessado pra fora da sela várias vezes. o que quero dizer é que o tombadilho vinha subindo sempre que eu o golpeava, e até aí tudo bem sob condições normais, mas com ela, quando eu golpeava, o tombadilho que subia, simplesmente me ricocheteava completamente pra fora da sela e várias vezes quase me joga pra fora da cama. recordo certa vez de quase agarrar uma coisa que lembrava uma teta gigante, mas era a coisa mais horrível e indecente e eu simplesmente me pendurei na lateral do colchão como um percevejo faminto, dei outra guinada pra frente e me atirei como uma espécie de cão de volta ao centro daqueles 130 quilos, afundando outra vez no centro daqueles "oh, hihihihihi," e cavalgando e me pendurando, não sabendo se estava fodendo ou sendo fodido, mas aí a gente dificilmente sabe.

"que o Senhor esteja conosco", cochichei numa de suas gordas, quentes e sujas orelhas.

os dois estando muito bêbados, seguimos trabalhando e trabalhando, eu mesmo sendo cuspido de quando em quando, mas pulando de volta à batalha. tenho certeza que ambos queríamos desistir mas aquilo de alguma maneira não tinha saída. o sexo pode às vezes tornar-se a mais horrível das tarefas. inclusive uma vez, no desespero, agarrei um daqueles enormes peitos e o levantei como uma flácida panqueca e enfiei um mamilo dentro da minha boca. tinha gosto de tristeza, de borracha e de agonia e de iogurte estragado. cuspi a coisa pra fora com nojo, me entrincheirei de volta.

finalmente ganhei dela no cansaço. quer dizer, ela ainda trabalhava, não se deitou como se tivesse morrido, mas venci pela persistência, entrei dentro do ritmo, bati nele, bati nele de jeito e marquei inúmeros tentos, e finalmente como uma casa de resistência que não quer dar, deu, ela deu, eu a fisgara. finalmente, gemeu e gritou como uma criancinha, e eu gozei. foi bonito. Então dormimos.

de manhã quando acordamos, descobri que a cama estava achatada no chão. quebráramos as quatro pernas da cama com nossa foda-louca-maluca.

"oh senhor!", disse. "Oh senhor! Senhor!"

"o que foi, Hank?"

"nós quebramos a cama."

"não admira."

"é, só que eu não tenho um puto. não posso pagar uma cama nova."

"também não tenho nenhum dinheiro."

"acho que tenho que te dar uma grana, Ann."

"não, por favor, não, você é o primeiro homem que me fez sentir alguma coisa em anos."

"bem, obrigado, mas eu tô com essa maldita cama na cabeça agora.

"você quer que eu vá embora?"

"sem nenhum ressentimento, mas vai. é a cama. tô preocupado."

"é claro, Hank. posso usar o banheiro primeiro?"

"claro."

ela se vestiu e desceu até o banheiro do hall. quando voltou, parou na entrada da porta.

"adeus, Hank."

"adeus, Ann."

me senti desprezível deixando ela ir daquele jeito, mas era a cama, aí me lembrei da corda que eu tinha comprado pra poder me enforcar. era uma corda boa e resistente. descobri que todos os pés da cama tinham quebrado ao longo de um veio central. era simplesmente uma questão de atá-las como pernas humanas quebradas. amarrei todas elas de volta. daí então me vesti e desci.

a proprietária estava esperando. "vi aquela mulher saindo. era uma mulher das ruas, sr. Bukowski. tenho tudo para acreditar que ela estava lá em cima no seu quarto. conheço todos os meus outros hóspedes demasiadamente bem."

"ô Mãe", disse, "poucos homens podem ficar sem."

aí me mandei pra rua. dei um pulo até o bar. os drinques estavam descendo numa ótima, mas eu tava com a cama na cabeça. é foda, pensei, para um homem que quer se matar ficar preocupado com uma cama, mas eu estava. então bebi mais algumas e voltei. a proprietária estava esperando.

"sr. Bukowski, o sr. não pode me enganar com toda aquela corda! o sr. arruinou aquela cama! diacho, o que não deve ter acontecido lá em cima a noite passada para arruinar todas as QUATRO pernas daquela cama!"

"sinto muito", disse, "não posso pagar por aquela cama. perdi meu emprego de ajudante de garçom e todos os meus contos estão sendo devolvidos pela Harpers e pelo Atlantic Monthly."

"bem, nós lhe arranjamos uma cama nova!"

"uma cama nova?"

"é, Lila está montando ela agora."

Lila era uma bela duma negrinha que trabalhava de empregada. eu apenas a vira uma ou duas vezes pois ela trabalhava de dia, e de dia eu estava geralmente lá embaixo no bar, bebendo.

"bem", disse, "tô cansado, talvez eu deva subir." passamos por um letreiro da escada que dava pro meu quarto.

"sim?"

"como é que está se saindo com a cama?"

"puxa vida, esse raio de coisa tá me deixando maluca! não tô conseguindo enfiar essa última perna! essa porra parece não ter jeito de encaixar!"

ambos ficamos do lado de fora da minha porta.

"seguinte, madames", disse, "por favor me perdoem, tenho que dar uma chegada no banheiro por uns instantes..."

desci até o banheiro e dei uma boa e demorada mas consistente cagada de cerveja – vodka – vinho – uísque. que fedor! apertei a descarga e caminhei de volta em direção ao meu quarto. quando cheguei perto, escutei uma última martelada. aí a minha proprietária começou a rir e em seguida estavam as duas rindo juntas. então, entrei. suas risadas pararam. suas caras ficaram bastante inflexíveis, até mesmo bravas. minha linda empregadinha de cor saiu correndo escada abaixo e então comecei a ouvi-la rindo novamente. aí a proprietária ficou na entrada da porta e olhou para mim.

"por favor, tente comportar-se, sr. Bukowski. nossos inquilinos são todos muito finos."

aí lentamente foi fechando a porta e então ela foi trancada.

olhei pra cama. era feita de aço.

aí me despi e me joguei pelado entre os novos lençóis da minha cama, Philadelphia, uma da tarde o céu se espalhando por todo o lugar lá fora, puxei o lençol branco e limpo e a colcha até o meu queixo e então dormi, só, tranquilo, gracioso e tocado pelo milagre. foi bom.

●

"Prezado sr. Bukowski:

O senhor disse que começou a escrever aos 35. o que é que o senhor ficou fazendo antes disso?

E. R."

"Prezado E. R.:

Não escrevendo."

Mary tentou todos os truques. ela realmente não queria ir embora aquela noite. saiu do banheiro com o cabelo todo penteado prum lado. "olha!", apenas despejei um pouco mais de vinho, "puta, sua putinha sacana..." aí ela saiu com os lábios enormes e gordos de batom. "olha! já tinha visto a sra. Johnson?"

"puta, puta, sua puta sacana..."

atravessei o quarto e me deitei na cama, cigarro numa mão, copo de vinho meio oscilante no suporte da noite, pé descalço, de cueca e camiseta com uma semana de sujeira. ela se aproximou e veio pra cima de mim.

"VOCÊ É O RATO NÚMERO UM DE TODOS OS TEMPOS!"

"ah, hahahahaha", dei uma risadinha.

"bom, tô saindo!"

"isso não me interessa. só tem uma coisa que eu devo te prevenir!"

"o quê?"

"não arrebenta aquela porta quando sair. estou ficando cansado de estatelarem a porta quando saem. se você bater aquela porta com força vou ter que te esmurrugar."

"você não teria CULHÕES pra isso!"

ela de fato estatelou a porta quando saiu. foi tão alto que me colocou num estado de choque. quando a parede parou de tremer dei um pulo, emborquei o copo de vinho e abri a porta. não havia tempo pra se vestir. ela ouviu eu abrir a porta e começou a correr, mas estava de salto alto. corri até o hall de cueca e peguei-a no topo da escada. virei-a e dei-lhe uma sonora bofetada na cara. ela gritou e começou a desmoronar. enquanto caía as suas pernas foram as últimas a ir pro chão e olhei pra cima do vestido aquelas longas e finas pernas tecidas em náilon, percebi a coisa subindo, e pensei, caralho, eu devo ser Louco! mas não tinha saída e então me virei e caminhei lentamente de volta até a porta, abri-a, fechei-a, sentei-me e despejei um pouco de vinho. podia ouvi-la chorando lá fora. aí escutei a outra porta abrir.

"que que cê tem, doçura?" era uma outra mulher.

"ele me BATEU! meu marido me BATEU!"

(MARIDO?)

"oh, pobrezinha dela, deixa eu te ajudar."

"obrigada."

"o que é que você vai fazer agora?"

"não sei. eu não tenho nenhum lugar pra ficar."

(puta mentirosa)

"bem, escuta, arruma um quarto pra passar a noite, aí quando ele for pro trabalho você pode voltar aqui."

"TRABALHO!", gritou ela, "TRABALHO! PORQUE AQUELE FILHO DA PUTA NUNCA TRABALHOU UM DIA EM TODA A SUA VIDA!!"

achei aquilo muito engraçado. achei aquilo tão engraçado que não conseguia parar de rir. tive que me virar e colocar minha cabeça debaixo do travesseiro de modo que Mary não pudesse me ouvir. quando finalmente parei de rir e puxei meu rosto pra fora do travesseiro e me levantei e olhei lá embaixo no hall, todos tinham ido embora.

ela apareceu de novo alguns dias depois e foi a mesma coisa de sempre, eu de cueca ficando azedo e Mary se vestindo elegantemente e se aprontando pra sair, tentando me mostrar o que é que eu iria perder.

"essa vez não vou voltar! já chega, de verdade! já chega! sinto muito, não consigo mais aguentar você. você está apenas completamente podre de ponta a ponta e não há mais nada a fazer."

"você é uma puta, você não é mais nada além de uma puta fodida..."

"claro que sou uma puta ou não estaria vivendo com você."

"hmmmmm, nunca pensei desse jeito."

"pois pense."

emborquei um copo de vinho. "desta vez eu vou ACOMPANHAR você até a porta, abrir e fechá-la EU MESMO e te dizer adeus. você está pronta querida?"

caminhei até a porta e fiquei ali de cueca, copo reabastecido de vinho na mão, esperando. "vamos vamos, não tenho a noite toda. vamos chegar logo ao ápice dessa porra, não é mesmo? Ummmmm?"

ela não gostou disso, saiu porta fora, voltou-se, ficou me encarando.

"bem, vamos, vamos logo, vai de uma vez pro meio da noite. talvez você consiga vender esse pedaço sifilítico por um pau e meio àquele ajudante de garçom com o dedão direito faltando e o rosto como uma máscara de borracha. vai fundo, querida."

comecei a fechar a porta e ela ergueu a bolsa por sobre a cabeça, "seu PODRE dum filho da puta!" eu vi a bolsa descendo e apenas fiquei ali com um sorrisinho tranquilo no meu rosto. já me meti em algumas brigas com uns caras da pesada; uma bolsa de mulher era a última coisa com a qual me preocuparia. ela veio. eu a senti. muito. ela tinha estufado a coisa e no canto da frente, a parte que me atingiu em cima da cabeça, tinha um frasco de creme de limpeza. foi como uma pedra.

"baby", disse. eu ainda sorria forçadamente e me segurava na maçaneta da porta, mas não podia me mexer, eu estava gélido. ela desceu a bolsa de novo.

"escuta, baby."

de novo.

"oh, baby."

as pernas começaram a ir. enquanto eu me dobrava lentamente para baixo ela seguiu descendo a alavanca sobre o topo da minha cabeça. e ela foi mesmo cada vez mais rápido, como se estivesse tentando rachar meu crânio. foi meu terceiro nocaute numa carreira relativamente marcante, mas o primeiro de uma mulher.

quando acordei a porta estava fechada e eu estava só. olhei ao redor e o assoalho estava três centímetros mais grosso com o meu sangue. por sorte o apartamento inteiro está coberto de linóleo. saí pingando do meio da coisa e me dirigi para a cozinha. eu tinha poupado uma garrafa de uísque para uma ocasião especial. essa era a ocasião. eu a abri e despejei um bocado sobre a minha cabeça, aí enchi um copo inteiro e bebi de uma só tacada. puta cadela tinha tentado me MATAR! inacreditável. pensei em entregá-la para a polícia, mas isso não ia adiantar. eles provavelmente iam achar isso emocionante e me jogar lá dentro também.

estávamos no quarto andar. eu tinha um pouco mais de uísque e caminhei até o armário. peguei os seus vestidos, sapatos, calças. combinações, sutiãs, chinelos, lencinhos, ligas elásticas, todo aquele lixo e o empilhei defronte à janela, um por um, bicando o meu uísque. havia um grande terreno baldio perto de uma pequena casa. o edifício fora construído junto a uma escavação, portanto nós estávamos na realidade a uns oito andares de altura. tentei alcançar os fios de eletricidade com as calcinhas, mas errei. daí me irritei e comecei a atirar coisas para fora sem fazer pontaria. sapatos e calcinhas e vestidos estavam por todo o lugar... nos arbustos, nas árvores, do outro lado ao longo da cerca ou simplesmente no chão do terreno. aí me senti melhor, comecei a trabalhar no uísque, encontrei um esfregão e enxuguei o lugar com ele.

de manhã minha cabeça realmente doía. não pude pentear o meu cabelo mas molhei-o para trás com as mãos. um enorme galo com sete centímetros de casca de ferida formou-se na minha cabeça. era por volta das 11:00. desci as escadas e cheguei no primeiro andar e fui até os fundos para juntar as roupas e as coisas. não tinha mais nada, não podia entender. havia um velho peidorrento trabalhando no quintal dos fundos da pequena casa, fuçando aqui e ali com uma trolha.

"escuta", perguntei ao velho peidorrento, "por acaso não viu umas roupas espalhadas por aí?"

"que espécie de roupas?"

"roupas de mulher."

"elas estavam por tudo aqui. mas juntei para o exército da salvação. telefonei pra eles virem buscá-las."

"eram as roupas da minha mulher."

"parecia como se alguém tivesse atirado elas."

"um engano."

"bem, ainda estou com elas dentro de uma caixa."

"você tem? escuta, será que eu posso ter elas de volta?"

o velho peidorrento entrou pra dentro da casa e voltou com a caixa. ele a entregou por cima da cerca pra mim. "obrigado", disse.

"tudo bem." ele virou-se, ficou de joelhos e enfiou a trolha no chão. levei as roupas de volta pra cima.

ela retornou àquela noite com Eddie e a Duquesa. trouxeram vinho. servi a todos. "o lugar parece realmente limpo", disse Eddie.

"escuta, Hank. não vamos brigar mais. já tô enjoada dessas brigas! e você sabe que eu te amo, amo mesmo", disse Mary.

"ééé."

a Duquesa sentou-se lá com o cabelo todo na cara, as meias todas rasgadas, e pequenas bolinhas de cuspe caindo no canto da boca. fiz menção em chegar nela. ela tinha aquele aspecto sexy e doentio. mandei Mary e Eddie saírem pra buscar mais vinho e no instante em que a porta fechou agarrei a Duquesa e atirei ela na cama. ela tava que era só ossos e pareceu muito dramática. a pobrezinha provavelmente não comia fazia duas semanas. botei ele pra dentro. não foi ruim. uma rapidinha. estávamos sentados na poltrona quando eles voltaram.

ficamos bebendo por mais uma outra hora quando a Duquesa olhou por cima e pra fora daquele cabelo e apontou aquele dedo ossudo e mortal para mim. houve uma pausa na conversação. o dedo continuou apontando para mim, aí ela disse "ele me estuprou enquanto vocês estavam fora batalhando o vinho."

"escuta Eddie, você não vai acreditar nisso vai?"

"é claro que vou acreditar."

"escuta, se você não pode confiar num amigo então te manda daqui!"

"a Duquesa não mente. se a Duquesa disse que você..."

"VÃO EMBORA DAQUI! SEUS FILHOS DA PUTA DE MERDA!"

me levantei e atirei um copo de vinho espatifando-o contra a parede do norte.

"eu também?"

"VOCÊ TAMBÉM!", apontei meu próprio dedo para ela.

"oh Hank, pensei que tínhamos acabado com tudo isso, tô tão cansada de brigas..."

eles se enfileiraram pra sair. Eddie na frente, depois a Duquesa, seguida pela Mary. a Duquesa continuava dizendo "ele me estuprou, tô dizendo que ele me estuprou, tô dizendo, ele me estuprou..." ela era maluca.

eles tinham recém atravessado a porta quando agarrei Mary pelo pulso.

"vem cá, cadela!"

puxei ela de volta pra dentro e botei a corrente na porta. aí agarrei-a e dei-lhe um beijo grande e sexy, esgaçando uma bochecha inteira da bunda dela com uma mão.

"oh, Hank..."

ela gostou.

"Hank, Hank, você não fodeu aquele monte de ossos, fodeu?"

não respondi. apenas continuei trabalhando nela. ouvi a sua bolsa cair no chão. uma das suas mãos foi às minhas bolas e apertou elas. eu tava me afundando, precisava de um descanso, de uma hora no mínimo.

"joguei todas as tuas roupas pela janela", disse.

"QUÊ?", a mão largou das minhas bolas, os olhos se abriram bem.

"mas saí e juntei tudo, deixa eu te contar como foi."

atravessei a sala e servi mais dois drinques. "você sabe que quase me matou, não sabe?"

"quê?"

"quer dizer que não se lembra?"

sentei-me com meu drinque numa cadeira e ela se aproximou e olhou pro alto da minha cabeça. "oh pobrezinho. deus, sinto muito."

ela inclinou-se para baixo e beijou aquela crosta sangrenta ternamente. aí me estiquei, me meti debaixo da saia dela e nos enredamos novamente. eu precisava de uns quarenta e cinco minutos. lá estávamos nós no meio da sala nos agarrando em meio à pobreza e copos quebrados. não haveria nenhuma briga aquela noite, nenhuma puta ou vagabundo em nenhum lugar. o amor vencera. e o linóleo limpo tossiu com as nossas sombras.

●

foi em Nova Orleans, no Bairro Francês. eu estava parado na calçada e olhava um bêbado encostado contra uma parede e o bêbado estava chorando, e o italiano estava lhe perguntando "você é francês?" e o francês respondia, "sim eu sou francês". e o italiano atingia-lhe duramente na cara, fazendo a cabeça dele bater contra a parede, e aí ele perguntava novamente ao francês, "você é francês?" e o francês dizia que sim, e o italiano* batia nele de novo, enquanto

---

* no original, frog (sapo), pejorativo de francês; e wop, pejorativo de italiano. (N.T.)

isso ia sempre dizendo, “eu sou teu amigo, eu sou teu amigo, só tô tentando te ajudar. será que você não entende isso?” e o francês dizia que sim e o italiano batia nele de novo. havia um outro italiano sentado num carro se barbeando com uma lanterna dependurada e brilhando no seu rosto. parecia um negócio muito estranho. lá estava ele sentado com creme de barbear pelo rosto inteiro e barbeando-se com sua longa navalha aberta. ele simplesmente ignorava a ação e ficava ali sentado barbeando-se na noite. até aí tudo bem, só que o francês CAIU da parede e cambaleou na direção do carro. o francês agarrou-se na porta do carro e disse “ socorro!” e o italiano bateu nele de novo. “sou seu amigo, sou seu AMIGO!” e o francês caiu contra o carro e sacudiu-o todo e o italiano ali dentro evidentemente se cortou e saltou do carro com todo aquele creme de barbear e o corte crescendo no seu rosto e dizendo “seu fia duma puta!” e começou a cortar a cara do francês e quando o francês ergueu as suas mãos para o alto ele saiu cortando as mãos. “seu fia da puta, seu porco fia duma puta!”

era minha segunda noite na cidade e muito difícil de segurar, portando fui pra dentro do bar e me sentei lá e o sujeito perto de mim voltou-se e me perguntou, “você é francês ou italiano?” e eu respondi, “na realidade nasci na China. meu pai era um missionário e foi morto por um tigre quando eu era muito pequeno”.

logo em seguida alguém atrás de mim começou a tocar um violino e aquilo me salvou de mais outras perguntas. eu trabalhava na minha cerveja. quando o violino parou alguém aproximou-se de mim pelo outro lado e se sentou. “meu nome é Sunderson. você tá com jeito de quem precisa de um emprego.”

“preciso de dinheiro. por trabalho não sou assim tão louco.”

“tudo que você tem a fazer é ficar sentado nessa cadeira mais algumas horas por noite.”

“o que é que eu levo?”

“dezoito paus por semana e mantenha as mãos longe da caixa registradora.”

“como é que você vai me impedir de fazer isso?”

"eu pago dezoito paus por semana pra outro cara tomar conta de você."

"você é francês?"

"Sunderson. escocês-inglês. parente distante de Winston Churchill."

"pensei que tinha alguma coisa de errado com você."

era um lugar onde os táxis dessa cia. de táxi chegavam pra pôr gasolina. eu bombeava a gasolina, pegava o dinheiro e jogava-o dentro da registradora. a maior parte da noite ficava sentado numa cadeira. o emprego foi bem nas 2 ou 3 primeiras noites. alguma discussão com os que queriam que eu trocasse os pneus pra eles. um rapaz italiano pegou o telefone e ficou reclamando pro chefe que eu não fazia nada, mas eu sabia por que estava lá – para proteger o dinheiro, o velho tinha me mostrado onde estava a arma, como usá-la e ter certeza que todos os taxistas pagassem por toda a gasolina e óleo que utilizassem. mas eu não tinha vontade de proteger o $$$$$$ por dezoito paus por semana e era aí onde o pensamento de Sunderson estava errado. eu mesmo teria tirado o dinheiro, mas os princípios morais eram todos fodidamente confusos: alguém tinha me contratado certa vez com a ideia maluca de que roubar era errado, e eu estava passando um mau bocado tentando superar meus preconceitos. enquanto isso, eu trabalhava neles, contra eles, com eles, vocês sabem.

lá por volta da quarta noite uma negrinha se parou na entrada da porta. ela apenas ficou ali parada sorrindo pra mim. nós devemos ter ficado olhando um para o outro por uns três minutos. "como vai?", perguntou. "me chamo Elsie."

"não tô indo muito bem. me chamo Hank."

ela entrou e encostou-se contra uma velha escrivaninha lá dentro. parecia estar com um vestidinho de menina, ela tinha um jeitinho de menina e uma graça no olhar, mas era uma mulher, palpitante, miraculosa e elétrica, num vestidinho marrom e limpo de menina. "posso comprar um refrigerante?"

"claro."

ela me deu o dinheiro e eu a observei abrir a tampa da caixa de refrigerantes e, com a mais séria deliberação, ela escolheu uma bebida. aí sentou-se num banco e eu fiquei olhando ela bebê-la todinha. as bolhinhas de ar flutuando pela luz elétrica, através da garrafa. olhei para o seu corpo, olhei pras suas pernas, fiquei cheio daquela ternura quente e marrom. era solitário dentro daquele lugar, apenas sentado lá naquela cadeira noite após noite por dezoitos dólares por semana.

entregou-me a garrafa vazia.

"obrigado."

"tudo bem."

"se importa se eu trouxer algumas das minhas amigas amanhã de noite?"

"se elas são qualquer coisa como você, gracinha, traz elas todas."

"elas são todas como eu."

"traz elas todas."

na próxima noite havia três ou quatro delas, falando e rindo e comprando e bebendo refrigerantes. jesus, quero dizer que elas eram doces, jovens, cheias daquela coisa, todas menininhas de cor, tudo era divertido e bonito, e eu quero dizer que era, elas me faziam sentir desse jeito. na próxima noite havia oito ou dez delas, na próxima treze ou catorze. começaram a trazer gim ou uísque e misturavam com os refrigerantes. eu trazia do meu mesmo. mas Elsie, a primeira, era a mais legal de todas. ela se sentava no meu colo e aí pulava e gritava, "ei, Jesus Cristo, você vai me enterrar os meus TESTINOS até o topo da minha cabeça com essa SUA VARA DE PESCAR!" ela se fazia de brava, realmente brava, e as outras meninas riam. e eu apenas ficava ali sentado confuso, rindo, mas num certo sentido estava feliz. elas eram demais pra mim, mas era um bom espetáculo. comecei a me soltar um pouco. quando um motorista buzinava, me levantava um pouco desconfiado, terminava o meu drinque, ia procurar a arma, entregava ela pra Elsie e dizia, "agora presta atenção Elsie gatinha, você vigia aquela maldita registradora pra mim, e se alguma menina fizer um movimento na sua direção, você vai em frente e faz um buraco na xoxota dela pra mim, tá legal?"

e eu deixava Elsie lá olhando para aquela enorme pistola. era um conjunto estranho, as duas juntas, podiam matar um homem, ou salvá-lo, dependendo do jeito que a coisa ia. a história do homem, da mulher e do mundo. e eu saía pra botar gasolina.

aí o taxista italiano, Pinelli, entrou certa noite para um refrigerante. eu gostava do seu nome, mas não gostava dele. ele era o cara que mais me aporrinhava por eu não trocar os pneus. eu não era realmente anti-italiano, mas era estranho que desde que havia chegado na cidade a Facção Italiana estava na vanguarda da minha miséria. mas eu sabia que era uma questão matemática, ao invés de uma coisa racial. em Frisco, uma velha italiana havia provavelmente salvado a minha vida. mas essa era uma outra história. Pinelli entrou como um cavalo. e eu disse um CAVALO. as meninas estavam espalhadas por todo o lugar, conversando e rindo. ele atravessou a sala e levantou a tampa da caixa de refrigerantes.

"PORRA, NÃO TEM MAIS NENHUM REFRIGERANTE E EU ESTOU COM SEDE! QUEM FOI QUE BEBEU TODOS OS REFRIGERANTES?"

"eu bebi", disse a ele.

foi um silêncio só. todas as meninas ficaram olhando. Elsie estava de pé bem do meu lado, cuidando ele. Pinelli era atraente se você não olhasse muito ou fundo demais. o nariz de gavião, o cabelo preto, o andar arrogante de oficial prussiano, as calças justas, a fúria de garoto.

"ESSAS GAROTAS BEBERAM TODOS AQUELES REFRIGERANTES, E ESSAS GAROTAS NÃO DEVERIAM ESTAR AQUI, ESSAS BEBIDAS SÃO PARA OS MOTORISTAS DE TÁXI SOMENTE!"

aí ele se aproximou de mim, ficou ali parado, mexendo as pernas como fazem as galinhas, alguns instantes, antes de cagar:

"VOCÊ SABE QUEM SÃO ESSAS GAROTAS, ESPERTINHO?"

"é claro, essas garotas são minhas amigas."

"NÃO, ESSAS GAROTAS SÃO PUTAS. EM TRÊS PUTEIROS DO OUTRO LADO DA RUA! É ISSO O QUE ELAS SÃO – PUTAS!"

nada foi dito. nós todos apenas ficamos ali sentados olhando para o italiano. pareceu como um longo olhar. aí ele se virou e saiu caminhando. o resto da noite foi dificilmente a mesma, fiquei preocupado com a Elsie. ela estava com a arma. fui até onde ela estava e peguei a arma.

"quase dei àquele filho da puta um umbigo novo", disse ela, "a mãe dele era uma puta!"

a próxima coisa que soube foi que o lugar estava vazio. sentei-me e tomei um longo drinque. aí me levantei e olhei para a caixa registradora. estava tudo lá.

pelas 5 da manhã o velho entrou.

"Bukowski."

"sim, sr. Sunderson?"

"tenho que mandar você embora." (palavras familiares)

"o que há de errado?"

"os rapazes dizem que você não está cuidando do lugar direito, o lugar anda cheio de putas e você comportando-se de uma maneira completamente irresponsável. elas com os peitos de fora e você chupando e lambendo e beijando de língua. é ISSO o que acontece por aqui de madrugada?"

"bem, não exatamente."

"bom eu vou ficar no seu lugar até encontrar um homem mais digno de confiança. vou ter que averiguar o que é que está acontecendo por aqui."

"tudo bem, é o seu circo, Sunderson."

acho que foi umas duas noites depois que eu estava saindo do bar e resolvi dar uma caminhada até o velho posto de gasolina. havia dois ou três carros de polícia ao redor.

enxerguei Marty, um dos motoristas de táxi com quem eu me dei bem. cheguei até ele:

"que que houve, Marty?"

"esfaquearam Sunderson, e atiraram num dos taxistas com a arma de Sunderson."

"jesus, exatamente como no cinema. o taxista em que eles atiraram era o Pinelli?"

"há hã, como é que você sabe?"

"acertaram na barriga?"

"é, é, como é que você sabe?"

eu estava bêbado. saí dali e caminhei de volta para o meu quarto. era lua cheia em Nova Orleans. continuei andando em direção ao meu quarto e logo as lágrimas correram, um grande banho de lágrimas sob o luar. e então elas cessaram e eu podia sentir a água das lágrimas secando no meu rosto, esticando a pele. quando cheguei no meu quarto não me incomodei com a luz, tirei os sapatos e caí de costas na cama sem Elsie, minha bela e negra prostituta, e então dormi, dormi com a tristeza de todas as coisas e quando acordei fiquei imaginando como seria a próxima cidade, o próximo emprego. levantei-me, calcei os sapatos e as meias e saí pra uma garrafa de vinho. as ruas não pareciam muito bem, elas raramente pareciam. era uma estrutura planejada por ratos e homens e você tinha que viver nela e morrer nela. mas como um amigo meu uma vez me disse, "nunca nada lhe foi prometido, você não assinou nenhum contrato". e entrei na loja pra comprar meu vinho.

o filho da puta inclinou-se só um pouco pra frente, esperando por suas moedas imundas.

●

rabiscando em caixas de camisa durante dois dias de porre:

quando o Amor se transforma num comando, o Ódio pode transformar-se num prazer.

●

se você não jogar, jamais irá vencer.

•

pensamentos bonitos e mulheres bonitas jamais perduram.

•

você pode enjaular um tigre, mas jamais terá certeza que ele está domado. com os homens a coisa é mais fácil.

•

se você quiser saber onde Deus está, pergunte a um bêbado.

•

não existem anjos em trincheiras.

•

nenhuma dor significa o fim da sensibilidade; cada uma de nossas alegrias é uma barganha com o diabo.

•

a diferença entre a Arte e a Vida é que a Arte é mais suportável.

•

prefiro ouvir sobre um vagabundo americano vivo do que sobre um Deus grego morto.

•

não existe nada tão chato quanto a verdade.

•

o indivíduo bem-equilibrado é insano.

•

quase todo mundo nasce gênio e é enterrado imbecil.

•

um homem corajoso carece de imaginação. A covardia é geralmente causada pela falta de dieta adequada.

•

relação sexual é chutar a morte no cu e cantar ao mesmo tempo.

•

quando os homens controlarem os governos, os homens não terão mais necessidade de governos; até lá nós estamos fodidos.

•

um intelectual é um homem que diz uma coisa simples de uma maneira difícil; um artista é um homem que diz uma coisa difícil de uma maneira simples.

•

toda vez que vou a um funeral me sinto como se tivesse comido germe de trigo estufado.

•

torneiras pingando, arroubos de paixão, pneus furados – todos são mais tristes que a morte.

•

se você quer saber quem são os seus amigos, arranje uma sentença de prisão.

•

hospitais são onde eles tentam matar você sem explicar por quê. A fria e calculista crueldade do Hospital Americano não é causada por médicos que estão sobrecarregados de serviços e que estão habituados e entediados com a morte. é causada por médicos QUE GANHAM DEMAIS PRA FAZER TÃO POUCO e que são admirados pelos ignorantes como feiticeiros que curam, quando na maior parte do tempo não sabem diferenciar seus próprios cabelos do cu de barbas de milho.

•

antes que um diário local exponha um mal, ele segue o seu próprio curso.

•

fim das caixas de camisa.

•

bem, aqui está a sua história de natal, crianças – aproximem-se:
"ah", disse meu amigo Lou, "acho que peguei."
"ah, é?"
"é."
servi outro copo de vinho.
"nós trabalhamos juntos", prosseguiu ele.
"é claro."
"agora, você é um bom conversador, você conta um monte de histórias interessantes. não interessa se elas são verdadeiras ou não."

"elas são verdadeiras."

"quer dizer, isso não interessa, agora escuta, olha o que nós vamos fazer. tem um bar de classe no fim da rua, você conhece ele – o Molino's. agora você entra lá e tudo o que você precisa é dinheiro para o primeiro drinque. a gente divide isso. aí você se senta e vai mamando o seu drinque e olha ao redor e procura por um sujeito olhando um cardápio. eles têm uns bem gordos lá dentro. você descobre o cara e se aproxima dele. use algum pretexto. você se senta perto dele e começa a ligar o cara. inventa qualquer merda. ele vai gostar. você tem até um vocabulário quando fica alto. certa noite você chegou até a sustentar pra mim que era um cirurgião. me explicou uma operação completa do mesocólon. tudo bem. aí ele irá lhe pagar drinques o resto da noite, ele vai beber a noite toda. mantém ele bebendo.

"aí, quando chegar a hora de fechar, você leva ele pro oeste perto da rua Alvarado, dirige ele pro oeste passando o beco. diz pra ele que você vai lhe arranjar uma bucetinha gostosa, diz isso pra ele, mas dirige ele pro oeste. eu vou ficar esperando no beco com isso."

Lou esticou-se para trás da porta e saiu com um bastão de beisebol. era um baita bastão, acho que tinha no mínimo um quilo e trezentos.

"jesus cristo, Lou, você vai matar ele!"

"não, NÃO, você não pode matar um bêbado, você sabe disso! talvez se ele estivesse sóbrio eu o matasse, mas bêbado só irá nocauteá-lo. nós pegamos a carteira e rachamos."

"e a última coisa que irá lembrar", disse, "é estar caminhando comigo."

"é verdade."

"quer dizer, irá se LEMBRAR de mim, talvez descer o bastão seja uma maneira melhor de terminar o negócio."

"*eu* tenho que descer o bastão, é a única maneira que nós temos de levar a coisa, uma vez que não possuo a sua capacidade de dizer besteira."

"não é besteira."

"então você ERA um cirurgião, quer dizer –"

"esquece, mas vamos colocar as coisas desse jeito – não posso fazer esse tipo de coisa, malhar um otário, porque na essência eu sou um sujeito bom, não sou esse cara que você pensa que eu sou."

"você não é nenhum cara bom. você é o pior filho da puta que já conheci. é por isso que eu gosto de você. tá a fim de brigar agora? eu tô a fim de brigar com você. você dá o primeiro soco. quando eu estava nas minas uma vez briguei com um cara com uma picareta. ele quebrou o meu braço no primeiro movimento, pensaram que ele tinha me pegado. ganhei dele com um braço. ele nunca mais foi o mesmo depois daquela briga. ficou meio bobo, falava pelo canto da boca continuadamente, não dizia coisa com coisa. você dá o primeiro soco."

e ergueu aquela cabeça achatada de crocodilo na minha direção.

"não, você dá o primeiro soco". disse a ele. "VAMO' LÁ, Ô MÃE!"

e ele foi. me acertou pelas costas por cima da cadeira. eu me levantei e dei-lhe uma no estômago. o próximo me atirou contra a pia dele. um prato caiu no chão e quebrou. agarrei uma garrafa de vinho vazia e joguei na cabeça dele. ele desviou e ela se espatifou no chão. aí a porta se abriu. era a figura da nossa jovem e loira proprietária, atraente, jovem. foi tão confuso. nós dois ficamos ali parados olhando pra ela.

"já chega", disse ela.

aí ela se voltou pra mim, "vi você a noite passada".

"você não me viu a noite passada."

"vi você no terreno baldio do lado."

"eu não estive lá."

"você esteve lá, você simplesmente não se lembra. você estava lá bêbado, eu vi você no clarão da lua."

"tudo bem, e daí?"

"você estava mijando. vi você mijando ao luar no centro daquele terreno baldio."

"isso não parece ser eu."

"era você. você faz isso mais uma vez e está no olho da rua. não podemos permitir isso aqui."

"baby", disse Lou, "eu te amo, oh, eu te amo tanto, só me deixa ir pra cama com você uma vez e cortarei os meus dois braços, juro!"

"cale-se, seu bêbado estúpido."

ela fechou a porta e nós nos sentamos e nos servimos de vinho.

encontrei um. um bem gordão. eu tinha sido despedido por estultices gordas como essa a minha vida inteira. de subempregos tolos e inúteis. ia ser bom. segui falando. não sabia bem sobre o que que eu estava falando. o que eu quero dizer é que eu apenas sentia que a minha boca estava se movendo, mas ele estava escutando e rindo e balançando a cabeça e comprando bebidas. ele tinha um relógio de pulso, uma mão cheia de anéis, uma estúpida carteira recheada. era trabalho duro, mas os drinques o tornaram fácil. contei-lhe algumas histórias sobre prisões, sobre gangues de ferrovia, sobre puteiros. ele gostou das dos puteiros. contei a ele sobre um sujeito que entrava nu numa banheira, ficava esperando por mais ou menos uma hora enquanto a puta tomava um superlaxante, e então a puta vinha e chovia merda em cima dele todo e ele subia as paredes.

"ah, não. SÉRIO?"

"é sim, sério."

aí contei-lhe sobre um sujeito que vinha a cada duas semanas e ele pagava bem. tudo que queria era uma puta no quarto com ele. ambos tiravam as suas roupas e jogavam cartas e falavam. apenas ficavam ali sentados. depois de duas horas ele se vestia, dizia adeus, e ia embora. nunca tocava na puta.

"puta que pariu", dizia ele.

"é isso aí."

decidi que não me importaria que o bastão preguiçoso do Lou batesse um homer* naquele crânio. que gordo babaca. que monte

* homer, lance de beisebol. (N.T.)

inútil de merda que chupava a vida do seu companheiro e de si mesmo. ele sentava-se lá ponderadamente majestoso, com nada além de um jeito de tornar as coisas mais fáceis numa sociedade insana.

"você gosta de meninas?", perguntei a ele.

"mas é claro, claro, claro!"

"vamos dizer ao redor dos quinze aninhos."

"ah, meu jesus, mas é claro que sim."

"tem uma chegando no expresso das três da manhã de Chicago. ela vai estar no meu ap. pelas 2:10 da manhã. é saudável, quente e inteligente. agora eu tô correndo um grande risco. eu tô pedindo dez paus adiantado e dez depois que você terminar. tá caro demais?"

"oh não, tá legal." ele meteu a mão no bolso e saiu com uma das imundas de dez.

"tudo bem, quando esse lugar fechar você vem comigo."

"certo, certo."

"bom, e ela tem essas esporas de prata com rubis entalhados, ela pode colocá-las e esporear as suas coxas enquanto você manda brasa. que que você acha disso? mas isso vai lhe custar cinco dólares extra."

"não, prefiro sem as esporas", disse ele.

2 da manhã. finalmente consegui e comecei a caminhar com ele pra lá, na direção do beco. talvez Lou nem estivesse lá. talvez o vinho o tivesse pegado ou ele simplesmente recuara. uma porrada daquelas podia matar um homem, ou deixá-lo bobo pro resto da vida. fomos cambaleando sob o clarão da lua, não tinha ninguém por perto, ninguém nas ruas.

ia ser fácil.

cruzamos o beco. Lou estava lá.

mas o gorducho o enxergou. ele levantou um braço e abaixou a cabeça

enquanto Lou descia o bastão e me acertava bem atrás da orelha.

caí naquele beco cheios de ratos (pensando apenas num flash: fiquei com os dez, eu fiquei com os dez), caí no beco cheio de camisinhas usadas, pedaços de jornais velhos, modes perdidos, unhas, paus de fósforos, caixas de fósforos, vermes secos, caí naquele beco de empregos úmidos e ventosos e sombras sádicas e molhadas, de gatos famintos, ladrões, bixas – chegou até mim então – a sorte e o meio era meu:

os humildes serão os herdeiros da terra.

quase não ouvi o gorducho fugindo, senti o Lou alcançando minha carteira. aí então eu apaguei.

●

ele era um bastardo muito rico num banho a vapor, chorando. tinha todas as gravações de J. S. Bach e ainda assim não estava adiantando nada. possuía vitrais nas janelas da sua casa mais uma foto de uma freira mijando. ainda assim: nada. certa vez teve um motorista de táxi assassinado com a lua cheia no Deserto de Nevada enquanto observava. aquilo passou em 30 minutos. amarrava cães em cruzes e queimava os seus olhos com charutos. coisa antiga. tinha fodido tantas mulheres jovens e finas e de pernas douradas que isso já não era mais bom.

nada.

tinha cheiros exóticos queimando enquanto se banhava, jogava bebidas na cara do criado.

um bastardo rico, uma pasta insidiosa era o que ele era. um verme e velho e realmente repugnante. um cuspe no culhão das rosas.

ele continuava chorando ali em cima da mesa enquanto eu fumava um dos seus charutos.

"me ajude, oh JESUS, me ajude!", gritava.

já era tempo. "espere um minuto", disse a ele.

fui até o armário e apanhei o cinto e então ele curvou-se sobre a mesa, toda aquela massa branca e informe, aquele cu nojento e cabeludo, e eu girei e castiguei com força a fivela do cinto em cima dele repetidas vezes:

ZAP! ZAP!

ZAP! ZAP! ZAP!

caiu da mesa como um siri atrás de água. rastejou pelo chão e eu o segui com a fivela.

ZAP!

ZAP!

ZAP!

enquanto ele gritava de novo duas ou três vezes mais eu me inclinei para baixo e queimei ele com o charuto. aí então ele se prostrou, sorrindo.

caminhei até a cozinha, onde seu advogado sentava tomando café.

"terminou?"

"hã hãn."

ele tirou cinco de dez, jogou-as ao longo da mesa. servi-me de café e sentei. o charuto ainda estava na minha mão. joguei ele na pia.

"jesus", disse eu, "Jesus Cristo."

"é", disse o advogado, "o último cara durou apenas um mês." ficamos ali bebericando o café. era uma bela cozinha.

"volte na próxima quarta-feira", disse.

"por que que você não faz isso por mim?", perguntei.

"EU? eu sou muito sensível!"

nós dois rimos e eu coloquei cubos de açúcar no café.

●

ele vinha descendo pela calha da lavanderia e, quando escorregava para fora, Maxfield atingiu-o com um machado de mão, quebrando-lhe o pescoço. nós vasculhamos os seus bolsos. pegamos o homem errado. "ah, merda", disse Maxfield. "ah, merda", disse eu.

fui lá em cima e telefonei.

"o rato roeu a roupa do rei errado", eu disse.

"mata o maldito viado", disse Steinfelt.

"fantasmas", falei, "fantasmas lá embaixo vigiam."

"te fode", disse Steinfelt. desligou.

enquanto eu caminhava lá pra baixo, Maxfield estava descendo sobre o cadáver.

"sempre suspeitei de você", eu disse a ele.

"viado viado ressurge", ele ergueu sua boca para falar.

"o que é que AQUILO tem a ver com isso?", perguntei.

"gluub", disse ele.

me sentei em cima de uma máquina de lavar desativada. "escuta, se vamos ter um mundo melhor", eu disse a ele, "não teremos que lutar nas ruas, vamos ter que lutar é com as nossas mentes. também, se nossas mulheres não podem manter as unhas dos pés limpas é certo que elas não podem manter suas xoxotas limpas. antes de você beliscar a bunda de uma mulher, peça a ela pra tirar as botas."

"gluub", disse ele. levantou-se satisfeito e removeu os globos oculares do cadáver. com seu canivete. suástica no cabo. parecia como o Celine da melhor fase. engoliu os globos oculares.

ambos sentamos e esperamos.

"você leu *Resistência, Rebelião e Morte?*"*

"receio que sim."

"o maior perigo implica a maior esperança."

"tem um cigarro?", perguntei.

"claro", disse ele.

assim que eu tive a coisa bem acesa eu me estiquei e pressionei a brasa vermelha contra o seu pulso peludo.

"oh, merda", disse ele. "oh, VÊ se para com isso!"

"você tem sorte que não pressionei a coisa na tua bunda peluda."

"eu gostaria de ser assim tão sortudo."

"tira a roupa."

ele me ouviu.

"separa as bochechas."

---

* "Resistance, Rebellion and Death", livro publicado em 1961, nos Estados Unidos, e que inclui ensaios políticos de Camus.

"eu juro obediência", disse ele, "ao..."

a sherazade de Rimsky-Korsakov apareceu no alto-falante e eu soquei, não, eu enfiei a ponta vermelha pra dentro.

"jesus", disse ele.

eu mantive ela lá dentro. "por que é que eles atacaram de surpresa o Hulabalu?"

"jesus", disse ele.

"eu te fiz uma pergunta! por quê?"

"eles atacaram", disse ele, "eles atacaram porque eles atacaram. eu sou uma criança comparado à minha ignorância!"

"vamos chegar ao fundo dessa coisa", sugeri, colocando a ponta em brasa toda pra dentro.

COCKTAILS*

"jesus", disse ele, "oh, doce jesus!"

"quase todo homem conhece a exatidão da sua imbecilidade, mas quem é capaz de viver o doce e breve esplendor do seu gênio judaico e evanescente?"

"só VOCÊ, Charles Bukowski!"

"você é um homem brilhante, Maxfield", eu retirei o cigarro, xerei ele, quer dizer, cheirei ele e o joguei pra longe.

"prum cu de gato, até que você é realmente surpreendente, baby", disse-lhe. "sente-se."

"de fato", disse ele.

eu me sentei.

"agora, realmente", disse a ele, "é fácil compreender Camus se você me acompanhar. um córrego, um bodoque, uma sextilha, como aquela.** um escritor brilhante sim, mas ele se enganava."

---

* desmembrando a palavra cocktail, temos cock, que também significa pau, pênis, e tail, que significa cauda, rabo. (N.T.)

** tradução completamente livre do original: "a brukk, a banko, a sestina – vik, like that". (N.T.)

"que diabo de porra que você está falando?", perguntou ele.

"eu me refiro às cartas à COMBAT. eu me refiro aos discursos proferidos na L'Amitié Francaise. eu me refiro às afirmações feitas no Monastério Dominicano de Latour-Maubourg em 1948. eu me refiro à réplica a Gabriel Marcel. eu me refiro ao discurso pronunciado no Labor Exchange de Saint-Etienne em 10 de maio de 1958. eu me refiro ao discurso proferido em 7 de dezembro de 1955 num banquete em homenagem ao Presidente Eduardo Santos, editor do II Tiempo, expulso da Colômbia pela ditadura. eu me refiro à carta a M. Aziz Kessous. eu me refiro à entrevista em Demain, divulgada entre 24 e 30 de outubro de 1957."

"eu quero dizer, enganado, se aproveitaram da sua posição; eu quero dizer, sacaneado. ele morreu num carro que ele não estava mais dirigindo. é muito legal ser um bom sujeito e ingressar na esfera dos negócios humanos; outra coisa é ver um merdinha como você censurando os grandes mortos dos negócios humanos. os grandes transformam-se em grandes alvos para homens pequenos – homens pequenos com rifles, máquinas de escrever, notas apócrifas debaixo da porta, distintivos, cacetetes, cães, essas coisas do trabalho de homens pequenos."

"por que é que você não vai se foder?", eu perguntei a ele.

"cóleras triviais bem como bucetas triviais desaparecerão à luz do sol de outubro", disse-me ele.

"soa bem. e quanto às OUTRAS espécies?"

"a mesma coisa."

"jesus", disse eu. "jesus."

"sinceramente", disse ele, colocando a sua cabeça. não a sua mão*, sobre o meu joelho. "eu realmente não sei lhe dizer por que eles atacaram de surpresa o Hulabalu."

"Camus teria podido?", perguntei.

"o quê?"

"ter atacado o Hulabalu de surpresa."

"é claro que não!"

---

* trocadilho que se perde com a tradução das palavras head e hand. (N.T.)

“será que ele teria uma opinião sobre isso?”, perguntei.

“é claro que sim!”

ambos permanecemos em silêncio por um longo tempo.

“o que vamos fazer com esse cadáver?”, perguntei.

“eu já fiz”, disse Maxfield.

“eu quero dizer, AGORA.”

“agora é sua vez.”

“esquece.”

ambos permanecemos em silêncio e olhamos o cadáver.

“por que é que você não liga pro Steinfelt?”, perguntou Maxfield.

“‘por que não’?”

“é. ‘por que não’?”

“você sem dúvida me deixa nervoso.”

fui até lá em cima e tirei o telefone do suporte. todos os outros telefones na América descansam num pedestal, todos substituídos, sem mais suportes – aqui essa coisa fodida dependurada num suporte como uma baita xonga de negro. eu o peguei, coloquei-o na minha mão. Estava suando, é claro. e lambuzado de spaghetti seco, ou seja lá como se escreve isso – vermes secos que tinham perdido a última corrida.

“Steinfelt”, eu disse.

“quem venceu o 9º?”, perguntou ele.

“harness ou Del Mar?”

“harness.”

“jonboy Star entrou nos 5 mais cotados. correu na 6ª em Spokane com Asphr montando, ficou na 8ª, a 6 por 2 e meio, mudou para Jack Williams. de manhã alinhou na 4. abriu a 7 por 2. no último minuto baixou pra 2 por um. ganhou fácil.”

“de quem que você iria?”

“Smoke Concert.”

“mas então que porra que tá acontecendo?”, perguntou ele.

“o rato roeu a roupa do rei errado.”

“mata o maldito viado”, Steinfelt disse.

"fantasmas", falei. "fantasmas lá embaixo vigiam. máxima vigilância."

"vá se foder outra vez", disse Steinfelt.

ele desligou.

e eu, eu caminhei de volta pra lá, eu, eu, eu fui. se fui, córrego, bodoque e sextilha como aquela. Fanfarra de Copeland para o Homem Comum tocava no alto-falante. Maxfield estava novamente deitado sobre o cadáver infestado de bichos.

eu o observei. eu o observei por um instante.

"meu amigo", eu lhe disse, "nosso trabalho não é fácil e nossos destinos são incompletos. pense na África, pense no Vietnã, pense em Watts, Detroit; pense em Boston Red Sox e no museu do estado, quer dizer, condado de L. A. pense em qualquer coisa. pense no quanto você parece mal no espelho da vida."

"bluub", disse Maxfield.

a Decadência e a Queda do Ocidente foram antes de mim. apenas me dê mais dez anos, mais dez anos. prezado Spengler. Oswald? OSWALD???? Oswald Spengler.

atravessei a sala, sentei em cima da máquina de lavar e esperei.

•

sente-se, Stirkoff.

obrigado, senhor.

espiche as pernas.

muito gentil da sua parte, senhor.

Stirkoff, eu compreendo que você anda escrevendo artigos sobre a justiça, a igualdade; também sobre o direito à felicidade e à sobrevivência. Stirkoff?

sim, senhor?

você acha que existirá algum dia uma justiça soberana e sensível no mundo?

na realidade não, senhor.

então por que você escreve essa merda? você não está se sentindo bem?

eu venho me sentindo meio estranho ultimamente, senhor, quase como se estivesse ficando louco.

você anda bebendo muito, Stirkoff?

é claro, senhor.

e você se masturba?

constantemente, senhor.

como?

eu não compreendo, senhor.

eu me refiro a como você faz a coisa.

quatro ou cinco ovos crus e meio quilo de hambúrguer num vaso de flores de gargalo estreito ouvindo Vaughn Williams ou Darius Milhaud.

vidro?

não, bunda, senhor.*

eu me refiro ao vaso, é de vidro?

é claro que não, senhor.

você alguma vez já foi casado?

muitas vezes, senhor.

o que aconteceu de errado?

tudo, senhor.

qual foi a melhor trepada da sua vida?

quatro ou cinco ovos crus e meio quilo de hambúrguer num...

tudo bem, tudo bem!

mas é verdade.

você se dá conta que o seu desejo ardente de justiça e de um mundo melhor é apenas uma fachada para ocultar a decadência e a vergonha e o fracasso que residem dentro de você?

hã hã.

você teve um pai depravado?

eu não sei, senhor.

o que que você quer dizer com você não sabe?

---

* no original: "glass?" "no, ass, sir"; jogo com as palavras glass, vidro e ass, bunda. (N.T.)

quero dizer que é difícil de comparar. o senhor vê, eu só tive um.

tá tentando bancar o esperto comigo, Stirkoff?

oh não, senhor; como o senhor disse, a justiça é impossível.

seu pai batia em você?

eles se revezavam.

pensei que você tinha apenas um pai.

todo homem tem. o que eu quero dizer é que a minha mãe dava as dela.

ela amava você?

somente como uma extensão de si mesma.

o que mais pode ser o amor?

o senso comum de querer muito alguma coisa muito boa. não se precisa estar relacionado por laços de sangue. pode ser uma bola de praia vermelha ou uma fatia de torrada com manteiga.

você está querendo dizer que você pode AMAR uma fatia de torrada com manteiga?

somente algumas, senhor. em determinadas manhãs. sob determinados raios de sol. o amor chega e vai embora sem avisar.

é possível amar um ser humano?

é claro, especialmente se você não os conhece muito bem. eu gosto de olhar para eles através da minha janela, caminhando na rua.

Stirkoff, você é um covarde?

é claro, senhor.

qual é a sua definição de covarde?

um homem que pensaria duas vezes antes de lutar com um leão com as mãos nuas.

e qual é a sua definição de um homem corajoso?

um homem que não sabe o que é um leão.

qualquer homem sabe o que é um leão.

qualquer homem pensa que sabe.

e qual é a sua definição de um tolo?

um homem que não se dá conta que o Tempo, a Estrutura e a Carne em sua maior parte se desgastam.

então quem é que é sábio?

não existe nenhum sábio, senhor.

então não pode haver nenhum tolo. se não existe noite não pode existir dia; se não existe branco não pode existir preto.

sinto muito, senhor. eu pensava que tudo era o que era, não dependendo de qualquer outra coisa.

você andou metendo o seu pau em vasos de flores demais. será que você não compreende que TUDO está certo, que nada pode andar errado?

eu compreendo, senhor, que o que acontece, acontece.

o que é que você diria se eu tivesse que mandar decapitá-lo?

eu não seria capaz de dizer coisa alguma, senhor.

eu quis dizer que se eu quisesse mandar decapitar você eu permaneceria à Vontade e você se transformaria em Nada.

eu me transformaria em outra coisa.

à minha ESCOLHA.

de acordo com ambas as nossas escolhas, senhor.

relaxe! relaxe! espiche as pernas!

muito gentil da sua parte, senhor.

não, muito gentil de ambas as partes.

naturalmente, senhor.

você diz que frequentemente sente essa loucura. o que é que você faz quando ela se apodera de você?

escrevo poesia.

a poesia é loucura?

não poesia é loucura.

o que é loucura?

loucura é feiura.

o que é feio?

para cada homem, uma coisa diferente.

a feiura é conveniente?

ela esta aí.

ela é conveniente?

eu não sei, senhor.

você aspira ao conhecimento. o que é conhecimento?
conhecer o mínimo possível.
como é que pode ser isso?
eu não sei, senhor.
você pode construir uma ponte?
não, senhor.
você pode fabricar uma arma?
não, senhor.
estas coisas são produtos do conhecimento.
estas coisas são pontes e armas.
eu vou mandar decapitá-lo.
obrigado, senhor.
por quê?
o senhor é a minha motivação quando eu tenho muito pouca.
eu sou a Justiça.
talvez.
eu sou o Vencedor. eu vou fazer que você seja torturado, eu vou fazer você gritar. eu farei você desejar a Morte.
naturalmente, senhor.
será que você não se dá conta que eu sou o seu senhor?
o senhor é o meu manipulador; mas não há nada que o senhor possa fazer a mim que não possa ser feito.
você pensa que fala inteligentemente, mas com os seus gritos você não dirá nada inteligente.
eu duvido, senhor.
por falar nisso, como é que você pode escutar Vaughn Williams e Darius Mihaud? nunca ouviu falar nos Beatles?
oh, senhor, todo mundo já ouviu falar dos Beatles.
você não gosta deles?
eu não desgosto deles.
você desgosta de algum cantor?
cantores não podem ser desgostados.
então, qualquer pessoa que tenta cantar?
Frank Sinatra.

por quê?

ele evoca uma sociedade doente para uma sociedade doente.

você lê algum jornal?

apenas um.

qual?

OPEN CITY.

GUARDA! LEVE ESTE HOMEM PARA AS CÂMARAS DE TORTURA IMEDIATAMENTE E DEEM INÍCIO AOS PROCEDIMENTOS!

senhor, um último pedido.

sim.

posso levar meu vaso de flores comigo?

não, eu vou usar ele.

senhor?

quer dizer, eu vou confiscá-lo. agora, guarda, leve esse idiota daqui!

e, guarda, volte com, volte com...

sim, senhor?

uma meia dúzia de ovos crus e alguns quilos de alcatra moída...

saem o guarda e o prisioneiro. o rei inclina-se para a frente, sorri maliciosamente enquanto Vaughn Williams vai se insinuando pelo sistema de comunicação. lá fora, o mundo movimenta-se para frente enquanto um cão infestado de pulgas mija num lindo limoeiro vibrando sob o sol.

●

Miriam e eu tínhamos um pequeno casebre no centro, não de todo ruim, eu plantara uma fileira de ervilhas-de-cheiro na frente, mais tulipas em toda a volta. o aluguel era quase nada e ninguém lhe incomodava durante as bebedeiras. você tinha que descobrir o proprietário pra pagar o aluguel e se você estava uma ou duas semanas atrasado ele dizia "tudo bem, não tem problema", ele era dono de uma venda de automóvel e oficina e tinha todo o dinheiro que precisava. "só não dê o dinheiro para a minha mulher, ela é alcoólatra e estou tentando diminuir um pouco a velocidade dela."

parecia uma época tranquila. Miriam estava trabalhando. e datilografava para alguma grande companhia de móveis. eu era incapaz de levá-la até o ônibus de manhã quando eu tava de ressaca, mas eu e o cachorro estávamos sempre esperando por ela na parada de ônibus quando ela chegava do serviço. tínhamos um carro mas ela não conseguia ligar a coisa, e eu é que saía ganhando com isso. eu acordava pelas 10:30, me arrumava, tranquilamente, checava as flores, tomava um café, depois uma cerveja, depois saía e ficava parado no sol e coçava a barriga, depois brincava com o cachorro, um enorme monstrengo, maior que eu, e ficando cansado daquilo entrávamos e eu lentamente dava uma ajeitada no lugar, de leve, fazia a cama, recolhia as garrafas, lavava os pratos; mais uma cerveja, checava o refrigerador para me certificar que havia alguma coisa para o jantar dela. a essas tantas já era hora de ligar o carro e esticar até o hipódromo. eu conseguia voltar bem a tempo de recebê-la na parada de ônibus. sim, estava ficando bom, e nunca tendo tido muito jeito pra gigolô eu estava gostando, mesmo admitindo que não era exatamente Monte Carlo, e além de ser o amante eu tinha que lavar os pratos e fazer outras tarefas degradantes.

eu sentia que não ia durar, mas enquanto isso eu estava me sentindo melhor, com um aspecto melhor, falando melhor, caminhando melhor, sentando melhor, dormindo melhor, fodendo como nunca acontecera antes.

aí então aconteceu que eu tive que conhecer a mulher da frente, a que morava na casa grande da frente. eu ficava sentado nos degraus bebendo cerveja e jogando a bola pro cachorro e ela saía e esticava lençol na grama e tomava banho de sol. ela tinha um biquíni, apenas algumas tiras de fazenda. "oi", eu dizia. "oi", dizia ela. continuou assim por algumas semanas. sem muita conversa. eu, eu tinha que tomar cuidado. havia vizinhos em todo lugar e Miriam conhecia todos eles. mas essa mulher tinha um CORPO, cavalheiros, de vez em quando a natureza ou deus ou alguma coisa decide criar UM CORPO, apenas UM pra variar. é você olhar para a maioria dos corpos, você descobrirá que as pernas são curtas demais ou compridas demais, ou então são os braços; ou o pescoço é grosso demais ou magro demais, ou as costelas são altas demais ou baixas demais, e o mais importante – a bunda. a bunda quase sempre está fora de ordem, uma decepção: grande demais, chata demais, redonda demais, ou nem redonda é, ou está suspensa como uma parte separada, alguma coisa que enfiaram ali quando já era tarde demais.

a bunda é a cara da alma do sexo.

a mulher tinha uma bunda pra ir com todo o resto. gradativamente descobri que o nome dela era Renie e que ela fazia *strip-tease* num dos pequenos clubes da av. Western. mas a cara dela lembrava Los Angeles, rígida, a rigidez do mundo. você tinha a sensação que ela fora enganada algumas vezes, trepada e usada pelos garotos ricos quando era um pouco mais jovem, e agora ela mantinha a guarda em riste e fodia você, irmão, eu vou ter que levar o meu.

uma certa manhã ela me disse, "vou ter que tomar banho de sol nos fundos agora. aquele velho filho duma puta da casa ao lado se aproximou de mim um dia quando eu estava lá fora na frente e me beliscou, ele me bolinou!"

"é mesmo?"

"é, aquele velho caquético, ele deve estar com uns setenta anos e me bolinou. ele tem dinheiro, ele que fique com o dinheiro dele. tem um sujeito que leva a sua mulher lá todos os dias. ele deixa o velho ter ela todos os dias, eles ficam por ali deitados e bebem e fodem, e depois o marido vem e busca sua mulher ao entardecer. eles pensam que ele vai morrer e deixar o dinheiro pra ela. as pessoas me dão nojo. agora, lá onde eu trabalho, o cara que dirige o lugar, um italiano enorme de gordo, Gregário, vem e me diz, 'baby, você trabalha pra mim, você tem que ir até o fim, no palco e fora do palco'. eu digo pra ele, 'olha George, eu sou uma Artista, você não gosta do meu número do jeito que ele é, eu me demito!' chamei um amigo meu, empacotamos todas aquelas roupas pra fora de lá e nem bem cheguei em casa o telefone começou a tocar. era Gregário. ele diz, 'olha, doçura, eu tenho que ter você de volta! o lugar não é o mesmo, o lugar está morto. todos estavam perguntando por você hoje à noite. por favor, volte, baby, eu respeito você como uma Artista e uma dama, você é uma grande dama!'"

"tá a fim de uma cerveja?", perguntei-lhe.

"é claro."

fui pra dentro e peguei algumas cervejas e Renie subiu os degraus do pórtico e nós bebemos.

"o que é que você faz?", perguntou ela.

"exatamente nada nesse momento."

"você tem uma bela namorada."

"ela é legal."

"o que é que você fazia antes de não fazer nada?"

"só trabalhos ruins. nada que valha a pena falar."

"eu falei com Miriam. ela diz que você pinta e escreve, você é um artista."

"raramente sou artista; na maior parte das outras vezes eu não sou nada."

"gostaria que você visse o meu número."

"não gosto de boates."

"tenho um palco no meu quarto."

"quê?"

"venha, vou lhe mostrar."

entramos pela porta dos fundos e ela fez com que eu me sentasse na cama. com toda a certeza, ali estava esse palco elevado relativamente circular. ocupava quase a maior parte do quarto. tinha uma área cortinada bem quando ele terminava. ela me trouxe um uísque com água e subiu no palco. entrou por trás das cortinas. fiquei sentado bebericando meu drinque. então escutei a música. "Slaughter on Tenth Avenue" (Assassinato na Décima Avenida). as cortinas partiram-se. e ela saiu deslizando, deslizando.

terminei meu drinque e decidi que não iria às corridas aquele dia.

as roupas começaram a se desprender. ela começou a movimentar-se aos solavancos e a se esfregar. ela deixara o uísque do meu lado. me estiquei e despejei uma boa dose, e ela desceu até o cordãozinho com uma fileira de contas e penduricalhos. quando ela soltou as contas apareceu a caixa mágica. ela a encostou no chão, até a última nota. ela era ótima.

"bravo! bravo!", aplaudi.

ela desceu do palco e acendeu um cigarro.

"você gostou mesmo?"

"claro. sei o que Gregário quer dizer quando diz que você tem classe."

"tá legal, o que que ele quer dizer?"

"deixa eu beber outro drinque."

"claro. acompanho você."

"bom, classe é algo que você vê, sente, ao invés de definir, você pode percebê-la nos homens também, em animais. você a enxerga em alguns artistas do trapézio enquanto caminham sobre o picadeiro. alguma coisa no andar, nos gestos. eles têm alguma coisa dentro e fora, mas é principalmente dentro e faz o exterior trabalhar. você faz isso quando você dança; o interior faz com que o exterior trabalhe."

"é, eu sinto desse jeito também. comigo não é apenas uma esfregação sexual, é um sentimento. eu canto, eu falo quando danço."

"e como. captei isso tudo."

"mas escuta, quero que você me critique, quero que você faça sugestões, quero progredir, é por isso que tenho esse palco, é por isso que eu treino. fala comigo enquanto eu danço, não tenha medo de dizer as coisas."

"sirva-se à vontade."

ela voltou pro palco, mas atrás das cortinas. surgiu com um traje diferente.

"quando uma gata de Nova Iorque diz boa noite.

já é de manhã cedo

boa noite doçura."

eu tive que falar alto acima da música. eu me senti como um grande diretor com um cérebro de débil mental hollywoodiano.

"NÃO RIA QUANDO VOCÊ ENTRAR EM CENA. ISSO É VULGAR. VOCÊ É UMA DAMA; VOCÊ ESTÁ DANDO UMA CHANCE PRA ELES ESTANDO AQUI. SE DEUS TIVESSE UMA BUCETA VOCÊ SERIA DEUS, COM UM POUCO MAIS DE GENEROSIDADE. VOCÊ É DIVINA, VOCÊ TEM CLASSE, DEIXE QUE ELES SAIBAM DISSO!"

eu trabalhava no uísque, achei alguns cigarros em cima da cama, comecei a fumar um atrás do outro.

"É ISSO, ASSIM MESMO. VOCÊ ESTÁ SOZINHA NUM QUARTO! SEM PLATEIA. VOCÊ QUER AMOR ATRAVÉS DO SEXO, AMOR ATRAVÉS DA AGONIA!"

as peças da sua indumentária começaram a cair.

"AGORA, AGORA, DIZ ALGUMA COISA, DE REPENTE! DIZ ENQUANTO VOCÊ SE AFASTA DA FRENTE DO PALCO, COCHICHA ISSO COMO SE FOSSE UM SEGREDO, PROFERE COM VEEMÊNCIA POR CIMA DO TEU OMBRO, DIZ QUALQUER COISA QUE APAREÇA NA TUA CABEÇA, COMO 'CEBOLAS EXPLODEM ABÓBORAS NOTURNAS!'"

"cebolas explodem abóboras noturnas!", cochichou ela.

"NÃO, NÃO! *VOCÊ* DIZ ALGUMA COISA, FAZ COM QUE ELA SEJA SUA!"

"chupa chupa passarinho!", cochichou ela.

eu quase me acabei. mais uísque.

"AGORA BATE, BATE! ARRANCA ESSE MALDITO CORDÃO! ME DEIXA VER O ROSTO DA ETERNIDADE!"

ela deixou. o quarto todo estava em chamas.

"AGORA FAZ A COISA ANDAR MAIS RÁPIDO, RÁPIDO, COMO SE VOCÊ TIVESSE PERDIDO A CABEÇA, ABANDONADO TUDO!"

ela fez. por alguns instantes eu fiquei mudo. o cigarro queimava os meus dedos.

"ENRUBESÇA!", gritei.

"AGORA DEVAGAR, DEVAGAR, DEVAGAR, MOVIMENTE-SE PARA A FRENTE E EM DIREÇÃO A MIM! VOCÊ CONQUISTOU TODO O EXÉRCITO TURCO NA MARRA! EM DIREÇÃO A MIM, DEVAGAR, OH JESUS!"

eu estava prestes a pular pra cima do palco quando ela cochichou "chupa chupa passarinho".

aí era tarde demais.

tomei outro drinque, disse adeus a ela, fui para minha casa, tomei banho, fiz a barba, lavei os pratos, peguei o cão e apenas me dirigi até a parada de ônibus.

Miriam estava cansada.

"que dia", disse ela. "uma daquelas malditas imbecis resolveu colocar óleo em todas as máquinas de escrever. todas pararam de funcionar. tiveram que chamar o técnico. 'quem foi o imbecil que lubrificou essas coisas?', berrou em nossa direção. depois Conners ficou em cima de nós pra recuperar o tempo perdido, pra fazer saírem aquelas notas. meus dedos estão dormentes de tanto bater naquelas estúpidas teclas de merda."

"você ainda está com uma boa aparência, baby. toma um banho quente, alguns drinques, e ficará nova. tem batata frita no forno, mais filés e tomates, pão francês quentinho com alho."

"tô terrivelmente cansada!"

ela sentou-se numa cadeira, jogou longe os sapatos e eu lhe trouxe um drinque. ela suspirou e disse, olhando lá pra fora na frente, "essas ervilhas-de-cheiro são lindas com o sol batendo nelas desse jeito".

ela era apenas uma boa menina do Novo México.

bom, eu vi Renie apenas algumas poucas vezes depois daquilo, mas nenhuma delas foi como da primeira vez, e nós nunca transamos. primeiro, eu estava tentando tomar cuidado por causa da Miriam, e segundo, eu tinha construído uma tal coisa em relação a Renie ser uma Artista e uma Dama que ambos quase acabamos acreditando nisso nós mesmos. qualquer atividade sexual teria prejudicado aquele relacionamento estritamente imparcial de crítica artística, e teria evoluído numa disputa de posse-ou-não-posse. na realidade teria sido bem mais divertido e anormal do outro jeito. mas não foi Renie que me fisgou. foi a pequena e gorducha dona de casa do mecânico da garagem da casa dos fundos. ela apareceu para pedir emprestado um pouco de café ou açúcar ou sei lá o que por volta das 10 horas da manhã. ela vestia esse penhoar folgado ou seja lá o que era aquilo e se inclinou para pegar o café ou qualquer outra coisa de um armário baixo e os peitos caíram pra fora. foi nojento. ela corou, então se levantou. eu podia sentir o calor em todo o lugar. era como estar trancafiado com toneladas de energia que manipulavam você à sua vontade. a próxima coisa que soube estávamos nos abraçando enquanto o marido dela rolava debaixo de algum carro em seu pequeno berço e praguejava e virava uma chave inglesa cheia de graxa. ela era uma pequena e gordinha boneca de manteiga. nós fomos pro quarto e foi bom. parecia estranho vê-la entrando e saindo no banheiro que Miriam sempre usava. então ela se foi. nenhum de nós dissera qualquer coisa desde as suas palavras iniciais, quando ela perguntara por qualquer coisa que ela queria emprestado. eu, provavelmente.

foi umas três noites mais tarde, depois de alguns drinques, que Miriam disse, "eu ouvi algo sobre você ter fodido a gorducha lá dos fundos".

"ela não é realmente gorda", eu disse.

"bom, tudo bem, mas eu não posso permitir isso, não quando eu estou trabalhando, seja como for. não há mais nada entre nós."

"posso ficar esta noite?"

"não."

"mas pra onde é que eu irei?"

"você pode ir pro inferno!"

"depois de todo esse tempo juntos?"

"depois de todo esse tempo juntos."

tentei persuadi-la. não deu certo. ela apenas ficou pior.

foi fácil pra mim arrumar as coisas. o que eu tinha eram trapos que cabiam na metade de uma mala de papelão. por sorte eu tinha algum dinheiro e encontrei um bom apartamento na Kingsley Drive por uma quantia razoável. mas não pude compreender como a Miriam conseguiu descobrir sobre a Gorda amanteigada e não ter suspeitado de Renie. foi então que juntei uma coisa com a outra. elas eram todas amigas. comunicavam-se, ou direta ou espiritualmente ou de algum modo que as mulheres se comunicam umas com as outras que o homem não pode compreender. acrescente a isso um pouco de informação externa e o pobre homem está acabado.

às vezes, passando pela Western, eu checava o cartaz da boate. lá estava ela, Renie Fox. só que não era a principal. tinha o nome da *stripteaser* principal em néon e depois, abaixo, Renie e mais uma ou duas outras. Jamais entrei lá.

vi Miriam uma vez mais, no lado de fora de uma Thrifty Drugstore.

ela tinha o cachorro com ela. ele pulou todo pra cima de mim e eu fiz um carinho nele e passei-lhe uma descompostura.

"bem, pelo menos", eu disse a ela, "o cachorro sente falta de mim."

"eu sei que ele sente. eu trouxe ele para ver você uma noite, mas antes que pudesse tocar a campainha ouvi alguma puta dando risadinhas lá dentro. não era a minha intenção interromper coisa alguma, portanto nós partimos."

"você deve ter imaginado a coisa toda. não tem aparecido ninguém."

"eu não imaginei coisa nenhuma."

"escuta, eu gostaria de aparecer lá uma noite dessas."

"não, não vá. estou com um ótimo namorado. ele tem um bom emprego. ele trabalha! ele não tem medo do TRABALHO!"

e com essa eles se viraram, mulher e cachorro, e caminharam para longe de mim, da minha vida e dos meus medos, sacudindo seus traseiros para mim. aí eu fiquei parado e olhei as pessoas passarem. não havia ninguém ali. eu estava na esquina. o sinal estava vermelho. quando ele ficou verde eu atravessei a dura rua.

•

um de meus melhores amigos – pelo menos eu o considero um amigo – um dos mais finos poetas na nossa Época está afligido, agora mesmo, em Londres, por ela, e os Gregos tiveram consciência dela e os Antigos, e pode cair sobre um homem em qualquer idade, mas a melhor idade para ela é no final dos quarenta em direção aos cinquenta, e eu penso nela como Imobilidade – uma fraqueza de movimento, uma crescente falta de interesse e admiração; eu penso nela como a Postura Gélida do Homem, apesar dela dificilmente ser na verdade uma POSTURA, mas ela pode permitir-nos vislumbrar o cadáver com UM CERTO humor; caso contrário a escuridão seria demasiada. todos os homens são afligidos, de tempos em tempos, pela Postura Gélida do Homem, e isso é melhor indicado por afirmações desiludidas tais como: "eu simplesmente não vou conseguir", ou: "quero que tudo se dane". ou "dê lembranças à Broadway". mas em geral eles se recuperam rapidamente e continuam a bater nas suas esposas e nos seus despertadores.

mas, para o meu amigo, A Postura Gélida do Homem não é para ser jogada debaixo do sofá como um brinquedo de criança. ah, se pudesse ser assim, ele tentou os médicos da Suíça, França, Alemanha, Itália, Grécia, Espanha, e Inglaterra e eles não puderam fazer nada. um deles o tratou de vermes. um outro enfiou agulhinhas nas suas mãos e pescoço e costas, milhares de agulhinhas. "pode ser que seja isso", ele me escreveu, "pode muito bem ser que essas malditas agulhas resolvam a charada." na próxima carta ele estava tentando alguma maluquice Vudu. a próxima coisa que eu soube dele é que não estava tentando mais nada. um dos mais finos poetas do nosso tempo, socado em cima duma cama num quartinho sujo de Londres, morrendo de fome, praticamente vivendo de esmolas; olhando fixo para o teto incapaz de escrever ou pronunciar uma palavra, e não se importando, finalmente, com o que ele fazia ou deixava de fazer. seu nome é conhecido no mundo inteiro.

eu podia e posso compreender esse enorme tropeço desse grande poeta para dentro de um barril de merda, pois, curiosamente eu NASCI dentro da Postura Gélida do Homem. uma das ocasiões que eu consigo me lembrar foi quando meu pai, homem covardemente bruto e vil, estava me batendo no banheiro com aquela longa correia de afiar navalha, ou para-te-quieto, como alguns costumam chamá-la. ele me batia bastante regularmente; eu nasci de um matrimônio e acredito que ele me culpava por todos os seus problemas. ele costumava perambular cantando "ah quando eu era solteiro, tinha os bolsos cheios de dinheiro" mas não cantava com muita frequência. estava muito ocupado em me bater. por algum tempo, vamos dizer antes de eu alcançar a idade de sete ou oito, ele quase impôs essa sensação de culpa em cima de mim. pois eu não podia entender por que é que ele me batia. ele procurava com muito afinco por um motivo. eu tinha que cortar a grama dele uma vez por semana, primeiro na direção norte-sul, depois leste-oeste, depois podar as beiradas com tesourões, e se eu deixasse escapar UMA folhinha de grama em qualquer lugar no gramado da frente ou dos fundos ele me batia pra caralho até não mais poder. depois da surra eu tinha que sair e molhar os gramados. enquanto isso os outros garotos ficavam jogando beisebol ou futebol e crescendo para tornarem-se humanos normais. o grande momento sempre chegava quando o velho se estendia sobre o gramado e colocava o seu olho no nível das folhas de grama. ele sempre tratava de encontrar uma. "LÁ, EU ESTOU ENXERGANDO! VOCÊ DEIXOU ESCAPAR UMA!" aí ele gritava na direção da janela do banheiro onde a minha mãe, uma fina dama alemã, sempre ficava nesta etapa dos procedimentos. "ELE DEIXOU ESCAPAR UMA! EU TÔ VENDO ELA! eu tô vendo ela!" daí eu ouvia a voz da minha mãe: "ah, ele deixou ESCAPAR uma? ah, que VERGONHA!" eu realmente acredito que ela me culpava pelos seus problemas também. "PARA O BANHEIRO!", gritava ele. "PARA O BANHEIRO!" então eu caminhava pra dentro do banheiro e a correia aparecia e a surra começava. mas apesar de a dor ser terrível, eu, pessoalmente, me sentia muito distante dela. quero dizer que realmente, eu ficava desinteressado; ela não significava nada para mim. eu não tinha nenhum vínculo afetivo com os meus pais, portanto eu não sentia nenhuma violação de amor ou confiança ou ternura. a parte mais difícil era o choro. eu não queria chorar. era um trabalho sujo como cortar a grama. como quando eles me davam o travesseiro para eu sentar posteriormente, depois da surra, depois de molhar a grama, eu não queria o travesseiro também, portanto, não querendo chorar, um dia decidi não chorar. tudo que podia se ouvir era os estalos da correia de couro contra a minha bunda desnuda. tinha um som curioso e carnudo e horripilante no silêncio e eu olhava fixo para os azulejos do banheiro. as lágrimas surgiram mas não emiti nenhum som. ele parou de bater. ele geralmente me dava quinze ou vinte chibatadas. ele parou num simples sete ou oito. ele saiu correndo para fora do banheiro, "Manhê, Manhê, acho que o nosso garoto está MALUCO, ele não chora quando bato nele!" "você acha que ele está louco, Henry?" "acho, mãe." "ah, que ruim!"

foi apenas a primeira aparição RECONHECÍVEL do Garoto Gélido. eu sabia que tinha alguma coisa de errado comigo mas não me considerava insano. era simplesmente que eu não conseguia compreender como é que outras pessoas tornavam-se tão facilmente irritadas, para em seguida com a mesma facilidade esquecer a sua ira e se tornarem alegres, e como é que eles podiam ser tão interessados por TUDO, quando tudo era tão chato.

eu não era muito bom nos esportes ou nas brincadeiras com os meus companheiros porque tinha muito pouca prática nessas coisas. eu não era um verdadeiro maricas – eu não tinha medo ou delicadeza física, e, às vezes, eu fazia tudo e qualquer coisa melhor do que qualquer um deles – mas somente em determinados surtos – de alguma maneira isso não tinha importância para mim. quando me metia numa briga de soco com um dos meus amigos eu nunca conseguia me enfurecer. apenas lutava como uma mera decorrência. não dava outra. eu estava Gélido. eu não podia compreender a RAIVA e a FÚRIA do meu oponente. eu ficava estudando o seu rosto e o seu jeito, ao invés de tentar bater nele. de vez em quando eu desferia um dos bons pra ver se eu era capaz de fazê-lo, aí em seguida caía de volta na letargia.

aí, como de costume, meu pai saía aos pulos pra fora da casa: "Agora chega! Terminou a luta. Acabou. Kaput! Fim!"

os garotos ficavam com medo do meu pai. todos eles saíam correndo.

"você não foi muito homem, Henry. Você apanhou de novo!"

eu não respondia.

"Manhê, o nosso filho deixou aquele Zé Banana bater nele!"

"o nosso filho?"

"sim, o nosso filho."

"vergonha!"

acho que o meu pai finalmente reconheceu o Homem Gélido em mim, mas aproveitou-se completamente da situação para o seu próprio benefício. "Crianças são pra serem vistas mas não ouvidas", gritava ele. isso estava bem para mim. eu não tinha nada pra dizer. eu não estava interessado. eu estava Gélido. no princípio, depois mais tarde, e para sempre.

comecei a beber aos 17 com garotos mais velhos que perambulavam pelas ruas e roubavam postos de gasolina e casas de bebida. eles pensavam que o meu nojo em relação a todas as coisas significava ausência de medo, que o fato de eu não me queixar era uma comovedora e veemente bravata. eu era popular e não me importava se era popular ou não. eu era Gélido. eles colocavam grandes quantidades de uísque e cerveja e vinho na minha frente. eu bebia aquilo tudo. nada era capaz de me deixar bêbado, real e finalmente bêbado. os outros ficavam caindo no chão, brigando, cantando, fanfarroneando, e eu me sentava quieto na mesa drenando outro copo, me sentindo cada vez menos com eles, me sentindo perdido, mas não assim dolorosamente. apenas a luz elétrica e ruído e corpos e poucas coisas mais.

mas eu ainda estava morando com os meus pais e eram os tempos da depressão, 1937, impossível para um garoto de 17 anos conseguir um emprego. eu voltava das ruas tão fora da minha condição habitual quanto da realidade. e batia na porta.

uma noite a minha mãe abriu a janelinha da porta e gritou: "ele está bêbado! ele está bêbado de novo!"

e ouvi a grande voz no fundo do quarto: "ele está bêbado de NOVO?"

meu pai apareceu na janelinha: "não vou te deixar entrar. você é uma desgraça para a sua mãe e para o seu país."

"tá frio aqui fora. abre a porta ou eu derrubo ela. caminhei até aqui para entrar. é só isso que está em questão."

"não, meu filho, você não merece a minha casa. você é uma desgraça para a sua mãe e o seu..."

fui até os fundos do pórtico, abaixei meu ombro e ataquei. não havia cólera no meu ato ou no meu movimento, apenas uma certa matemática – tendo chegado a um certo cálculo, você simplesmente continuava a trabalhar com ele. colidi contra a porta. ela não abriu mas uma enorme rachadura apareceu bem no centro para baixo e a fechadura pareceu estar meio quebrada. retornei até o fim da varanda, abaixei meu ombro de novo.

"tudo bem, entra", disse meu pai.

entrei, mas aí os olhares naqueles rostos, estéreis vazios hediondos assustadores revoltaram o meu estômago cheio de trago, fiquei mal e em cima do seu fino tapete decorado com *A Árvore da Vida* vomitei bastante.

"você sabe o que nós fazemos com um cachorro que caga no tapete?", meu pai perguntou.

"não", eu disse.

"bem, nós enfiamos seu NARIZ NELA! assim ele NUNCA MAIS fará isso outra vez!"

não respondi. meu pai adiantou-se e colocou a mão na minha nuca. "você é um cachorro", disse ele.

eu não respondi.

"você sabe o que nós fazemos com os cachorros", disse ele.

ele continuava, pressionando a minha cabeça para baixo, em direção a meu lago de vômito sobre *A Árvore* da *Vida*.

"a gente enfia o nariz deles na própria merda pra eles não cagarem mais, nunca mais."

lá permanecia minha mãe, fina dama alemã, em seu penhoar, observando em silêncio. quase tive a ideia de que ela queria ficar do meu lado, mas isso era algo inteiramente falso, oriundo do fato de eu ter chupado as suas tetas durante uma certa época. além do mais, nunca tomei partido.

"escuta, pai", disse eu, "Para."

"você sabe o que nós fazemos com um CÃO!"

"eu estou lhe pedindo pra parar."

ele continuava empurrando a minha cabeça para baixo, para baixo, para baixo, para baixo – o meu nariz estava quase dentro do vômito. apesar de eu ser um Homem Gélido, Homem Gélido também quer dizer Gélido e não derretido. eu simplesmente não conseguia enxergar nenhuma razão para o meu nariz estar sendo empurrado para cima do meu próprio vômito. se tivesse havido uma razão eu mesmo teria empurrado o meu nariz ali. não era uma questão de ZELO ou HONRA ou RAIVA, era uma questão de estar sendo empurrado pra fora da minha MATEMÁTICA particular. eu estava para usar a minha expressão favorita, com nojo.

"para", eu disse, "eu estou lhe pedindo, pela última vez, pra parar!"

ele empurrou o meu nariz quase em cima do vômito.

me virei abruptamente e girei sobre os meus calcanhares, eu estava abaixado mas me apoiava ainda sobre os meus calcanhares, eu acertei ele em cheio com um gracioso e majestoso debaixo pra cima, acertei ele com força no queixo e ele caiu para trás pesada e desajeitadamente, todo um império brutal mandado à merda finalmente, e ele caiu dentro do seu sofá, bang, braços abertos, olhos como os olhos de um animal dopado. animal? o cão voltou-se, caminhei em direção ao sofá, esperando ele levantar. ele não se levantou. apenas continuou olhando fixo pra mim. ele não iria levantar. com toda sua fúria, meu pai tinha sido um covarde. não fiquei surpreso. aí eu pensei, sendo meu pai um covarde, eu sou provavelmente um covarde. mas sendo um Homem Gélido, não havia nenhum sofrimento nisso. não tinha importância, até mesmo quando a minha mãe começou a cravar as unhas no meu rosto, gritando o tempo todo, "você bateu no seu PAI! você bateu no seu PAI!"

não tinha importância. virei o meu rosto totalmente na sua direção e deixei que ela me arranhasse e gritasse, esfacelando o meu rosto com as suas unhas rasgando a minha pele, o sangue fodido pingando e esguichando e correndo pelo meu pescoço e na minha camisa manchando a fodida *Árvore da Vida* com salpicos e borrifos e pedaços de carne. esperei, não mais interessado. "VOCÊ BATEU NO SEU PAI!" e as bofetadas começaram a diminuir. esperei. aí então elas pararam. aí começaram de novo, uma ou duas vezes, "você...bateu...no seu...pai...seu pai..."

"você terminou?", perguntei. eu acho que foram as primeiras palavras que eu falei pra ela além de "sim" e "não" em dez anos.

"sim", disse ela.

"vá para o seu quarto", disse meu pai do sofá. "eu te vejo de manhã. falo com VOCÊ de manhã!"

contudo ELE foi o Homem Gélido de manhã, mas, imagino eu, não por falta de opção.

•

eu frequentemente deixava empregos ordinários e putas me baterem na cara como fez minha mãe, e esse é o pior dos hábitos; ser gélido não significava deixar os babacas tomarem conta, e, além do mais, crianças e velhas, e alguns homens fortes, atualmente estremecem, assim que enxergam o meu rosto. mas, dando prosseguimento e eu realmente acredito que essas histórias de Homem Gélido interessam mais a mim do que a vocês (interesse: uma maneira matemática de tabulação), e eu vou tentar abreviá-las. cristo. pensei numa muita engraçada (humor: uma maneira matemática de tabulação. e eu sou sério em relação a essas coisas.). foi na época em que eu estava na Los Angeles High School, vamos dizer 1938?

1937? por aí. 1936? eu entrei no ROTC* sem nenhum interesse pelas coisas do exército, por menor que fosse. eu tinha esses enormes furúnculos do tamanho de um *grapefruit,* imensos, estourando e melecando em tudo que era lugar possível do meu corpo, e um rapaz tinha uma entre duas opções, nessa época, ou entrar no ROTC ou fazer educação física. bem, todos os carinhas realmente bons e decentes estavam na educação física. os merdas, os maluquetes e os loucos, como eu, os Homens Gélidos, o que existia deles, estavam no ROTC. a guerra ainda não era uma atividade humanitária, Hitler era apenas um Charlie Chaplin tagarela e incoerente fazendo coisas engraçadas e imbecis na *RKO – Pathe News.*

entrei no ROTC porque em qualquer uniforme de exército eles não poderiam ver as minha espinhas; num uniforme de ginástica eles podiam, muito. agora, me entendam, não que minhas espinhas fossem um problema para MIM, as minhas ESPINHAS incomodavam a ELES. irritavam suas glândulas. para um homem numa caverna, para um Homem Gélido como eu, espinhas não têm importância, o que faz elas terem importância são coisas que não contam – como multidões de gente comum. ser Gélido não significa ser irrealista; ser Gélido significa permanecer Gélido; tudo mais é loucura.

se foder o mínimo possível, de modo que você possa entrar onde você pretende entrar. eu não queria ser fodido pelos olhares dos humanos sobre minhas desconjuntadas espinhas. portanto me cobri com um uniforme militar para cortar com os raios X. mas eu não queria o ROTC. eu era Gélido.

pois, aqui estamos nós, todo o maldito batalhão ou como quer que vocês o chamem, e eu ainda sou um soldado raso e a escola inteira está numa espécie de competição de armas, as tribunas de honra estão atulhadas de imbecis e aí estamos nós, executando os movimentos, e está calor e estou Gélido, cara, não me importo, e ali seguimos essas ordens, e logo apenas cinquenta por cento de nós estão sobrando e logo apenas vinte e cinco por cento de nós e

---

* equivalente ao nosso C. P. O. R. (Centro de Preparação de Oficiais de Reserva). (N.T.)

logo apenas dez por cento, e eu ainda continuo ali, essas enormes e horríveis espinhas vermelhas no meu rosto, sem uniforme pro rosto, e está quente, e estou tentando fazer a minha mente pensar, cometer um erro cometer um erro cometer um erro, mas sou automaticamente um oficial mestre, não há nada que eu *possa fazer pra errar,* mas não posso forçar o erro e isso TAMBÉM porque sou GÉLIDO! e logo restam somente duas pessoas, eu e meu companheiro Jimmy. bem, Jimmy é um merda e PRECISA dessa coisa, vai ser bom pra ele. isso é que eu realmente penso. mas o Jimmy se enganou e se fodeu. foi no comando, "Descansar..." daí, pausa... "Armas!" eu sendo um mau soldado, não me recordo mais da evolução apropriada a esse comando. tinha alguma coisa a ver com socar o ferrolho do fuzil na culatra. mas o Jimmy que se importava e era amado por muitos ou pelo menos querido, Jimmy se atrapalhou com a trava do fuzil. e lá estava eu parado sozinho, espinhas saltando pra fora do meu sarnento colarinho de lã verde-oliva, espinhas entrando em erupção em todo o meu crânio, até mesmo no topo da minha cabeça, no cabelo, e estava quente no sol e ali permaneci, desinteressado, nem alegre nem triste, nada, simplesmente nada. as garotas bonitas lamentavam nas arquibancadas pelo seu pobre Jimmy e seu pai e sua mãe abaixaram as suas cabeças, não compreendendo como isso podia ter acontecido. também tentei pensar, pobre Jimmy. mas isso foi o máximo que pude pensar. o velho que dirigia o ROTC era alguém chamado Cel. Muggett, um homem que fizera toda sua carreira no Exército. ele subiu para colocar a medalha sobre minha camisa sarnenta, o seu rosto estava muito triste, muito. ele me achava um desajustado, o garoto com a cabeça oca e eu achava que ele era louco. ele espetou a medalha em mim e em seguida posicionou-se para apertar a minha mão. peguei a mão dele e sorri. um bom soldado jamais sorri. o sorriso tinha a intenção de dizer-lhe que eu percebia que as coisas tinham dado errado e que isso acontecera *além da minha vontade.* aí marchei de volta pra minha companhia, meu esquadrão, meu pelotão, meu seja lá como se chama. aí o tenente disse aos homens:

"eu gostaria de congratular o Soldado Hadford por ter ido tão longe na manobra de competição de armas."

depois: "à vontade!"

depois: "sair de forma!" ou "companhia dispensada" ou qualquer coisa parecida.

vi os outros rapazes falando com o Jimmy. ninguém disse nada pra mim. depois vi a mãe e o pai de Jimmy saírem das tribunas e colocar os braços em torno dele. meus pais não estavam lá. caminhei pra fora do campo e pra dentro das ruas. joguei a medalha no primeiro buraco de esgoto que encontrei na frente de uma farmácia. Jimmy foi morto alguns anos mais tarde, quando sobrevoava o Canal Inglês. o seu bombardeiro foi duramente atingido e ele ordenou aos seus homens para abandonarem o avião saltando de paraquedas enquanto ele tentava levar o avião de volta para a Inglaterra. ele nunca conseguiu. naquela época eu estava morando na Filadélfia e fodia uma puta de 130 quilos que parecia uma porca gigante e ela quebrava todas as quatro pernas da minha cama, sacudindo e suando e peidando durante o ato.

posso ir adiante e seguir relatando incidentes dentro do contexto do Homem Gélido. não é exatamente verdade que nunca me IMPORTO ou que nunca me irrito ou que nunca sinto ódio ou que nunca tenho esperança ou que nunca me alegro. não pretendo inferir que eu sou INTEIRAMENTE destituído de paixões ou sentimentos ou o que quer que seja; apenas é estranho que meus sentimentos, meus pensamentos, meus modos sejam tão estranhamente diferentes e opostos aos dos meus companheiros. aparentemente nunca consigo ficar COM eles, portanto eu sou Gélido, tanto por escolha deles quanto pelo meu jeito. por favor, permaneçam acordados e deixem eu terminar isso com uma carta, uma carta do meu amigo poeta em Londres que descreve as suas experiências como um Homem Gélido. ele me escreveu:

"...estou nesse aquário, você entende, um imenso aquário. as nadadeiras não estão suficientemente fortes para perambular por aí nessa grande cidade submarina. faço o que posso, mas a magia certamente se foi. simplesmente *não estou sendo capaz* de me recompor e sair fora desse estado de indevassável frieza e obter a 'inspiração', não escrevo, não fodo, não faço porra nenhuma. não consigo beber, não consigo comer, não consigo me ligar. só essa indevassável frieza. daí o desânimo, mas nada parece dar resultado nesse momento. vai ser um longo período de hibernação, uma longa e escura noite. eu tô acostumado ao sol, ao brilho e à fascinação do Mediterrâneo, a viver na maldita margem do vulcão, como na Grécia, onde ao menos havia luz, havia pessoas, tinha até o que chamam de amor. agora, nada. caras de meia-idade. sujeitos jovens que não dizem nada, que passam, sorriem, dizem olá. oh, fria escuridão cinzenta. velho poeta atolado no mato. o estige* o fedor**. de médicos a hospitais. com espécimes de merda, espécimes de mijo, & sempre exames do pâncreas anormais: mas ninguém sabe o que fazer, só eu sei. não há nada a fazer exceto saltar fora dessa selva, & encontrar alguma jovem e mítica beleza alguma coisa doce e caseira que tomará conta de mim, fará poucas demandas, será quente & quieta, não falará muito. onde está ela? será que eu não poderia lhe dar o que ela deseja, ou poderia??? é bem possível, naturalmente, que seja isso tudo que eu preciso. mas como, onde encontrar isso? eu gostaria de ser durão. seria capaz de sentar-me & começar tudo de novo, do borrão, botar a coisa no papel, com mais força, mais limpa, mais afiada do que nunca. mas alguma coisa saiu de mim nesse exato momento, e eu estou contemporizando, obstruindo a passagem do tempo. o céu está negro & rosa & avermelhado às 4:40 da tarde. a cidade ruge lá fora. os lobos estão andando de um lado ao outro no zoológico. as tarântulas estão acocoradas ao lado dos escorpiões. a abelha-rainha é servida pelos zangões. o mandril rosna depravadamente, tirando bananas imundas & maçãs do seu escroto e atirando nas crianças doidas que o incomodam. se vou morrer, quero aparecer na Califórnia, abaixo de L. A., bem longe na costa,

* estige, rio do inferno da mitologia grega; cruzar o Estige = morrer. (N.T.)

** as três frases no original: old poet stuck in the sticks. the styx. the stinks. (N.T.)

na praia, em algum lugar, perto do México. mas isso é um sonho. gostaria de fazer isso de alguma maneira. mas todas as cartas que recebo dos states são de poetas & escritores que estiveram aqui, neste lado do Atlântico, & eles me contam o quão podres estão as coisas por lá, que cenário terrível etc. não sei, nunca teria como me mudar, financeiramente falando, uma vez que meus agentes financeiros estão aqui, e eles me abandonariam se eu voltasse, na medida em que eles de certa forma gostam de manter-se em contato comigo. sim, o corpo cede, mas espera, e desculpa a chatice dessa carta. não consigo me inspirar, não consigo ter a coisa elaborada. simplesmente olho pras contas dos médicos, & pro céu negro, o céu negro. talvez alguma coisa irá mudar, breve... é esse o jeito das coisas. trá lá lá, vamos encará-lo sem lágrimas. saudações, amigo." Assinado "X" (Um famoso poeta... escritor).

bem, meu amigo de Londres diz a coisa bem melhor do que eu, mas como eu sei, como eu sei muito bem do que fala. e um mundo cheio de enérgicos batalhadores com as suas mentes sacudidas impropriamente com a velocidade iria apenas condenar-nos pela preguiça ou uma espécie de ignominiosa indolência ou autocomiseração. mas não é nenhuma dessas coisas. simplesmente não é nenhuma dessas coisas. somente o homem gélido na caverna tem como saber. mas nós vamos ter que dar um jeito de sair dessa e esperar. e esperar o quê? portanto, saudações, amigos. até um anão pode ter uma ereção. e eu sou Mataeo Platch e Nichlos Combatz ao mesmo tempo, e somente Marina, minha pequena filhinha, pode dar luz ao mais alto meio-dia, pois o sol não falará. e lá em cima na praça entre o terminal anexo e a estação da união o velho senta-se num círculo durante horas e observa as pombas e não observa nada. gélido, mas eu poderia gritar. e à noite transpiraremos através de sonhos absurdos. existe apenas um lugar pra ir. trá lá lá lá. lá lá. lá.

●

eu a conheci numa livraria. vestia uma saia bem curta e justa, enormes saltos, e seus peitos estavam bastante evidentes, mesmo sob um largo suéter azul. seu rosto era muito agressivo, austero, sem maquiagem, com um lábio inferior que não parecia estar bem no lugar. mas com um corpo daquele você podia perdoar um número bem significativo de coisas. mas era muito estranho que ela não tivesse nenhum daqueles touros enormes por perto para protegê-la. então vi os seus olhos – cristo, eles pareciam não ter pupilas –, somente esse profundo lampejo de escuridão. fiquei lá observando-a curvar-se uma e outra vez. abaixando-se em busca de livros, ou esticando-se para cima. a saia curta erguendo-se para mostrar-me gordas e fantásticas coxas. ela estava percorrendo livros sobre misticismo. baixei meu livro How to Beat the Horses (Como Vencer os Cavalos) e me aproximei. "perdoe-me, fui atraído como se fosse um ímã. receio que sejam seus olhos." menti.

''o destino é Deus", disse ela.

'você é Deus, você é meu Destino", respondi. "posso lhe oferecer um drinque?"

"claro."

fomos até o bar do lado e ficamos lá até a hora de fechar. falei seu tipo de conversa, calculando que era a única maneira. era. eu a levei para o meu ap. e ela foi uma bela trepada. nosso namoro durou aproximadamente três semanas. quando eu a pedi em casamento ela olhou para mim durante um longo tempo. olhou-me durante tanto tempo que pensei que ela tinha esquecido a pergunta.

finalmente ela falou: bom, tá legal. mas eu não amo você. simplesmente sinto que devo... casar com você. se fosse somente amor, eu recusaria o amor, somente. pois você vê... isso... não ia acabar dando muito bem, contudo, o que tem que ser tem que ser.

"então tá, doçura", eu disse.

depois que casamos, todas as saias curtas e saltos altos desapareceram e ela saía perambulando por aí nesse longo e vermelho penhoar canelado que descia até os tornozelos. não era um penhoar muito limpo. e ela usava uns chinelões azuis esfarrapados (junto).

ela saía pra rua desse jeito, pros cinemas, pra todo lugar. e especialmente durante o café da manhã ela gostava de balançar as mangas na sua torrada com manteiga.

"ei!", eu dizia, "você tá se enchendo toda de manteiga!"

ela não respondia. olhava janela afora e dizia: "OOOOOOOH! um passarinho! um passarinho ali na árvore! você VIU o passarinho?"

"vi."

ou: "OOOOOOOH! uma ARANHA! olhe pra essa querida criatura de Deus! eu simplesmente adoro aranhas! eu não consigo compreender as pessoas que odeiam aranhas! você odeia aranhas, Hank?"

"realmente não penso muito sobre elas."

tinha aranhas por tudo, e bichos, e moscas e baratas. criaturas de Deus. ela era uma terrível dona de casa. dizia que cuidar da casa não tinha importância. eu achava que ela era simplesmente preguiçosa. e, eu estava começando a pensar, um bocado tola. tive que contratar uma empregada de tempo integral, a Félica. o nome da minha esposa era Yevonna.

uma noite cheguei em casa e as encontrei lambuzando alguma espécie de unguento nas partes de trás dos espelhos, acenando suas mãos sobre eles e pronunciando palavras estranhas. ambas deram um pulo com os seus espelhos, gritaram, saíram correndo e os esconderam.

"Jesus Cristo", disse eu, "o que é que está acontecendo por aqui?"

"olho nenhum deverá cair sobre o espelho mágico, a não ser o próprio de cada um", disse minha esposa Yevonna.

"é isso mesmo", disse a empregada, Félica. mas Félica tinha parado de limpar a casa. ela disse que não tinha importância. mas eu tinha que ficar com ela porque ela era quase tão boa de coxas quanto Yevonna, e além do mais, era boa cozinheira, apesar de eu não estar totalmente certo que ela estava me alimentando.

quando Yevonna ficou grávida do nosso primeiro filho, chamou-me a atenção que ela estava agindo mais estranhamente do que nunca. ela continuava tendo esses sonhos malucos e contou-me que um demônio estava tentando fixar residência. dentro dela. ela descreveu a mãe para mim. o gato aparecia para ela de duas formas. uma delas era um homem em muito parecido comigo. a outra era uma criatura com uma cara humana, um corpo de gato e pernas e garras de águia e asas de morcegos. a coisa nunca falava com ela mas ela tinha estranhas ideias quando a olhava. a estranha ideia que ela tinha era que eu era responsável pela sua miséria, e criara nela um irresistível impulso de destruição. não de baratas ou moscas ou formigas ou sujeira acumulada nos cantos – mas coisas que haviam me custado dinheiro. ela lacerava a mobília, derrubava as pantalhas, queimava as cortinas e o sofá, jogava papel higiênico pelo quarto, deixava a banheira transbordar e inundar o lugar inteiro, fazia longas chamadas interurbanas para pessoas que ela mal conhecia. quando ela ficava desse jeito, tudo que eu podia fazer era ir pra cama com Félica, tentar esquecer, dar 3 ou 4 usando todos os truques do livro.

finalmente consegui que Yevonna fosse a um psiquiatra. ela disse, "certamente, e muito bem, mas isso tudo não tem sentido. está tudo na sua mente: você é o demônio e VOCÊ está louco!"

"tudo bem, baby, mas vamos lá ver o homem, tá?"

"vai entrando no carro. volto já."

esperei. quando ela saiu estava de minissaia, saltos altos, meias de náilon novas, e até maquiagem. ela penteara o seu cabelo pela primeira vez desde o nosso casamento.

"me dá um beijo, baby", eu disse, "fiquei com tesão."

"não. vamos ir ver o psiquiatra."

com o psiquiatra ela não podia ter agido mais normal. não mencionou o demônio. riu de piadas estúpidas e não fez nenhuma divagação, sempre deixando o doutor dar a direção. ele a declarou fisicamente sadia e mentalmente em boas condições. eu sabia que ela era fisicamente sadia. nós rodamos de volta e em seguida ela correu para dentro de casa e mudou a sua minissaia e saltos altos de volta para o seu imundo penhoar vermelho. eu fui de volta pra cama com a Félica.

mesmo depois da nossa primeira criança ter nascido (minha e de Yevonna), Y. continuava a acreditar completamente no demônio, e ele persistia em aparecer para ela. esquizofrenia avançada. um momento ela estava calma e terna; noutro se transformava numa pessoa relaxada, tagarela, chata, desprezível e muito má.

e ela simplesmente começava, divagando e papagueando, não dizendo coisa com coisa.

às vezes ela ficava na cozinha e eu ouvia esse berro horrível, alto, semelhante à voz de um homem, bastante rouca.

eu entrava e lhe perguntava, "o que que tá acontecendo, doçura?" outro berro. "bem, eu vou ter que ser sujo e filho da puta," eu dizia. aí eu me servia de uma dose, ia pra sala da frente e me sentava.

um dia dei um jeito de colocar sorrateiramente um psiquiatra dentro da casa quando ela estava completamente fora de tom. ele concordou que ela estava num estado psicótico e aconselhou-me a interná-la. assinei os papéis e obtive uma audiência. mais uma vez. lá veio de novo a minissaia e os saltos altos. só que dessa vez ela não bancou a mina chata e ordinária. ela ligou o intelectualismo. falou brilhantemente em defesa da sua sanidade.

me fez passar por um mau marido que estava tentando desfazer-se da esposa. deu um jeito de tirar o crédito de várias testemunhas. deixou confusos dois médicos da justiça. o juiz, depois de consultar os médicos, disse: "A Corte não considera evidência suficiente para internar a sra. Radowski. Esta audiência está portanto encerrada".

eu levei-a para casa e esperei enquanto ela se trocava de volta pro seu imundo penhoar vermelho. quando ela saiu eu lhe disse, "por deus, se você não vai ME deixar maluco!"

"você ESTÁ louco", disse ela. "agora por que que você não vai pra cama com a Félica e tenta se livrar das suas repressões?"

foi exatamente o que eu fiz. desta vez Y. ficou espiando, perto da cama, sorrindo, fumando um cigarro king-size na extremidade de uma piteira de marfim. talvez ela tivesse alcançado sua frieza final. aproveitei bastante.

mas no dia seguinte, voltando do trabalho para casa, o proprietário encontrou-me na entrada da garagem: "sr. Radowski, sua esposa, a sua ESPOSA ficou provocando brigas e desavenças com os vizinhos. quebrou todas as janelas da sua casa. vou ter que lhe pedir que saia!"

bem, fizemos as malas, eu e Yevonna e Félica, e fomos pra casa da mãe de Yevonna em Glendale. a velha garota estava realmente bem-conservada, mas todos os encantamentos e espelhos mágicos e queimação de incensos acabaram baixando o astral dela, portanto ela sugeriu que fôssemos para uma fazenda que ela tinha perto de Frisco. deixamos o bebê na mãe dela e para lá nós fomos, mas quando chegamos a casa principal estava ocupada por um parceiro locatário, um sujeito enorme com uma barba preta parado na porta, um Final Benson, foi isso que ele disse que era o seu nome e ele disse, "estive nesta região toda minha vida, e homem nenhum vai me fazer sair, homem NENHUM!" ele tinha um metro e noventa e perto de 150 quilos e não muito velho, portanto nós alugamos um lugar bem no limite da propriedade enquanto as manobras legais iniciavam.

aconteceu bem na primeira noite. eu estava empacotando a Félica, experimentando a cama nova, quando ouvi esses terríveis gemidos, vindos do outro quarto e ruídos como se o sofá da sala da frente estivesse quebrando. "Yevonna parece perturbada", eu disse. escorreguei ele pra fora.

"volto já."

ela estava perturbada, certo. lá estava o Final Benson cavalgando ela, se fartando. era impressionante. ele teve o suficiente para quatro homens. voltei para o quarto e fiz o que pude.

de manhã; não consegui achar Yevonna. "tem ideia de onde foi aquela zonza?"

não foi até que Félica e eu estivéssemos tomando o café da manhã que olhei para fora da janela e vi Yevonna. ela estava abaixada com os joelhos e as mãos no chão, de blue jeans, camisa de homem oliva-escura, ela estava trabalhando na terra, e o Final estava bem ali com ela e eles estavam puxando coisas para cima, jogando elas em cestas. pareciam nabos. Final tinha conseguido uma mulher para ele. "jesus cristo", eu disse, "vamos embora. vamos sair fora daqui, depressa!"

Félica e eu arrumamos as coisas. quando voltamos para L. A., pegamos um quarto de motel enquanto procurávamos um lugar para ficar. "por deus, gracinha", disse, " minhas preocupações acabaram! você não faz ideia do que passei!"

compramos um litro de uísque pra comemorar, depois fizemos amor e nos espichamos para dormir em paz.

aí então acordei com o som da voz de Félica: "TU, fétido e tormentoso demônio!", dizia ela. "Não há descanso de ti deste lado da sepultura? Tu levaste a minha Yevonna, e tu me seguiste até aqui! Vai-te daqui, Demônio! Vá embora! Deixe-nos para Sempre!"

me sentei na cama. olhei para onde Félica estava olhando e penso que o vi – essa cara enorme, uma espécie de vermelho incandescente com um pouco de laranja debaixo dela. semelhante a um carvão em brasa, e lábios verdes, e dois longos dentes amarelos saindo para fora, uma massa informe de cabelos resplandecentes, e a coisa arreganhava os dentes sorrindo malignamente. os olhos voltados para baixo em nossa direção como uma piada suja.

"bom, vou ter que ser sujo e filho da puta", disse.

"vá embora!", disse Félica, "em Nome do Sagrado e Todo-Poderoso Ja e em nome de Buda e em nome de um milhão de deuses eu te amaldiçoo e te conduzo e te expulso das nossas almas para sempre e por dez mil anos daqui!"

acendi a luz.

"foi apenas o uísque, baby. uísque de péssima qualidade, mais o cansaço da longa viagem."

olhei para o relógio. era uma e meia da tarde. e eu precisava de um trago agora, o quanto antes. comecei a me vestir.

"onde é que você vai, Hank?"

"loja de bebidas. bem na hora. tenho que beber aquele enorme rosto pra fora da minha cabeça. foi demais pra mim."

eu acabara de me vestir.

"Hank?"

"ãnh, gracinha?"

"tem uma coisa que eu tenho que te dizer."

"claro, gracinha. mas solta logo. tenho que ir até aquela loja e voltar."

"eu sou irmã de Yevonna."

"ah é."

"é"

me curvei e dei um beijo nela. Caí fora e entrei no meu carro e comecei a dirigir. pra longe. comprei a garrafa na Hollywood e Normandie e simplesmente continuei dirigindo para o oeste. o motel ficara bem ao leste, na zona leste, quase na av. Vermont. Bem, você não encontra um Final Benson todos os dias. não com toda aquela corda, às vezes você simplesmente tem que deixar essas minas malucas e se recompor novamente. tem um certo tipo de buceta cujo preço nenhum homem pagará; entretanto, sempre existirá um outro tolo que pegará a que você largou, portanto, não existe realmente nenhum sentimento de culpa ou de deserção.

parei numa espécie de hotel nas proximidades da Vine Street (Rua do Vinho) e arranjei um quarto pra mim. enquanto estava pegando a minha chave vi essa coisa sentada na sala de espera com a saia erguida até a bunda. demais. ela não tirava os olhos da garrafa no saco, eu continuava olhando pra bunda dela.. demais. quando entrei no elevador ela estava lá comigo. "você não vai beber essa garrafa sozinho, moço?" "espero que não seja necessário." "não será." "ótimo", disse eu.

o elevador atingiu o último andar. ela se sacudiu para fora e eu observei os seus movimentos. tremeluzindo e deslizando; me sacudindo e mexendo completamente comigo.

"a chave diz 41", eu disse.

"tudo bem."

"por um acaso, você não está interessada em misticismo, discos voadores, exércitos etéricos, bruxas, demônios, ensinamentos ocultos, espelhos mágicos?"

“interessada em QUÊ? não entendi!”

“esquece isso, baby!”

ela saiu andando na minha frente, saltos altos estalando, seu corpo todo balançando na luz pouco clara do hall. eu não podia esperar. nós achamos o quarto 41 e abri a porta, achei a luz, achei dois copos, lavei-os, despejei o uísque, entreguei-lhe um copo. ela sentou-se no sofá, as pernas cruzadas no alto, sorrindo pra mim por cima do drinque.

ia ser bom.

finalmente.

por enquanto.

Sobre o autor

Charles Bukowski nasceu a 16 de agosto de 1920 em Andernach, Alemanha, filho de um soldado americano e de uma jovem alemã. Aos três anos de idade, foi levado aos Estados Unidos pelos pais. Criou-se em meio à pobreza de Los Angeles, cidade onde morou por cinquenta anos, escrevendo e embriagando-se. Publicou seu primeiro conto em 1944, aos 24 anos de idade, e somente aos 35 começou a publicar poesias. Foi internado diversas vezes com crises de hemorragia e outras disfunções geradas pelo abuso do álcool e do cigarro. Durante a sua vida, ganhou certa notoriedade com contos publicados pelos jornais alternativos *Open City* e *Nola Express*, mas precisou buscar outros meios de sustento: trabalhou catorze anos nos Correios. Casou, teve uma filha e se separou. É considerado o último escritor "maldito" da literatura norte-americana, uma espécie de autor beat honorário, embora nunca tenha se associado com outros representantes beats, como Jack Kerouac e Allen Ginsberg.

Sua literatura é de caráter extremamente autobiográfico, e nela abundam temas e personagens marginais, como prostitutas, sexo, alcoolismo, ressacas, corridas de cavalos, pessoas miseráveis e experiências escatológicas. De estilo extremamente livre e imediatista, na obra de Bukowski não transparecem demasiadas preocupações estruturais. Dotado de um senso de humor ferino, autoirônico e cáustico, ele foi comparado a Henry Miller, Louis-Ferdinand Céline e Ernest Hemingway.

Ao longo de sua vida, publicou mais de 45 livros de poesia e prosa. São seis os seus romances: *Cartas na rua* (1971), *Factótum* (1975), *Mulheres* (1978), *Misto-quente* (1982), *Hollywood* (1989) e *Pulp* (1994), todos na Coleção **L&PM** POCKET. Em sua obra também se destacam os livros de contos e histórias: *Notas de um velho safado* (1969), *Erections, Ejaculations, Exhibitions, and General Tales of*

Ordinary Madness (1972; publicado em dois volumes em 1983 sob os títulos de *Tales of Ordinary Madness* e *The Most Beautiful Woman in Town*, lançados pela L&PM Editores como *Fabulário geral do delírio cotidiano* e *Crônica de um amor louco*), *Ao sul de lugar nenhum* (1973; L&PM, 2008), *Bring Me Your Love* (1983), *Numa fria* (1983; L&PM, 2003), *There's No Business* (1984) e *Miscelânea Septuagenária* (1990; L&PM, 2014). Seus livros de poesias são mais de trinta, entre os quais *Flower, Fist and Bestial Wail* (1960), *O amor é um cão dos diabos* (1977; L&PM, 2007), *Você fica tão sozinho às vezes que até faz sentido* (1996, L&PM, 2018), sendo que a maioria permanece inédita no Brasil. Várias antologias, como *Textos autobiográficos* (1993; L&PM, 2009), além de livros de poemas, cartas e histórias reunindo sua obra foram publicados postumamente, tais quais *O capitão saiu para o almoço e os marinheiros tomaram conta do navio* (1998; L&PM, 2003) e *Pedaços de um caderno manchado de vinho* (2008; L&PM, 2010).

Bukowski morreu de pneumonia, decorrente de um tratamento de leucemia, na cidade de San Pedro, Califórnia, no dia 9 de março de 1994, aos 73 anos de idade, pouco depois de terminar *Pulp*.

IMPRESSÃO:

PALLOTTI
GRÁFICA

Santa Maria - RS | Fone: (55) 3220.4500
www.graficapallotti.com.br